日 語 語 法 系 列

新 編
日 語 助 詞
區 別 使 用 法

檜 山 千 秋　　著
王　　廸　　譯

鴻儒堂出版社發行

譯者的話

　　《日語助詞區別使用法》於2000年4月出版，2004年9月再版。由此可見，台灣多數的日語教師與學生對於如何正確使用日語助詞有迫切的需求。

　　現今的日語教育界裡，日語助詞的相關書籍也不少，其中也不乏有益於學習者的參考書，但大多只是使用例句並無解說，亦即知其然而不知其所以然；或以繁瑣的語法用語來解釋。以筆者多年的教學經驗，在教學中使用語法用語使用得越多學習者越是不易了解，光是背這些費解的語法用語之用途，不僅是耗費時間，也無法應用自如。這是當前學習者覺得最為困惑的事。本書即是為彌補此一缺點而撰著。

　　2000年出版的《日語助詞區別使用法》，是原著者與譯者在日本教學時所著作的。當初是因應在日本及在華人圈的日語教育者與學習者而撰寫，採用的是日文中文對譯的形式。然而自《日語助詞區別使用法》問世以來，原著者與譯者也相偕來台任教，在台任教的這19年來愈發覺得有必要符合華語圈的日語教育者與學習者的需求。

　　以原著者與譯者在台的教學經驗，為求學習者易學、易記、易於應用，日語教學用語應該愈趨簡潔明快易懂。如：五段活用動詞改稱為「第一類動詞」；上下一段活用動詞改稱為「第二類動詞」、サ行力行變格動詞改為「第三類動詞」；又

如形容詞與形容動詞也改稱為「イ形容詞」與「ナ形容詞」。

由此可知，語言教學，特別是複雜的日語教學，應盡量避免使用語言學者所用之語法用語，而是以簡單明瞭的教學法來教導華語圈的日語學習者，這是目前日語教學的趨勢。

尤以最易困擾日語教育者與學習者的，當屬「日語助詞」的領域。而且亦應以當前的日語教育者與學習者為對象，儘量使用簡潔明快的解說。

因此，原著者與譯者以在台多年的教學經驗，尤其是在日語助詞教學之際，了解當今華語圈的學習者對於使用助詞的弱勢、不易明瞭之處，早已擬定修訂與重新再譯的計畫，但因於公私事的繁忙，所以遲遲未能付諸行動。直至今日，才得以將其修訂並重新翻譯完成。

此書是針對華語圈的日語教育者與學習者的弱項攻克為主，因此省略了日文部分，譯文則採明快易懂之語詞。期望能帶給現今日語教育者及學習者有更大的益處，能造福更多的日語教育者與學習者。並希望日語教育界的先進與學子們不吝提問。

雖然原著者檜山千秋老師已於2017年9月病逝。但此書能夠重修完譯亦可說是檜山老師遺愛人間的貢獻。譯者亦以能完整表達原文原意之精神來完譯此書。以哀悼並慰藉檜山千秋老師在天之靈。

譯者　王　廸　謹識於桃園　112年 4月

新編之言

　　《新編日語助詞區別使用法》（以下稱本書）是以檜山千秋原著《日語助詞區別使用法》為底本，為符合現代日語教學的趨勢，做大幅訂正、修改與增加。原著為著者與譯者在日本從事教學時撰著，採日中對譯本之形式。由於原著成書於2000年，用語稍屬晦澀、內容稍微刻板、不合時宜。因此原著者極欲修改，礙於公私事繁忙，僅於暇時傍以硃筆訂之，一直未能付諸行動成書。今有幸將其訂正、修改、增添，成書公諸於日語教育界，實屬鴻儒堂黃成業董事長之功，萬分感謝。

　　本書累積原著者與譯者在台19年的教學成果，將冗長累贅之語修訂為更簡潔易懂之詞，以符現代日語教育者與學習者之需求。並修改不符合時宜的例句，以應時代所需。除此之外，在每一章節之後，增加大量的練習題，俾使日語教育者與學習者能驗證教學與學習之成果。

　　願本書的問世能帶給日語教育界跨里程的躍進，亦能帶給學習者更易趣入的領域。更希冀日語界的各位先進能不吝賜教，給予質疑、鞭策與建言，以期百尺竿頭更進一步，更趨臻善臻美，能更扎實地造福日語界之教育者與學習者。

目　錄

第一章　接於主語的助詞

第零節　接於主語的「は」和「が」

　　「は」跟「が」是日語裡不可缺少之語，但是對外國人來說，似乎是很難區別的。本書為了使其有正確的區別使用法，首先，說明有關「は」和「が」的基本的用法。其次說明個別的用法，然後、比較「は」和「が」，以此方式來進行解說。

　　使用「は」或「が」的句子時，當然是「主語＋は＋述語」「主語＋が＋述語」的形式。這些不同如下：

　　主語＋**は**＋述語　首先念頭裡有了主語，而言及這個主語

　　主語＋**が**＋述語　言及主語及述語是一體之事項[註1]

以圖示表示的話就是如下：

註1　尾上圭介「語列的意志和句子的意志」（『松村明教還曆記念　國語學和國語史』明治書院　一九七七年）

| 主語 | は | 述語 |

| 主語 | が | 述語 |

　　所謂「首先念頭裡有了主語，而言及這個主語」是，將想說的事置於主語，將想說的內容置於述語，例如：就咖啡而言，如想對這咖啡有所敘述時，使用「は」。

(a) このコーヒーは美味しい。（這咖啡很好喝。）

(b) このコーヒーは五百円です。（這咖啡是五百日元。）

(c) このコーヒーは私のです。（這咖啡是我的。）

　　像這樣，首先念頭裡有咖啡，對此咖啡想敘述些什麼時，用「は」。

　　另一方面所謂「言及主語及述語為一體之事項」時，並非是對主語作這樣地敘述，而是敘述主語及與述語結合而形成一個發生事項。例如：

(a) 電柱が倒れた。（電線桿倒了。）

(b) 隕石が落ちた。（隕石掉下來了。）

(c) 鯉が釣れた。（釣到鯉魚了。）

　　這些例句，在念頭裡有「電線桿」「隕石」「鯉魚」、並非對「倒了」「掉下來了」「釣到了」等的敘述而是「電線桿倒了的事」「隕石掉下來了的事」「釣到鯉魚了的事」等事態的敘述。「が」是這樣使用於主述為一體的事項。

　　那麼、留意以上所述，再繼續研讀。又、先要在此說明的是，本書將不涉及主語和主題的不同。

第一節　有關表示主題的「は」

　　雖說是「就主語來說」，但用「は」表達的事項是非常複雜而多歧的，最典型的是表示事實、真理、法則、性質等的事項。

(a) 辛亥革命_{しんがいかくめい}は一九一一年_{せんきゅうひゃくじゅういちねん}におこりました。（歷史事實）

　　（辛亥革命在一九一一年發生了。）

(b) コロンブスはアメリカ大陸_{たいりくはっけん}発見しました。（歷史事實）

　　（哥倫布發現了美洲大陸。）

(c) エジソンは電燈_{でんとう}を発明_{はつめい}しました。（歷史事實）

　　（愛迪生發明了電燈。）

(d) 王貞治はホームラン数で世界一の本数を維持している。

　　（歴史事實）

　　（王貞治保持了世界第一的全壘打記錄。）

(e) 地球は丸い。（眞理）

　　（地球是圓的）

(f) 埼玉県は東京の隣にあります。（事實）

　　（埼玉縣在東京的旁邊。）

(g) 水は百度以上になりません。（眞理）

　　（水不能熱過一百度以上。）

(h) 五たす五は十です。（眞理）

　　（五加五等於十。）

(i) 彼は親切な人です。（性質）

　　（他是親切的人。）

(j) 彼女は誰にでも優しい。（性質）

　　（她對誰都很溫柔和藹。）

(k) 山村さんは怒りっぽい。（性質）

　　（山村先生很容易發牌氣。）

(l) 木下さんは涙もろい。（性質）

　　（木下小姐很容易掉眼淚。）

(m) あなたは笑い上戸ですね。（性質）

（你喝了酒很愛笑啊。）

　　基本上「は」所帶出來的前面的名詞・名詞句是主語。

　　除此之外，表示習慣性的動作，日常性的事項也使用
「は」。

(a) 彼は学習塾に通っています。（習慣）

　　（他現在在補習班學習）

(b) 林さんは朝ご飯を食べません。（習慣）

　　（林先生不吃早餐）

(c) 木村さんは何でも知っています。（性質）

　　（木村先生什麼都知道。）

(d) 彼女は毎日ジョギングをします。（習慣）

　　（她每天早上慢跑。）

(e) 隣の人は毎日夜遅くまで起きています。（習慣）

　　（鄰居每晚上都很晚睡）

(f) 山崎さんはいつも緑の服を着ています。（習慣）

　　（山崎小姐經常都穿綠色的衣服）

(g) 警察の電話番号は一一〇です。（事實）

　　（警察的電話號碼是一一〇）

(h) このテレビは故障しています。（事實）

（這電視壞了。）

在此、再看看稍微複雑的例句。

a.車はそこに止まっています。（車子的場所）

（汽車停在那裡。）

b.車は便利です。（車子的屬性）

（汽車是很方便的。）

c.車まはここで借りられます。（租車的地方）

（汽車在這兒可以租得到。）

a句是說明車子停放的場所的句子。

b句是汽車所有的各種的屬性中，舉其方便的性質作說明的句子。

c句是告訴想乘汽車人，租車的地方的句子。

又、述語為「名詞 + です」也有連結相當複雜的句子。

(a) 彼は銀座です。（他是銀座。）

(b) 私は鳥取です。（我是鳥取。）

(c) 僕は板橋です。（我是板橋。）

(d) 彼女は池袋です。（她是池袋。）

(e) 私は神田です。（我是神田。）

　　這種場所名詞為述語的場合，主要的表示如下的意思[註2]。

　　1.存在的地方　2.出生地　3.居住地　4.勤務地（工作地點）　5.去處。在這裡只取a句來作說明，場所名詞在上述五種意思當中，依其所屬的意思，在文意上有如下的變化。

　　存在的場所的場合→「彼は銀座います。」

　　　　　　　　　　　（他在銀座。）

　　出地的場合→　　「彼は銀座出身です。」

　　　　　　　　　　（他是銀座出生的。）

　　居住地的場合→　「彼は銀座に住でいます。」

　　　　　　　　　　（他住在銀座。）

　　勤務地的場合→　「彼は銀座で働いています。」

　　　　　　　　　　（他在銀座工作。）

　　去處的場合→　　「彼の行先は銀座です。」

　　　　　　　　　　（他去的地方是銀座。）

　　上面例句，主語都是第二人稱與第三人稱，第二人稱平敘

註2　當然、也有當事人之本名的可能。

句的場合一定是表示「去處」，第二人稱平敘句是說話者向對
方有某種指示的句子，所以說話者向對方表示對方的存在場所
或出生地，居住地等那是很奇怪的。

(a) 君は銀座です。（你是銀座。）

(b) あなたは鳥取です。（你是鳥取。）

(c) 君は板橋です。（你是板橋。）

(d) あなたは池袋です。（你是池袋。）

(e) 君は神田です。（你是神田。）

(f) あなたは横浜です。（你是橫濱。）

　　這些都是指向去處。但是、第二人稱平敘句，也有疑問
句的情形，跟前述的例句同樣地，表示五種意思，所以必須注
意。述語不是場所的名詞，是大樓等建築物的場合，也要以前
述五種意思之一的方式表示之。

(a) 私は病院です。（我是〔在〕醫院。）

(b) 彼は警察です。（他是警察。）

(c) 彼女は区役所です。（她是〔在〕區公所）

(d) 市川さんは図書館です。（市川先生是〔在〕圖書館。）

(e) 大谷さんは外務省です。（大谷先生是〔在〕外交部。）

　　那麼現在來看一下稍微特殊的例句：

(a) 魚は鯛。＝　魚に関して言うなら鯛が一番良い。

　　（說到魚的話，鯛是最好的。）

(b) 花は桜。＝　花に関して言うなら桜が一番良い。

　　（說到花的話，櫻花是最好的。）

(c) 私はコーヒーです。＝　私が注文したのはコーヒーです。

　　（我點的是咖啡。）

(d) あの社長は子供です。＝　あの社長は精神的には子供です。

　　（那社長精神上像小孩子一樣）

(e) 明日は確実です。＝　今日はまだ達成できていませんが、

　　明日は必ず達成できます。

　　（今天沒還沒有達成，明天一定會達成。）

(f) 昨日は昨日。＝　昨日のことは昨日でおしまいです。

　　（昨日事昨日畢。）

　　a句是「魚に関して言うなら鯛が一番良い。（說到魚的

話，鯛是最好的。）」的意思。魚有很多種類，但其中因特地

挑選「鯛」置於述語的部份，有「一番良い（最好）」或是

「一番相応しい（最適宜）」的表達效果。

b句也是同樣。

c句是「私が注文したのはコーヒーです。（我點的是咖啡。）」的意思。

d句是「あの社長は精神的には子供です。（那社長精神上像小孩子一樣）」的意思。

e句是「今日はまだ達成できていませんが、明日は必ず達成できます。（今天沒還沒有達成，明天一定會達成。）」的意思，達成什麼依文脈而定。

f句是「昨日のことは昨日でおしまいです。（昨日事昨日畢）」的意思，暗示著從今天起將出現與昨天不同的情況。好的話、那是「昨日うまくゆかなかったことは、もう忘れた（昨天沒有成功的事，已經忘了）」的意思，不好的話「昨日はそのように約束したけれど、今日考え直したら、やはりその約束は守れない（昨天作了那樣的約定，但今天重新考慮的結果，還是不能遵守約定。）」的意思。

★　有更特殊的例子如下：

(a) 五十人は来る。＝　少なくとも五十人は来るだろう。

（至少會來五十個人吧？）

(b) 百円は高い。＝　その品物が百円もするのはおかしい。

（那東西要一百日元，很不合理。）

(c) あの様子は大変な目にあったな。＝　あの様子を見ると、大変な被害を受たな。

（看了那個樣子，是受了很大的傷害吧。）

(d) それはないよ。＝　それはひどいではないですか。

（沒那麼一回事。）

(e) そんなことは駄目です。＝そんなことをしては駄目です。

（做了那樣的事可不行的。）

　　a句是「少なくとも五十人は来るだろう。（至少會來五十個人吧。）」的意思，這「五十個人」是表示預想的最低數量。其他如「十万円は持っている（有十萬日元）」的句子也是「少なくとも十万円（至少十萬日元）」的意思，表示預想的最低數量。

　　b句的「一百元」是某物品的價錢。看了某物品，「その品物が百円もするのはおかしい。（那東西要一百日元，很不合理。）」的意思。

　　c句「あの様子から判断すると、（誰それは）大変な目にあっただろう。（從那樣子來判斷，〔那個人〕遇到很糟的

局面了吧）」的意思註3。「那樣子」和「大変な目にあったな（遇到很糟的的局面了吧？）」的判斷，以「は」來連結「很糟的」成為「那樣子」的說明。

　　d句是「それはひどいではないですか。（那不是太不應該了嗎？）」受害時的表達。

　　e句是對於「そんなことをすること（做了那樣的事）」敘述了「駄目です（不行的）」的評價。

　　★　述語有疑問詞的場合也使用「は」：

(a) 彼は誰ですか？（他是誰？）

(b) 君の家はどこにありますか？（你家在那裡？）

(c) 休日はいつですか？（假日是是什麼時候？）

(d) それは何ですか？（那是什麼？）

第二節 有關眼前事項的「が」

　　如最初所述，敘述主語、述語的時候為一體事項的時候，主語用「が」來表示。這使用於敘述事物之存在或者發生，現

註3　尾上圭介 「『は』的係助詞性和表現的機能」（國語和國語文學 五八卷五號一九八一年）

象的場合。

(a) 花が咲いた。（花開了。）
(b) お湯が沸いた。（開水開了。）
(c) 地震が起こった。（發生了地震。）

　　a到c的例句稱為出來文（出現句）。表示事物的發生。例如「花」開了才算是「花」。沒有開的話，不是「花」只不過是「蓓蕾」。

　　b句「開水」也是開了才稱之為「開水」。「地震」也是同樣。

(a) 汗が出た。（冒汗了。）
(b) 雨が降った。（下雨了。）
(c) 皺が寄った。（生皺紋了。）
(d) 穴が開いた。（孔開了。）
(e) トンネルが貫通した。（隧道開通了。）
(f) 家が建った。（建房子了。）
(g) 姿が見えた。（看到身影了。）
(h) 泡が浮いた。（浮起泡沫了。）

(i) 霧が立ち込めた。（起霧了。）

(j) 赤ちゃんが生まれた。（嬰孩出生了。）

　　敘述現象，事項，還有如下的句子。

(a) 謎が謎を呼ぶ。（謎中謎。）

(b) 蟻が続々と行進している。（螞蟻長列地爬著。）

(c) 扉が開いた。（門開了。）

(d) 山が揺れた。（山搖動了。）

(e) 大きな山が聳えている。（大山聳立著。）

(f) 鳥が飛んでいる。（鳥在飛著。）

　　其次，請看下列例句。

(a) 田中さんは目が優しい。（田中小姐的眼睛很溫柔。）

(b) 私はお寿司が食べたい。（我想吃壽司。）

(c) 鈴木さんは英語ができる。（鈴木先生會說英語。）

(d) 彼女は髪が長い。（她的頭髮長。）

(e) 佐藤さんはスイカが好きです。（佐藤先生喜歡吃西瓜。）

　　看了這些句子是否注意到了？哪一句都是用「は」。假如「は」表示主述句的主語，「が」表示敘述句的主語的話，這

些句子就成了兩個主語，這在日語裡是非常罕見的。這還是如前所述為「が」有將各個事項結合成一個整體事項的機能，也就是、「が」將主語和述語連結成一個名詞句 。ＡがＢ＝相當於一個名詞句

(a) 林さんは歌がうまい。（林小姐歌唱得很好。）
(b) この笛は音色がきれいです。（這支笛子音色很美。）
(c) 私はお金が欲しい。（我需要錢。）
(d) 私は頭が痛い。（我頭痛。）

　　　將以上的例句 圖解如下：

林さん	は	歌がうまい	。
この笛	は	音色がきれいです	。
私	は	お金が欲しい	。
私	は	頭が痛い	。

　　也就是在表現上以「は」分為兩段，「は」以下的全部都是說明「は」之前的部份註4。二重主語文，多使用於述語（＝

「が」以下）表示名詞・形容詞・形容動詞 等，性質・感覺・欲求、或「大」「小」「多」「少」等存在量的語句。

(a) 彼女はコンピューターが得意です。（她的電腦很行。）

(b) 私は友達の結婚が羨ましい。（我羨慕朋友的結婚。）

(c) 私は水が飲みたい。（我想喝水。）

(d) 彼は気持ちが大きい。（他肚量很大。）

(e) 今年は漁獲量が少ない。（今年捕魚量很少。）

(f) 象は鼻が長い。（象鼻子長。）

(g) この島は鉱物資源が豊富です。（這個島嶼的礦產很豐富。）

(h) この犬はまだ名前がない。（這條狗還沒有名字。）

(i) このパソコンは調子が悪い。（這台電腦情況不好。）

(j) 井上君は服装がだらしない。（井上君服裝邋遢。）

在二重主語裡，也可以使用動詞，但是動作的意思很淺，不如說是表示性質、傾向、情況等。

(a) タコは足が八本あります。（鱆魚有八條腿。）

(b) 島田さんはドイツ語が話せます。（島田先生會說德語。）

(c) この神社は観光客がよく訪れます。

（這個神社，觀光客經常來訪。）

(d) この机は彼が作りました。（這張桌子是他作的。）

(e) あの羊羹は私が食べてしまいました。（那個羊羹我吃了。）

(f) 今井さんの奥さんが警察に逮捕されました。

　　（今井先生的太太被警察逮捕了。）

(g) この家は土台がしっかりしていません。

　　（這個房子地基不穩。）

(h) 犬は嗅覚が発達しています。（狗嗅覺靈敏。）

(i) 彼女は人が変わった。（她變了。）

(j) 猫は夜でも目が見える。（貓的眼睛在夜裡也看得見。）

(k) この薬は気分が悪くなる。（這個藥吃了不舒服。）

　　a句是所屬動詞，b句因為可能動詞，本來就不具動作性，c句以下是動作性動詞，但不表動作，表示性質或情況之類的事項。

　　如前所述，「が」連結主語和述語而形成名詞句，因此在「は」之前亦可使用。但這個場合，在最後必須附有準體助詞「の」或是某種名詞。【のは〜だ】

(a) 私が知りたいのは彼の犯行動機です。（我想知道的是他犯

罪動機。）

(b) 彼女が来たのは昨日です。（她來的是昨天。）

(c) 人が嫌がることは止めてください。

　　（別人討厭的事情不要做。）

(d) 彼が買った時計はこれと同じものです。

　　（他買的手錶與這個一樣。）

(e) 君がそんなことをするのは何故ですか？

　　（你做那種事情是爲什麼？）

(f) 私があなたに約束したのはこれだけです。

　　（我要跟你約定的事情，只是這個而已。）

(g) 鯨が哺乳類であることは誰でも知っています。

　　（鯨是哺乳類的事，誰都知道。）

(h) 日本で一番ジャガイモが採れるのは岩手県です。

　　（在日本採馬鈴薯最多的是岩手縣。）

(i) 君が写した写真はどれですか？（你照的相片是那一張？）

(j) 五年前に両国政府が締結した条約は一方的に破棄されました。（五年前兩國政府所締結的條約被一方背棄了。）

　　述語爲名詞或是形容詞語幹的場合，一般使用「は」，但是如下的名詞時用「が」。

(a) 吉田君が病気です。（吉田君病了。）

(b) 洋服が台無しです。（這件洋裝報銷了。）

(c) 患者さんが呼吸困難です。（病人呼吸困難。）

(d) 隣が火事です。（鄰居失火了。）

(e) 中田さんが重態です。（中田先生受重傷了。）

(f) 村川さんが意識不明です。（村川先生不醒人事。）

(g) お父さんが大変です。（父親不好了。）

(h) 君のことが心配だ。（我擔心你的事。）

(i) さっきのことが気がかりだ。（我很掛意剛才的事。）

　　這不是對「吉田君」或「洋裝」等主語的說明，而是敘述緊迫事態全體的說明文。這些如用「は」 時，就成了只對「吉田君」或「洋裝」等的說明，而無緊迫感。根據以「が」說及主述一體化的中核，才親托其緊迫感。這些名詞・形容動詞語幹是表示事態。

　　主語為疑問詞的場合也使用「が」。

(a) 誰がそれをやりましたか？（ 誰做了那件事？）

(b) 何時がいいですか？（幾點好呢？）

(c) 何が可笑しいですか？（有什麼奇怪的？）

(d) どこが変なのですか？（哪裡奇怪？）

　　a句與b句是一般的疑問句，但是c句與d句是反問句。在日常會話裡，「誰」為主語是常有的事，但「何（什麼）」或是「どこ（哪裡）」為疑問句的主語是稀有的。「何時（幾點）」也是平常都是「あなたは何時出かけますか？（你幾點出去呢？）」，當主語時，就如b句問對方有空的時間之類的情形時用。

　　其他，表示假定的語句有「なら」「たら」「たとえ～とも」時使用「が」。

(a) 君が望むなら、これをあげよう。（你想要的話，這個給你吧！。）

(b) 私が君の立場だったら、そんなことはしなかった。（我是你的立場的話，不做那種事。）

(c) たとえ太陽が西から昇ろうとも、決してあきらめはしない。
　　（即使是太陽從西方昇上來的話，我也決不罷休。）

第三節　述語的「は」與述語的「が」的比較

　　到目前長編地說明了「は」和「が」的用法，現在將這些作一比較，在本項與其是在說明為何述語的「は」為對比，而述語的「が」為強調的理論，不如說是將重點放在本來應該用「は」的地方，如果用了「が」的話，會有何種不同的表現，「は」的對比和「が」的強調有如下的不同。

【は】　　　其他的都不行，只有這個才可以之意[5]

【が】　　　強調這才是正確的。

註5　在益岡隆志・野田尚史・沼田善子「日語的主題與提出」（黑潮出版一九九五）等，表示對比的時候，把「は」說明為「提題助詞」，但是不論對比的有無，「は」本來一直被認為是係助詞，這樣一來就形成了與係助詞「は」同形異語的「は」了。但、如認為「は」是提出主題的話，「は只應與前接語句有關。不如此的話、就不能將主題提出。然而、尾上氏也在「『は』的係助詞性和表現的機能」（國語和國語文學　五八卷五號一九八一年）」上指摘地說「は」與句子全體有關。例如：

○春はきたが、まだ暖かくならない。

這個句子、不得不認為將「春天」與「春天以外的什麼（季節）」提出來對比是不合理的。將「春天來了」和「還沒有暖」、看成句子單位的對比就很自然。由於上述的理由、本書不參考「提題助詞」之說法。

「は」本來有排他性而特別發揮排他時則為對比。表示強調的「が」不能放在句子或是會話的開頭。這是因為，這些都是對「誰が〜」「何が〜」「どこが〜」等疑問句的回答句，所以這些句子不能用於無疑問句之時。那麼請看下面的例句：

(a) 本は机の上にあります。（書在桌子上。）
(b) 机の上に本があります。（桌子上有書。）

　　a句是所在文，而b句是存在文。a句是表示書之所在場所的說明文，所以使用「は」，b句是敘述「桌子上有書。」一體的事項，所以用「が」。

(a) 猫は屋根の上にいます。

　　（貓在屋頂上。）→　表示貓在的地方。

(b) 猫が屋根の上にいます。

　　（貓在屋頂上。）→　表示貓在的地方。

(c) 屋根の上に猫はいます。

　　（屋頂上有貓。）→　表示只有貓，沒有其他的動物。

(d) 屋根の上に猫がいます。

　　（屋頂上有貓。）→　表示抬頭一看，屋頂上有貓。

　　a句是表示貓之場所的所在文。

　　b句因為使用「が」，所以是表示「貓在屋頂上」之情景的存在文，這句子不能敘述為「貓」的所在場所。存在文一般必須像d句一樣，表示場所的語句在主語之前。b句因將其置於主語之後，所以多少讓人覺得有點奇怪的印象，但是對於「屋根の上に何がいますか？」（屋頂上有什麼？）的問句時，可以用b句來回答。這種場合、「猫が」是強調「貓」之事。

　　c句是存在文的「が」以「は」替代，暗示著「屋根の上に猫はいますが、他の動物はいません。（屋頂上有貓，但是無其他的動物）」的意思。

　　表示存在之語的代表有「いる」和「ある」，也有如下其他之語。

(a) 変（へん）な音（おと）が聞（き）こえる。（聽到奇怪的聲音。）

(b) いい匂（にお）いがする。（香味撲鼻。）

(c) 青空（あおぞら）が見（み）える。（看到藍天。）

(d) 燃料（ねんりょう）が少（すく）ない。（燃料很少。）

(e) 帽子（ぼうし）を被（かぶ）った人（ひと）が多（おお）い。（戴帽子的人很多。）

　　「音（聲音）」「匂い（味道）」「光景」等，以「聽

到」「看到」的方式存在。又、d、e等敘述存在量的句子也以此比照 ^{註6}。

這些存在文用「は」時，暗示著「～存在，但…不存在」的意思。比如說「聽到奇怪的聲音」的這句話，則暗示著「聽到奇怪的聲音，但是沒有看到什麼」的意思。

這個「…」的事態是表示與「～」的相反的事態。會話時在「は」之處加強語氣。

其次，述語為名詞、形容動詞語幹的場合，這些如前所述，有指事態和非指事態兩種。指事態時使「が」。這如果用「は」時，則暗示著「主語是～，但別的主語是…」的意思。

(a) 自然の恵みは豊かです。（自然的恩惠是很豐富的。）
(b) 内容は複雑です。（內容是很複雜的。）
(c) 肌は柔らかです。（肌膚是很柔嫩的。）
(d) 勢いは盛んです。（氣勢是很旺的。）
(e) 外見は立派です。（看外表是很出色的。）

註6　尾上圭介　「『は』的係助詞性和表現的機能」（國語和國文學　五八卷五號一九八一年）

#最後、有關本項的「は」和「が」的看法，部份參考東京大學副教授尾上圭介氏於一九九六年在東京語研究所的講義「日本語文法理論」。

(f) 旅行は楽しみです。（旅行是很愉快的。）

(g) 心臓の鼓動は不規則です。（心跳是很不規則的。）

(h) サービスは丁寧です。（服務是不錯的。）

　　　所謂「～」的相反的事態，例如、a句「自然の恵みは豊ですが、都心まで時間がかかりすぎる（自然的恩惠是很豐富的，但是到市中心太花時間了）」等的意思。

　　　b句是「内容は複雑てすが、あらゆること載っています。（内容很複雜，但是所有的事都記載在上面）」等的意思。只是，上列例句都含有不尋常的意味，多用於特殊情況。此外，不指主述語為一體化的事項時用「は」，如果用「が」就有強調的意思。

(a) 彼女が親切す。（？）

(b) 清の康熙帝が千古の偉人だ。（？）

(c) 孫文が建国の父です。（？）

(d) 伊藤博文が日本の最初の総理大臣です。（？）

(e) この公園が静かです。（？）

(f) 私がクラスで一番です。（？）

(g) この部屋が不潔です。（？）

(h) これが私の本です。（？）

(i) 彼の話が嘘です。（？）

(j) 彼女の言っていることが本当です。（？）

　　這些都是「誰が（誰是）〜？何が（什麼是）〜？どこが（哪兒）〜？」等疑問句的回答句，所以都不能放在會話或是文章上的最前面。

　　以a句為代表作說明。「她很親切」的句子的使用是，先有「誰親切？」的疑問句，而後才對此疑問句的回答句。

(a) 彼が根がケチです。（？）

(b) この問題が解決がやっかいだ。（？）

(c) それが解釈が間違っている。（？）

(d) 彼女が気が激しい。（？）

(e) 小島さんが性格がきつい。（？）

(f) 私の上司が少し頭が鈍い。（？）

(g) あの子を思うと私が胸が痛む。（？）

(h) この掃除機がゴミがよく吸い取れる。（？）

(i) この音楽が心が静まる。（？）

(j) このライターがよく火が付きません。（？）

其次，述語的「が」以「は」來替代則會如何？

(a) この映画は予算<ruby>予算<rt>よさん</rt></ruby>はかかった。（？）

(b) 彼<ruby>彼<rt>かれ</rt></ruby>は目<ruby>目<rt>め</rt></ruby>は点<ruby>点<rt>てん</rt></ruby>になった。（？）

(c) 山岡<ruby>山岡<rt>やまおか</rt></ruby>さんは足<ruby>足<rt>あし</rt></ruby>は臭<ruby>臭<rt>くさ</rt></ruby>い。（？）

(d) この野菜<ruby>野菜<rt>やさい</rt></ruby>は味<ruby>味<rt>あじ</rt></ruby>はいい。（？）

(e) この地域<ruby>地域<rt>ちいき</rt></ruby>は大気汚染<ruby>大気汚染<rt>たいきおせん</rt></ruby>はひどい。（？）

(f) うちは部屋<ruby>部屋<rt>へや</rt></ruby>は五<ruby>五<rt>いつ</rt></ruby>つある。（？）

(g) 兄<ruby>兄<rt>あに</rt></ruby>は日本語<ruby>日本語<rt>にほんご</rt></ruby>は上手<ruby>上手<rt>じょうず</rt></ruby>だ。（？）

(h) 山口<ruby>山口<rt>やまぐち</rt></ruby>さんは映画<ruby>映画<rt>えいが</rt></ruby>は好<ruby>好<rt>す</rt></ruby>きだ。（？）

(i) 富士山<ruby>富士山<rt>ふじさん</rt></ruby>は裾野<ruby>裾野<rt>すその</rt></ruby>は広<ruby>広<rt>ひろ</rt></ruby>い。（？）

(j) 彼女<ruby>彼女<rt>かのじょ</rt></ruby>は首<ruby>首<rt>くび</rt></ruby>は長<ruby>長<rt>なが</rt></ruby>い。（？）

這場合也是「對比」。

如a句這是暗示著「予算はかかったが、いい作品だ。（預算很高，但是好作品。）」的意思。

b句也一樣「目は点になったが、すぐに気を取り直した。（愣住了，但馬上定神恢復了）」。

(a) 犯人<ruby>犯人<rt>はんにん</rt></ruby>は彼<ruby>彼<rt>かれ</rt></ruby>だ。（犯人是他。）

(b) 彼<ruby>彼<rt>かれ</rt></ruby>が犯人<ruby>犯人<rt>はんにん</rt></ruby>だ。（也就是犯人。）

　　先說明a句，表示「犯人」的是候補者之中，特別是根據把「彼」提出來之時，就有了排除了他的排他性，而顯現出對比的效果。

　　b句是說到犯人就連想到某犯罪，根據其犯罪事項之中心從而提到他，強調他，所以a、b兩句的效果是相同的。

　　順便說明以下列的例句。

(a) 彼<ruby>彼<rt>かれ</rt></ruby>は犯人<ruby>犯人<rt>はんにん</rt></ruby>だ。（他是犯人）
(b) 犯人<ruby>犯人<rt>はんにん</rt></ruby>が彼<ruby>彼<rt>かれ</rt></ruby>だ。（錯誤）

　　a句是一般的說明文，無特別發揮排他性，但也可特別發揮排他性而形成的對比。

　　b句勉強地說，成了「不是被害者，而是犯人」的意思，可是一般沒有這種說法。

　　到現在為止，敘述了「は」的對比和「が」的強調，但是根據句型也有「は」和「が」均可使用的場合。例如日本札幌的夜景被稱為世界三大夜景之一，看到這夜景時。

(a) 札幌の夜景<ruby>札幌<rt>さっぽろ</rt></ruby>の<ruby>夜景<rt>やけい</rt></ruby>はすばらしい。（札幌的夜景很美。）

(b) <ruby>夜景<rt>やけい</rt></ruby>がすばらしい。（夜景真美。）

(c) <ruby>札幌<rt>さっぽろ</rt></ruby>は<ruby>夜景<rt>やけい</rt></ruby>がすばらしい。（札幌夜景真美。）

　　上面的例句有少許的不同，但是實際上看著夜景說的場合，哪一句皆可使用。敘述眼前的光景時通常使用「が」。用「は」就成為說明文，因為此時，主語不在眼前的事項。這場合、「は」的不足是眼前光景的資訊，因此、給予此一資訊時，用「は」也可以。具體的說，例如：

(a) <ruby>月<rt>つき</rt></ruby>が<ruby>綺麗<rt>きれい</rt></ruby>だ。→月を見た場合。

　　（看到月亮的場合）

(b) <ruby>月<rt>つき</rt></ruby>は<ruby>綺麗<rt>きれい</rt></ruby>だ。→月の属性を述べたもの

　　──月というものは綺麗なものだ。

　　（敘述月球的屬性──月亮這星球是美麗的）

(c) <ruby>今夜<rt>こんや</rt></ruby>の<ruby>月<rt>つき</rt></ruby>は<ruby>綺麗<rt>きれい</rt></ruby>だ。→a文と等価。

　　（與a句相同）

　　看到月亮的場合，通常是用a句。如使用b句的話，成為「一般來說月亮這星球是美的」的意思，與情況不相稱。這場

合所欠缺的是這「這月亮是眼前的月亮」的資訊。因此，根據加了「今晚の（今晚的）」之修飾語的情報時，如c句就可以與a句成為等價之句子。

　　如下例的其他的句子，使用「は」也可以敘述眼前的光景。這些句子當中，有不特定加上新資訊也可以成立的例句，也有主語及述語的位置互換的例句。

(a) この部屋は暗い。（這房間很暗。）
　　＝部屋が暗い。（房間裡黑暗。）
(b) 彼は文章は緻密だ。（他的文章很細膩。）
　　＝文章が緻密だ。（文章細膩。）
(c) 市場は動き出した。（市場的交易活動開始了。）
　　＝市場が動き出した。（市場的交易活動開始了。）

　　【市場を見た場合】
(d) 今日、日本の株は上った。（今天日本的股價上漲了。）
　　＝株価が上がった。（股票上漲了。）
(e) あのことは致命傷になった。（那件事成了致命傷。）
　　＝あのことが致命傷になった。（那件事就成了致命傷。）
(f) そんな昔に冷蔵庫はあったのですか？

　　（那樣早就有了冰箱了嗎？）

　　＝そんな昔冷蔵庫があったですか？

　　（那樣早就有了冰箱了嗎？）

(g) ついに時計は止まった。（錶終於停了。）

　　＝時計が止まった。（錶停了。）

(h) こんなところに宝石はあった。（這樣的地方有寶石。）

　　＝宝石があった。（有寶石。）【看到寶石的場合】

(i) 犯人は彼だ。（犯人是他。）

　　＝彼が犯人だ。（他就是犯人。）

(j) 悪いのは西川さんです。（不對的是西川先生。）

　　＝西川さんが悪いのです。（是西川先生不對。）

　　a句的「部屋が暗い。」如用「この部屋が暗い。」的話，就成了「哪個房間暗？」問題的回答句，所以非等值。

　　b句也是一樣。

　　c句如用「市場は動いた。」就成了「市場は動いたけれど、他の何々動かなかった。（市場的交易活動了，其他的事項沒有活動了）。」的意思。

　　e句和f句的場合，「は」和「が」都可以，但這是少有的。

　　h句如用「こんなところに宝石があった。（在這樣的地方有寶石。）」的話，就成了偶然發現寶石的事，意思就不同了。

第四節 再談有關「は」

「は」和「が」的比較在前節已敘述完畢，但是有關「は」有一事得說明。那就是、不附主語的「は」。有時「は」為「を」的代用，有時或是表副詞，有時也接於表示場所或時間之後。又，連體修式句中也使用「は」，這些「は」無例外，全為「對比」。

(a) 三時<ruby>三時<rt>さんじ</rt></ruby>にはそちらへ<ruby>伺<rt>うかが</rt></ruby>います。

（三點到您那裡拜訪。）　　　　　助詞＋「は」

(b) <ruby>明日中<rt>あしたじゅう</rt></ruby>には<ruby>完成<rt>かんせい</rt></ruby>します。

（明天將完成。）　　　　　　　　助詞＋「は」

(c) <ruby>君<rt>きみ</rt></ruby>にはこれを<ruby>上<rt>あ</rt></ruby>げる。

（給你這個。）　　　　　　　　　助詞＋「は」

(d) ここではチケットが<ruby>安<rt>やす</rt></ruby>く<ruby>買<rt>か</rt></ruby>えます。

（在這裡可以買到便宜的車票。）　助詞＋「は」

(e) <ruby>少<rt>すこ</rt></ruby>しは<ruby>見<rt>み</rt></ruby>られる。

（可以看到一點點。）　　　　　　副詞＋「は」

(f) <ruby>穏<rt>おだ</rt></ruby>やかには<ruby>笑<rt>わら</rt></ruby>えない。

（不能大方地笑。）　　　　　　　副詞＋「は」

(g) ここを<ruby>通<rt>とお</rt></ruby>ってはいけません。

（不可以從這裡通過。）　　　　　動詞＋「は」

(h) 家賃はちゃんと払ってください。

（房租，請按期付。）　　　　　「を」的代用

(i) 私は会社の売り上げは上げた。

（我提高了公司的營業額。）　　　「を」的代用

又、如下、也有與句子構造有關的場合。

(a) 私は良い会社に就職できたことを喜んでいる。

（我很高興能在好公司工作。）

(b) 私が良い会社に就職できたことを喜んでいる。

（為了我能在好公司工作而感到高興。）

　這裡有兩個動詞「できた」和「喜んでいる」。a句使用「は」，「は」是涉及到整個句子。也就是「できた」和「喜んでいる」的都是「我」。這句的主語是「我」，「能在好公司工作的事」是對象語句。「很高興」是述語。

　但是b句使用「が」，「が」只涉及最初的動詞。亦即，涉及到「できた」。因此、「能」的是我，而高興的是別人。這個句子的結構沒有主語，「我能在好公司工作的事」為對象句，而某人「高興」。以圖表示的話如下。

私は	良い会社に就職できたことを	喜んでいる。
主語	對象語句	述語動詞

___	私がよい会社に就職できたことを	喜んでいる。
主語	對象語句	述語動詞

再舉一例。

藤田さんは部屋に入ると、電気を点けた。

（藤田先生一進房間，就把電燈打開。）

藤田さんが部屋に入ると、電気を点けた。

（藤由先生一進房間，《某人》就把電燈打開。）

「は」因為涉及到整個句子，所以「進入房間」和「打開電燈」都是「藤田先生」。但是b句是「進入房間」的是「藤田先生」而「打開電燈」的不是「藤田先生」，而是別人。

又、「は」和「が」使用錯誤的話，有時意思完全不同。

(a) 私は料金を払います。（我付帳。）
(b) 私が料金を払います。（我來付帳。）

a句是「私は自分の料金だけ払います。（只付自己的帳）」的意思。

而b句為「私は皆の料金をはらいます。（我來付大家的帳）」的意思。

但是a句只能在相當特殊的情況下使用。

又、在北原保雄「日語的文法」（中央公論社，日語的世界6　一九八一年），同「日語文法的焦點」（教育出版一九八四年），敘述「『は』表示既知情報，『が』表示未知的情報」，提倡所謂「既知未知說」。可是、既知未知說只不過是表面上的看法。例如、下面的句子並不能以既知未知說來解釋。

(a) 君、気は確かか？（你，沒有問題吧？）
(b) 昨日から雨が降り続いていますね。

（從昨天雨就一直下不停的啊。）

a句是、看到對方之異常行動時所說的話。「気」為既知之事項是無意義的。這場合「は」不得不認為是與既知未知另一次元時使用。

b句是從昨天繼續下的話，對於說者與聽者來說，下雨應該是既知情報。因此，「が」也不得不斷定與既知未知別次元之時使用。因為是敘述下雨現象的事項，所以使用「が」，如此

的說明較為合理。無論如何總讓人覺得既知未知說只是最重要
事項之片面的問題而已。

練　習

請將下列各題填入適當的助詞

① これ（　　　　）誰の本ですか。

② この本（　　　　）日本語の本です。

③ どのカバン（　　　　）林さんのですか。

④ 僕（　　　　）鈴木です。どうぞ宜しく願いします。

⑤ タイ（　　　　）釣れた。

⑥ コバエ（　　　　）発生した。

⑦ 雨（　　　　）降って来た。

⑧ 台湾人（　　　　）親切です。

⑨ 秦の始皇帝（　　　　）中国を統一した。

⑩ 日（　　　　）東から昇る。

⑪ 彼女（　　　　）毎晩ミルクを飲みます。

⑫ ご注文は何になさいますか。

　　僕（　　　　）焼肉定食で、彼女（　　　　）親子丼です。

⑬ この果物どうですか。

　　ああ、その果物（　　　　）美味しいですよ。

⑭ そのカバンは一万円します。

　　一万円（　　　　）高い。

⑮ この会議室、三十人（　　　　）入る。

⑯ 美味しかったです。ごちそうしますから、私（　　　）払います。

⑰ 私は林さんに、「林さん（　　　）良い会社に勤めるのを喜んでいる。」と言った。

⑱ 部屋が暗かったので、陳さん（　　　）部屋に入ると、電気をつけた。

⑲ 部屋が暗いので、私は陳さん（　　　）部屋に入ると、電気をつけた。

⑳ 店（　　　）汚いですけど、サービス（　　　）丁寧ですね。

<table>
<tr><td colspan="4" align="center">解　答</td></tr>
</table>

① は	② が	③ が	④ は
⑤ が	⑥ が	⑦ が	⑧ は
⑨ は	⑩ は	⑪ は	⑫ は、は
⑬ は	⑭ は	⑮ は	⑯ が
⑰ が	⑱ は	⑲ が	⑳ は、は

第二章　表示對象的助詞

第一節　「に」和「を」

附著於對象語的「に」和「を」，表示述語動詞作用所及的範圍，但有如下的不同：

	他動詞	自動詞	使役表現
に	動作作用所及的問接對象	動作所及的直接對象	稍近於依賴
を	動作作用所及的直接對像	場所	表示強制・命令

「に」在他動詞文的場合，主要使用於有情物，表示「對象」，但是只用「に」的情況很少，一般都與「を」並用。

(a) 子供に英語を教えています。（我教小孩英語。）
(b) 銀行にお金を預けました。（我把錢存入銀行。）
(c) 慈善団体に大金を寄付します。（我把錢捐給慈善團體。）
(d) 先生に分からない所を質問しなさい。

（你有不明白的問題請問老師。）

(e) 私にそれを下さい。（請把那個給我。）

(f) 彼にビタミン剤を注射しました。（我給他打了維他命針。）

(g) 私にそんな難しいことを聞かないでください。

　　（請不要問我那麼難的的事。）

(h) 私にちゃんと事情を説明してください。

　　（好好地把事情說明給我聽。）

(i) 彼にこの本を借りました。（我向他借了這本書了。）

(j) 皆にクリスマスカードを配りました。

　　（我發給大家聖誕卡了。）

　　在他動詞文的直接對象語時使用「を」，主要是使用於無情物。

(a) 新社長は就任早々おかしな人事をやり出した。

　　（新社長一上任就作出奇怪的人事異動。）

(b) 彼は調子に乗って何度もチャンスを失った。

　　（他得意忘形錯過了好幾次機會。）

(c) 警察は賄賂の流れを追及している。

　　（警察追究賄賂的來龍去脈。）

(d) 着地に失敗して足を痛めた。（我著陸失敗把腳弄痛了。）

(e) 山一証券は多額の負債を抱え込んで倒産した。

　　（山一証券公司抱著高額的負債破產了。）

(f) 天下の英才を得てこれを教育す。（得天下的英才而教之。）

(g) 成功を祈る。（祈禱成功。）

(h) あなたに大事な秘密を打ち明けます。

　　（我把重要的秘密告訴你。）

(i) 私一人で荒地を開拓して畑を作ったのです。

　　（我一個人將荒地開墾成田地了。）

　　又有如下特殊句子：

(a) 円山大飯店の写真を撮りました。

　　（拍了圓山大飯店的照片。）

(b) 円山大飯店を写真に撮りました。

　　（把圓山大飯店拍入照片裡。）

　　a句「円山大飯店の写真」形成了一個名詞語句，以「を」來表示對象語。b句從外形上來看，對象語為「円山大飯店」和「写真」其實「写真を撮る」是一個「動詞語句」。嚴格地說，這個兩個句子的不同是b句有較強烈的「記念に（作記

念）」的語意。a句與b句與其說助詞的不同不如說是表現文型的不同。其次是自動詞文用「に」表示對象時，接表示對人關係為前提的自動詞，或接表示某作用的波及為前提的自動詞。當然也有表示場所語的場合，但在本章不論述，有關此項請參關第四章。

　　表示直接「對象」的例句如下：

(a) 先生に挨拶する。（我向老師打招呼。）

(b) 彼女に電話したら留守だった。

　　（我給她打了電話，她不在家。）

(c) 帰る途中彼に会った。（我在回家的路上，遇到他了。）

(d) 早く彼に連絡した方がよい。（早點兒跟他聯絡的好。）

(e) 早速社長に取り次ぎます。（我儘快地跟社長取得聯絡。）

(f) 先生に従う。（追隨老師。）

(g) 部長に面会する。（跟部長見面。）

(h) 彼女が私に微笑みかけた。（她向我微笑。）

(i) 私は正しい人に味方します。（我是正人君子的朋友。）

　　這種場合與他動詞文的場合沒有太大的差別。

　　表示某種作用的波及的例子就非常複雜。

(a) 良い結果に満足している。（我對好的結果感到滿意。）

(b) 映画スターに憧れる。（我對電影明星有憧憬。）

(c) 売り上に協力した。（我爲營業額同心協力。）

(d) それ法律に違反している。（那是違反法律的。）

(e) あなたの意見に賛成します。（我贊成你的意見。）

(f) 冷たい物を飲むと歯に滲みる。

　　（喝冷的東西就感到扎牙。）

(g) この新システムはありとあらゆる事態に対応できる。

　　（這個新系統能應付所有的事項。）

(h) 老子の言葉は一字千金に値する。（老子之言一字值千金。）

(i) 彼は酒に酔うと言葉遣いが乱暴になる。

　　（他一喝醉，說話就很粗暴。）

(j) この服に決めました。（我決定買這件衣服了。）

(k) 彼は集中力に欠けています。（他缺乏集中力。）

　　勉強地說，用「に」表示對象是「不動」的，也就是說表示某種作用朝向目的地波及。以「を」來表示是受作用而動的對象。也有例外，但一般來說都是如此。

　　根據「に」和「を」的區別使用，其對象的意思也就跟著不同。

(a) 彼は老子に学んだ。（他跟老子學習。）

(b) 彼は老子を学んだ。（他學老子。）

(c) 大臣に育てた。（培養成大臣了。）

(d) 大臣を育てた。（曾經養育過大臣。）

(e) 子供に育てた。（錯誤用法）

(f) 子供を育てた。（養育了小孩。）

　　上面a、b句的對象語都是「老子」。但是這兩個「老子」的意思並不一樣。「老子」有兩個意思。一個是表示人物的「老子」一個則是表示書籍的「老子道德經」。助詞「に」因為是表示對人關係的表示法，因此a句的「老子」是人物。這句就成了「他受教於老子」的意思。但是「他」與「老子」若不是同一時代人物的場合的話，受教於老子是不可能的，所以這句的意思就成為「他透過老子的書籍學習」。而「を」沒有對人關係的用法。因此這裡的「を」是表示動作作用的直接對象，所以b句的「老子」是指「老子道德經」這本書籍。因此這句話的意思是說「他學習老子道德經」。c句是使某人達到大臣的地位的意思，而d句是，曾過撫育過小時候的大臣之意，這意思的不同可以從e句和f句反映出來。「を育てた」因為是養育的意思，對小孩可以使用，「に育てた」是表示到達某一地

位，所以對小孩不能用。

　　接著說明使役表達方式。這也是依「に」和「を」的區別使用，其意也跟著不同。

(a) 彼<ruby>かれ</ruby>に行<ruby>い</ruby>かせます。（託他去。）
(b) 彼<ruby>かれ</ruby>を行<ruby>い</ruby>かせます。（讓他去。）

　　同樣的使役表現「行かせます」之語也不同。使用「に」的a句較接近於依賴，含有「拜託他去」的意思。使用「を」的句有「強制的‧命令的讓他去」的意思。又、關於使役表現一項，請參閱第十四章。

第二節　「が」和「を」

　　這裡所述的「が」和「を」與第一章所說明的「が」是相同的。也就是說這裡所說的也是表示「主語」[註1]。因在文章中與

註1　尾上圭介　「思考文法（文法を考える）」
　　　主語（1）「日本語學」一九九七年十月號
　　　主語（2）「日本語學」一九九七年十一月號
　　　主語（3）「日本語學」一九九八年一月號
　　　主語（4）「日本語學」一九九八年三月號

表示對象語的位置類似，所以經常可以與「を」混用。因此在這裡再度說明。

　　在日語裡附有對象語的是用言，但是「が」與「を」區別使用的問題，主要是在願望的實現‧可能表達及自發表達。首先，先說明願望表達。日語裡的願望表達有如下的三種區別使用法。

① 願望性動詞　　　　を
② 願望性形容詞　　　が
③ 動詞＋たい　　　　が、を、に、と

　　表示願望的動詞通常是他動詞。敘述願望的時候，必須說出其願望的內容，所以應有其願望的對象，因此必須使用「を」。

(a) アジア大会で台湾のチームの活躍を期待する。

　　（期待台灣隊在亞洲大會中大顯身手。）

(b) アジア大会で台湾のチームの活躍が期待する。（錯誤。）

(c) アジア大会で台湾のチームの活躍が期待される。

　　（台灣隊在亞洲大會中大顯身手被期待。）

(d) どうせ貰えるならいいものを望みます。

（反正是可以得到的，希望是好東西。）

(e) どうせ貰えるならいいものが望みます。（錯誤。）

(f) この子は玩具よりも新しいゲームソフトを欲しがっています。（這孩子比起要玩具更想要的是電玩軟體。）

(g) この子こは玩具よりも新しいゲームソフトが欲しがっています。（錯誤）

其次是願望性形容詞（含形容動詞），這種句子一定要使用「が」。不限於願望性，形容詞就得用「が」，不能用「を」。

(a) 私は一番新しい日本語の辞書が欲しい。

（我想要的是最新的日語辭典。）

(b) 私は一番新しい日本語の辞書を欲しい。（錯誤）

(c) このくらいのテストなら満点を取るのが望ましい。

（像這樣的測驗最好獲得滿分。）

(d) このくらいのテストなら満点を取るのを望ましい。

（錯誤）

(e) 彼が帰って来るのが待ち遠しい。

（殷切地盼望著他的歸來。）

(f) 彼が帰って来るのを待ち遠しい。（錯誤）

　　在此必注意的是③的「動詞＋たい」。這個「たい」是助動詞。附著於動詞之後，表示說話者的希望。這個動詞為「自動詞」的時候，「たい」的有無並無差別。例如以下的句子：

(a) 私は博物館に行きたい。（我想去博物館。）
(b) 私はここに残りたい。（我想留在這裡。）
(c) 私は公園を一人で静かに散歩したい。

　　（我想一個人在公園靜靜地散步。）
(d) 一度でいいからあの名車に触ってみたい。

　　（就一次也好我很想觸摸那輛名車。）
(e) あの人と一緒に暮らしたい。

　　（我很想跟那個一人一起生活。）
(f) お金に困りたい。（錯誤）
(g) あのスターに憧れたい。（錯誤）

　　f句的錯誤是含有不受歡迎的意思的語句不能附加「たい」，沒有人特意希望苦惱的事。g句的場合是「憧れる（憧憬）」這個動詞本來就含有表示願望的意思，沒有必要再附加

48

「たい」這一詞。他動詞的附加「たい」的場合，本來不使用「を」就不行，也有日本人使用「が」。這種現象現在動搖不定。如將此一問題問日本人的話，選擇「を」的傾向較多，即使是錯誤的，日常會話多用「が」，這可能與對象語的性質有關。亦即，對象語是人的場合，使用「が」時候，就成主語，所以不能用「が」。

對象語是人的場合　　　　→　　を

對象語不是人的場合　　　→　　が、を

(a) 彼<ruby>彼<rt>かれ</rt></ruby>を喜<ruby>喜<rt>よろこ</rt></ruby>ばせたい。（想讓他高興）

(b) 彼<ruby>彼<rt>かれ</rt></ruby>が喜<ruby>喜<rt>よろこ</rt></ruby>ばせたい。（錯誤）

(c) 私<ruby>私<rt>わたし</rt></ruby>は彼<ruby>彼<rt>かれ</rt></ruby>を喜<ruby>喜<rt>よろこ</rt></ruby>ばせたい。（我想讓他高興）

(d) 私<ruby>私<rt>わたし</rt></ruby>は彼<ruby>彼<rt>かれ</rt></ruby>が喜<ruby>喜<rt>よろこ</rt></ruby>ばせたい。（錯誤）

(e) 水<ruby>水<rt>みず</rt></ruby>を飲<ruby>飲<rt>の</rt></ruby>みたい。（我想喝水）

(f) 水<ruby>水<rt>みず</rt></ruby>が飲<ruby>飲<rt>の</rt></ruby>みたい。（我想喝水）

(g) 彼<ruby>彼<rt>かれ</rt></ruby>に誕生日<ruby>誕生日<rt>たんじょうび</rt></ruby>プレセントを上<ruby>上<rt>あ</rt></ruby>げたい。（我想給他生日禮物。）

(h) 彼<ruby>彼<rt>かれ</rt></ruby>に誕生日<ruby>誕生日<rt>たんじょうび</rt></ruby>プレセントが上<ruby>上<rt>あ</rt></ruby>げたい。（錯誤）

(i) サンシャイン水族館<ruby>水族館<rt>すいぞくかん</rt></ruby>を見学<ruby>見学<rt>けんがく</rt></ruby>したい。

　　（我想到陽光水族館參觀。）

(j) サンシャイン水族館<u>が</u>見学したい。（錯誤）

　　b句對象語的「彼（他）」因為使用「が」會成為主語，所以不能使用「が」。d句有別的主語「私は」的情形也一樣。e、f句　是有名的例句。現在一般認為兩句都沒有錯。e句是極自然的表現。f句依使用「が」來表示「我想喝的東西」，或是「我想喝水的事」，總之是強調的表現。但是在日常會話上也有人在「を」的位置上增加語氣來強調「水」。h句和j句不能使用「が」。由上面所述來看，實際上可以說明使用「が」的情況很少。

(a) 魯迅の本<u>が</u>読みたい。（我想看魯迅的書。）
(b) もっと流暢に日本語<u>が</u>話したい。

　　（我想把日語說的更流暢。）
(c) 明るい歌<u>が</u>歌いたい。（我想唱開朗的歌。）
(d) 卵焼き<u>が</u>食べたい。（我想吃荷包蛋。）
(e) 赤い服<u>を</u>着たい。（我想穿紅色的衣服。）
(f) 今まで全くなかったような小説<u>が</u>書きたい。

　　（我想寫目前所沒有的小說。）
(g) 美味しいデザート<u>が</u>作りたい。（我想做好吃的點心。）

(h) 一世一代の大事業がやりたい。

（我想作一生一世的大事業。）

(i) ピカソの作品が見たい。（我想看畢卡索的作品。）

(j) 尾上先生の講義が聞きたい。（我想聽尾上老師的課。）

　　上面的例句也都可以用「を」。但這些例句中的某些句子或許有人認為是錯誤的。因此可見「が」和「を」的使用並非那麼確定。強而言之，述語為極日常的意思，且對象語為珍奇之物的場合，可以使用「が」。而在表達可能的場合，大體上「が」和「を」都可以使用。

(a) 私はドイツ語が話せます。（我會說德文。）

(b) 彼はイタリア料理が作れます。（他會作義大利菜。）

(c) この番組はいい音楽が聴けます。

　　（這個節目能聽到好的音樂。）

(d) 彼のカメラは画像が鮮明に写せます。

　　（他的照相機能把影像照的很清楚。）

(e) この売り場ではピザがよく売れます。

　　（這個賣場披薩的銷路很好。）

(f) 私のマンションは猫が飼える。（我的公寓能養貓。）

(g) 彼女は約束が守れますか？（她能守約嗎？）

(h) この電気炊飯器はご飯が美味しく炊けます。

（這個電鍋能煮很好吃的飯。）

(i) 気楽な時間が過ごせます。（能度過輕鬆愉快的時間。）

(j) この新型機は一台で三十人分の仕事がこなせます。

（這個新型的機械一台能做三十個人份的工作。）

第三節　表示「範圍」的助詞「で」和「に」

首先說明「で」。這是在表示人數之語時，對其人數的限定或表示共同作業。表示人數之語時，並不僅限於「一人（一個人）」「二人（二個人）」等語，名詞的例舉亦可。

(a) 私一人でやりました。（我一個人做了。）

(b) 私と彼とで十分です。（我和他就綽綽有餘了。）

(c) みんなであいつの邪魔をしてやろう。

（大家來跟那傢伙搗蛋吧。）

(d) 私たちでライバル会社の情報を収集しました。

（我們大家向競爭公司收集情報了。）

(e) 親しい仲間だけで毎週一回カラオケに行きます。

（跟親近的伙伴每星期去唱一次卡拉OK。）

(f) 私たちは親戚同士で助け合っています。

（我們親戚大家互相幫助。）

(g) 二年一組のメンバーで演劇会を行います

（二年一班的成員們演話劇。）

　　有時不容易辨別是「限定」或是「共同作業」，但在文章、會話上都無太大的差別，沒有必要嚴加區別。總而言之，只要記得「限定人數」就可以了。

　　在有「に」的場合，用名詞句或假定條件句，表示「能力範圍内」。當然，接否定語時，表示「非能力範圍内」。

(a) 彼にできることではない。（不是他能做的事。）

(b) 私に買える値段ではない。（不是我能買的價錢。）

(c) 彼女に手に負える相手ではない。（不是她能應付的對手。）

(d) 彼にできるなら、私にもできる。（他會的話，那我也會。）

(e) 君にうまい字が書けたら、褒美をやる。

（你能寫一手好字的話，我獎賞你。）

　　這些「に」都不能以「は」來取代。

以上，使用這些名詞句的時候，有表示「非能力範圍內」，而使用於假定條件句時，有表示「能力範圍內・非能力範圍內」的傾向。

(a) あなたでこの仕事をやってもらいます。（錯誤）

(b) あなたにこの仕事をやってもらいます。

　　（讓《托》你做這件事。）

(c) あなたで妻の浮気を調査してもらいます。（錯誤）

(d) あなたに妻の浮気を調査さしてもらいます。

　　（讓《托》你調查我妻子的外遇。）

(e) あなたで上着を修繕してもらいます。（錯誤）

(f) あなたに上着を修繕してもらいます。

　　（讓《托》你修補上衣。）

　　這些「～もらいます」的構文是使役文的一種，「に」表示依賴的對象，而不表示主語。

(a) 彼はきっと新しい事業で成功する。

　　（他一定能在新的事業上成功。）

(b) 彼はきっと新しい事業に成功する。

（他一定能成功於新的事業。）

　　雖然a句的「で」表示領域，b句的「に」表示對象，但是意思是一樣的。

　　以上，「で」和「に」的不同較為明顯，所以在其區別上並不須太費心，但是「で」和「に」接其他的助詞的時候，就必須注意。在此就「では」「には」作一說明。

　　首先，關於「では」「には」，兩者不同的問題在於「能力範圍內‧非能力範圍內」之面，現在就此一領域作說明。

では　表示在能力上辦不到的情形
には　表示可能‧不可能兩者

　　「では」使用於表示能力上不可能的事項的述語，或者表示困難的事項的述語。另一方面，「には」表示能力上、立場上未決定，或表示可能‧不可能兩方面。例如：

(a) 私ではその問題を解決できません。

　　（我對那個問題沒辦法解決。）
(b) 私にはその問題を解決できません。

（我不能解決那個問題。）

(c) 私<u>では</u>その問題を解決できる。（錯誤）

(d) 私<u>には</u>その問題を解決できる。（我能解決那個問題。）

(e) 私<u>では</u>この意見に賛成できません。（錯誤）

(f) 私<u>には</u>この意見に賛成できません。（我不能贊成這個意見。）

　　a句是表示能力上的不許可，b句是表示能力上的不許可亦或立場上的不許可，這若不從前後文脈來看則難以判斷。c句因表示可能，所以必須像d句一樣使用「には」，而不能使用「では」。e句「賛成できないこと」不是能力上的問題，所以不能用「では」。

　　表示能力上的不可能的場合，有如下的例句：

(a) 私<u>では</u>彼に勝てない。（我沒法勝過他。）

(b) 私<u>には</u>彼に勝てない。（我不能勝過他。）

(c) こんなに重いものは私<u>では</u>動かせない。

　　（這麼重的東西，我無法移動。）

(d) こんなに重いものは私<u>には</u>動かせない。

　　（這麼重的東西，我不能移動。）

(e) 難しくて私<u>では</u>理解できない。（困難得我無法理解。）

(f) 難しくて私には理解できない。（困難得我不能理解。）

(g) 彼の字が汚くて私では読めない。（他的字亂得我無法看懂。）

(h) 彼の字が汚くて私には読めない。（他的字亂得我看不懂。）

(i) 私ではうまく歌えない。（我無法把歌唱得好。）

(j) 私にはうまく歌えない。（我不能把歌唱得好。）

(k) 彼では敵を防げない。（他無法防敵。）

(l) 彼には敵を防げない。（他不能防敵。）

　　表示立場上的不可能的場合如下：

(a) この服は子供っぽすぎで私では着られない。（錯誤）

(b) この服は子供っぽすぎで私には着られない。

　　（這件衣服太孩子氣了我不能穿。）

(c) そんな条件は私では飲めない。（錯誤）

(d) そんな条件は私には飲めない。（那樣的條件我吞不下去。）

(e) 私では八百長は認められない。（錯誤）

(f) 私には八百長は認められない。（我不能承認假比賽。）

(g) そんなひどい話は私では許せない。（錯誤）

(h) そんなひどい話は私には許せない。

　　（那樣過份的話，我不能原諒。）

(i) つまらないから私では笑えない。（錯誤）

(j) つまらないから私には笑えない。（很無聊，我笑不出來。）

　　如上所述，不能使用「では」。

　　但是，主語如接「だけ（只）」或「一人（一個人）」的場合，可以用「では」而不能用「には」。

(a) こんなにたくさん、私一人では食べ切れない。

　　（這麼多，我一個人沒辦法吃完。）

(b) こんなにたくさん、私一人には食べ切れない。（錯誤）

(c) こんなにたくさん、私では食べ切れない。（錯誤）

(d) こんなにたくさん、私には食べ切れない。

　　（這麼多，我一個人吃不完。）

(e) 彼だけでは心配だ。（我只是擔心他。）

(f) 彼だけには心配だ。（錯誤）

(g) 君一人では無理だ。（你一個人是不行的。）

(h) 君一人には無理だ。（錯誤）

(i) 彼女一人では映画を作れない。（她一個人沒辦法製作電影。）

(j) 彼女一人には映画を作れない。（錯誤）

(k) 彼らだけでは作戦は失敗する。

（只有他們的話，作戰會失敗的。）
(1) 彼(かれ)らだけに(さくせん)は作戦は失敗(しっぱい)する。（錯誤）

第四節　「に」和「から」

在本項說明「に」與「から」連接【授與動詞】的場合。
「に」表示授與的目的地，「から」表示授與的起點。以授與
的方向圖來表示則如下。

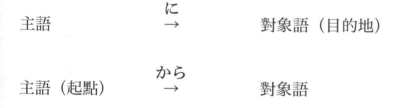

主語　　　　　　　　　　に
　　　　　　　　　　　　→　　　　　　對象語（目的地）

主語（起點）　　　　　から
　　　　　　　　　　　　→　　　　　　對象語

【授與動詞】裡有「給予動詞」與「接受動詞」兩種。
在這兩種動詞之間，「給與動詞」一定要用「に」，不能使用
「から」。因為「から」是從主語的方向進行授與。

(a) 私(わたし)は彼(かれ)にお金(かね)を与(あた)えた。（我給他錢了。）
(b) 私(わたし)は彼(かれ)からお金(かね)を与(あた)えた。（錯誤）
(c) 彼女(かのじょ)は孫(まご)に高価(こうか)な壺(つぼ)を上(あ)げた。（她給孫子高價的茶壺。）

(d) 彼女は孫から高価な壺を上げた。（錯誤）

(e) 彼は野良猫に餌を恵んだ。（他給野貓食物。）

(f) 彼は野良猫から餌を恵んだ。（錯誤）

(g) 彼は弟子に会長の地位を譲った。

　　（他把會長的地位讓給弟子了。）

(h) 彼は弟子から会長の地位を譲った。（錯誤）

(i) 私は恩師にお歳暮を贈りました。

　　（我送給恩師年終禮品了。）

(j) 私は恩師からお歳暮を贈りました。（錯誤）

　　「接受動詞」接「に」或「から」的場合，表示主語為動作的接受者，對象語為給與者的關係。但是，在此對「接受動詞」有稍加詳細說明的必要。這是因為對象為組織的場合，很不容易使用「に」。

(a) 私は警察に表彰を受けた。（？）

(b) 私は警察から表彰を受けた。（我接受了警察的表揚。）

(c) 私は図書館にこの本を借りた。（錯誤）

(d) 私は図書館からこの本を借りた。（我從圖書館借了書。）

　　對象語是人的場合，「接受動詞」通常都使用「から」。但是，只有「もらう」和「いただく」的動詞時，「に」和「から」都可以使用。看起來與剛才的表示圖似乎不同，這是因為這兩個詞在意思上，類似於表達被動的緣故。

(a) 彼<ruby>彼<rt>かれ</rt></ruby>に<ruby>図書券<rt>としょけん</rt></ruby>をもらいました。（從他那裡得到圖書券。）

(b) <ruby>彼<rt>かれ</rt></ruby>から<ruby>図書券<rt>としょけん</rt></ruby>もらいました。（從他那裡得到圖書券。）

(c) <ruby>社長<rt>しゃちょう</rt></ruby>に<ruby>お褒<rt>ほ</rt></ruby>めをいただいた。（從社長那兒得到褒獎了。）

(d) <ruby>社長<rt>しゃちょう</rt></ruby>から<ruby>お褒<rt>ほ</rt></ruby>めをいただいた。（從社長那兒得到褒獎了。）

(e) <ruby>総理大臣<rt>そうりだいじん</rt></ruby>に<ruby>表彰状<rt>ひょうしょうじょう</rt></ruby>を<ruby>頂戴<rt>ちょうだい</rt></ruby>した。（？）

(f) <ruby>総理大臣<rt>そうりだいじん</rt></ruby>から<ruby>表彰状<rt>ひょうしょうじょう</rt></ruby>を<ruby>頂戴<rt>ちょうだい</rt></ruby>した。

　　（從總理大臣那兒得到了表揚獎狀。）

(g) <ruby>彼<rt>かれ</rt></ruby>に<ruby>大切<rt>たいせつ</rt></ruby>なものを<ruby>預<rt>あず</rt></ruby>かった。（錯誤）

(h) <ruby>彼<rt>かれ</rt></ruby>から<ruby>大切<rt>たいせつ</rt></ruby>なものを<ruby>預<rt>あず</rt></ruby>かった。（保管了他貴重的東西。）

　　「給與動詞」為被動，而在意思上為「接受動詞」之意的場合，「に」和「から」都可使用。

(a) <ruby>彼<rt>かれ</rt></ruby>に<ruby>手紙<rt>てがみ</rt></ruby>を<ruby>渡<rt>わた</rt></ruby>された。（由他把信轉交給我了。）

(b) <ruby>彼<rt>かれ</rt></ruby>から<ruby>手紙<rt>てがみ</rt></ruby>を<ruby>渡<rt>わた</rt></ruby>された。（由他把信轉交給我了。）

(c) 知らない人に変なものを送ってよこされた。

（從不認識的人那兒送來了奇怪的東西。）

(d) 知らない人から変なものを送ってよこされた。

（從不認識的人那兒送來了奇怪的東西。）

(e) 王さんは佐藤先生に学位を与えられた。

（佐藤老師授給王同學學位了。）

(f) 王さんは佐藤先生から学位を与えられた。

（佐藤老師授給王同學學位了。）

　　說明了【授與動詞】之後，順便對「くれる」和「よこす」稍加說明。首先，關於「くれる」有下例的特徵。

① 「私」「私たち」不能成爲主語

② 對象語一定要用「に」

③ 主語對說話者來說是關係疏遠的人，對象語對說話者來說是較親近的人註2

(a) 彼は私にお金をくれた。（他給我錢了。）

(b) 彼は私からお金をくれた。（錯誤）

註2　久野暲「新日本文法研究」大修館書店（一九八三年）

(c) 私は彼にお金をくれた。（錯誤）
(d) 私は彼にお金をくれてやった。（我給了他錢了。）

　　b句的錯誤是因為與②相抵觸。c句的情形是因「私」為主語，與①不合。無論是如何想以「私」為主語的話，就必須像d句使用「くれてやった」的動詞，那就不會錯了。問題是③，本來「くれる」的動詞，也可以認為「～が私に……をくれる（～給我……）」是基本意思。說話者是對象語，所以「（私）我」以外的人當對象語時候，儘量與說話者近的人為好，主語的「～」的部份則為比較疏遠的人。

(a) 彼は彼の弟にお金をくれた。（錯誤）
(b) 彼の弟は彼にお金をくれた。（他弟弟給他錢了。）
(c) あなたは彼にお金をくれた。（？）
(d) 彼はあなたにお金をくれた。（他給你錢了。）

　　a句的情形是「私（說話者）」的　部分以「彼の弟（他的弟弟）來取代」。「彼（他）」和「彼の弟（他的弟弟）」作比較時，與說話者較接近的當然是「彼」。所以，這句必把關係較疏遠的「彼の弟」放在主語的部份，而把較親近的「彼」

放在對象語才行。因此，像b句那樣才是正確的。c句是，「あなた」和「彼」通常都是「あなた」與說話者較為親近，當然也有例外。「あなた」為初次見面的場合，「彼」則為較接近的人。但是那也不太自然，所以外國人還是少用為好。

(a) 彼は私に速達をよこした。（他寄給我限時信了。）

(b) 私は彼に速達をよこした。（錯誤）

(c) ライバル会社が当社に挑戦状をよこした。

　　（對手公司給本公司送來了挑戰書。）

(d) 店員はお釣りを投げてよこした。

　　（店員把找錢丟了過來。）

　　c句的對像語為「当社（自己的公司）」，這可當作說話者來看。

第五節　「と」和「に」

　　某種動作發生的時候，有一個人也可以發生的動作，和必須要有對象時的動作。必須要有對象的時候，這對象的動詞有①表示雙方性動作的動詞，②表示單方性動作的動詞，更有③

表示雙方性與單方性與單方性動作兩方面的動詞三種。這些如

接「と」「に」，就如下所列：

① 表示雙方動作的動詞「と」

② 表示單方動作的動詞「に」

③ 雙方動作與單方動作「と」「に」

　　像這樣的結合是從原來「と」含有並列，「に」含有歸著

點而來的意思。首先，說明①表示雙方動作的動詞。

(a) 私は彼女と結婚します。（我將跟她結婚。）

(b) 私は彼女と駅で待ち合わせをしました。

　　（我跟她約在車站了。）

(c) 伊藤さんは生徒と握手しました。

　　（伊藤先生跟學生握手了。）

(d) 木村君が中島君と喧嘩しました。（木村君中島君吵架了。）

(e) 政府は民間会社と共同して新製品を開発しています。

　　（政府與民間公司共同開發新產品。）

(f) 明日から彼とこの問題を協議します。

　　（從明天起與他共商這個問題。）

(g) 我が社は主に東南アジア諸国と貿易をしています。

　　（我們公司主要是跟東南亞各國貿易。）

(h) 古い部品を新しい部品と交換しました。

　　（把舊的零件換了新的零件。）

(i) 見張り役を彼と交代した。（看守的人和他換班了。）

　　　上面例句、主語與對象語是對等關係。述語所表示的是當
事者雙方，這種述語的場合，對象語不能使用「に」。但是在
句子的構成時，「對象語＋と」有時可說並非必須語句，在日
常會話經常被省略。

　　　另一方面，有表示共同動作的副詞「一緒に」，上面的例
句若使用這一詞將會如何呢？

(a) 私は彼女と一緒に結婚します。（我跟他一起結婚。）

(b) 私は彼女と一緒に駅で待ち合わせをしました。

　　（我跟她一起約在車站。）

(c) 伊藤さんは生徒と一緒に握手しました。

　　（伊藤先生跟學生一起握了手。）

(d) 木村君が中島と一緒に喧嘩ました。

　　（木村跟中島一起吵架了。）

(e) 政府は民間会社と一緒に共同して新製品を開発していま
す。（政府跟民間公司一起開發了新產品。）

(f) 明日から彼と一緒にこの問題を協議します。

（從明天起跟他一起協商這個問題。）

(g) 我が社が主に東南アジア諸国と一緒に貿易しています。

（我們公司主要的是跟東南亞各國一起貿易。）

(h) 古い部品を新しい部品と一緒に交換しました。

（舊的零件跟新的零件一起換了。）

(i) 見張り役をと一緒に交代した。

（看守的人跟他一起換班了。）

　　大體上這些句子都可成立，但與原來的意思就不一樣了。例
如，前述例句a為「私（我）」和「彼女（她）」結婚，也就是
我和她互為結婚對象。這裡所述的例句a的「私（我）」和「彼
女（她）」各有各的結婚對象。在這場合「一緒に」有「同一時
期」「同一結婚會場」等意思。b句也是一樣，「私（我）」和
「彼女（她）」各別約了對象在同一個車站會面。這些句子裡
的「～と一緒に」並不是對象語，這是表示共同者的插入句，
而動作之對象的意思消失了。

(a) 私は彼<u>と</u>会いました。（我和他見面了。）

(b) 私は彼<u>と</u>一緒に会いました。（？）

(c) 私は彼<u>と</u>一緒に彼女に会いました。

　（我和他一起和她見面了。）

　　動詞語句「と会う」在語法上是指主語與對象語的共同動作。如要表示「私と彼が一緒に他の人会った（我和他一起與別人見面了）」的話，那麼就必須明白表示「他の人（別人）」。像c句使用「に」是較通常的。

　　其次說明表示①單方面動作的動詞。

(a) 私は李さん<u>に</u>本を返した。（我把書還給了李同學）

(b) 李さんは銀行<u>に</u>へそくりを預けました。

　（李小姐把私房錢存銀行了。）

(c) ついにテニスで彼<u>に</u>勝ちました。（我終在網球上贏了他。）

(d) 部長<u>に</u>面会を申し込んでありますか。

　（你跟部長會面的事預約了嗎？）

(e) あの社長は最近、慈善団体<u>に</u>多額の寄付をしました。

　（那社長最近給了慈善團體高額的捐贈。）

(f) 彼<u>に</u>借金の催促をしました。（向他催討借款了。）

(g) 皆さんに配ったら、なくなっちゃうよ。

　　（分給了大家的話就沒了喲！）

(h) 試験合格を神様に祈りました。（向神明祈求金榜提名。）

(i) 専門家に聞いてみるとよいでしょう。

　　（向專家問問看就可以吧？）

(j) 私にいい弁護士を紹介してください。

　　（請介紹好的律師給我。）

　　這是表示主語為動作的給與者，而對象語則為其接收者的關係。這就是單方動作的動詞。在這場合不能使用「と」。當然也不能用「一緒に」。前面說過「對象語＋に」則有不同的性質。如沒有「對象語＋に」時，例句c句就成了「ついにテニスで優勝しました。」的意思了。g句的「みんな」就不是對象，而是所分配的全部，也就是「全部都分配的話」的意思。又，i句則不知道是向誰問，因此，要特別注意。對外國人來說，最好不要隨便省略「對象語＋に」。

　　③雙方動作與單方動作的場合，「に」表單方動作，「と」表雙方性動作。根據「に」與「と」的不同，述語的意思有時也跟著不同。

(a) 私は彼と相談しました。（我和他商量了。）

(b) 私は彼に相談しました。（我去跟他商量了。）

(c) 私は彼と協力しました。（我和他共同努力了。）

(d) 私は彼に協力しました。（我去協助了他。）

(e) 私は彼と悪いことをしました。（我和他做了壞事。）

(f) 私は彼に悪いことをしました。（我對他做了壞事。）

(g) いつも彼と連絡を怠りませんでした。

（一直與他不懈怠地連繫了。）

(h) いつも彼に連絡を怠りませんでした。

（一直不懈怠地跟他連繫了。）

(i) よそ見をして歩いていたら、彼とぶつかった。

（看著別的地方走路，與他撞上了。）

(j) よそ見をして歩いていたら、彼にぶつかった。

（看著別的地方走路，撞上他了。）

(k) 彼と明日十二時に会うことを約束した。

（和他約好了明天十二點見面。）

(l) 彼に明日十二時に会うことを約束した。

（跟他約好了明天十二點見面。）

a句是「私（我）」跟「彼（他）」為進行某一工作而商量

的句子。

　　b句是「私（我）有不能解決的煩惱向「彼（他）」尋求解決方法的意思。

　　c句也是表示兩者共同的動作。

　　d句則是起先「彼（他）」作了某一工作，「私（我）」幫他的時候所使用的的句子。

　　e句也是表示「私（我）」和「彼（他）」一起作壞事，而f句則是表示「私（我）」對「彼（他）」做了壞事。

　　g句則是相互取得聯絡的意思，h句是向「彼（他）」尋求指示時所用的句子。

　　i句是表示說話者與「彼（他）」因雙方的行動而相撞。

　　j句的「彼（他）」是靜止不動的，而是說話者撞上「彼（他）」。

　　k句表示兩者互相同意的約會，l句表示自己約他的意思。這種情況有時也可以認為是，本來並不想見面，而是出於不得已的場合的意思。

　　上面已敘述完了需要對象的動詞，接著來說明一下，不一定要有對象的動詞。

(a) 私は彼と勉強しました。（我跟他學習了）

(b) 私は彼と一緒に勉強しました。（我和他一起學習了。）

(c) 私は彼に勉強しました。（錯誤）

(d) 私は彼と旅行に行きました。（我和他去旅行了。）

(e) 私は彼と一緒に旅行に行きました。

（我和他一起去旅行了。）

(f) 私は彼に旅行に行きました。（錯誤）

　　「勉強する」和「旅行に行く」都是一個人可以作的事。這時候，使用「と」來表示共同動作的對象，但不可以使用表示單方動作的「に」。因為本來這就是為自己所做的有單方動作的對象存在是不可能的事情。一個人可以作的事，加入另一個人時，這當是共同重作的對象。

第六節　「名詞＋する」和「をする」

　　國立國語研究所的「日本語教育基本語彙７種比較対照表」（大藏省印刷局發行）收錄了大約6000語左右，其中名詞或形容動詞幹就有3672語。但是接「する」或「をする」的僅有688語[註3]。再將此加以分類，就如下所列：

① 兩者均接　　　　224

② 僅接「する」　　　403

③ 僅接「をする」　　61

　　其中也有用法不定的，例如「暇（いとま）」一語，僅用於在別人的家，要回去的時候所說的「お暇（いとま）します（告辭）」而已。至於「燒入（やきい）れ（冶火）」在日常會話裡是絕對不會使用的。又，「唾（つば）」語僅限於「天（てん）に唾（つば）する」的慣用語加「する」而已。很遺憾的是，什麼時候接「する」，什麼時候接「をする」，這沒有一定的法則。在本項要說明的是，有關兩者都接的名詞・形容動詞語幹（以下，稱為「兩用語」），接「する」時與接「をする」時的不同。

註3　這個數目也許因人而多少相異。接「する」或「をする」，因人或地域的不同而有所不同。

首先，應該注意的是，因接「する」時，已經不是名詞，而是動詞，所以不能接形容詞或是連體修飾句。如下例句：

(a) 先輩に挨拶する。（跟前輩打招呼。）
(b) 彼は運動することが好きです。（他喜歡運動。）
(c) 仲間に手旗信号で合図する。（跟伙伴用旗語打信號。）
(d) 外国の銀行と取り引きした。（跟外國銀行交易了。）
(e) 上司に言い訳する。（向上司辯解。）
(f) 彼は邪魔した。（他打擾了。）
(g) 分け前について、私は計算した。

　　（關於配額的事，我計算過了。）

(h) A会社と契約する予定です。（準備和A公司訂契約。）
(i) 私はこれから毎月貯金する。（我從現在起每個月存錢。）
(j) 今朝は一人で食事した。（今天早上我一個人吃早餐了。）

　　這些句子接於副詞或是連體修飾語句之後的話全部都錯誤。

(a) 先輩にわざとらしい挨拶する。（錯誤）
(b) 彼は手足の運動することが好きです。（錯誤）
(c) 仲間に手旗信号で進めの合図する。（錯誤）

(d) 外国の銀行と保険の取り引きした。（錯誤）

(e) 上司に苦しい言い訳する。（錯誤）

(f) 彼は私の邪魔した。（錯誤）

(g) 分け前について、私は十分な計算した。（錯誤）

(h) A会社と業務提携の契約する予定です。（錯誤）

(i) 私はこれから毎月十万の貯金する。（錯誤）

(j) 今朝は一人で寂しい食事した。（錯誤）

　　這些例句如果使用「をする」時，都可以成立。又，他動詞系的場合，有如下的兩種句型：

① 名詞（名詞句）＋を＋兩用語＋する

② 名詞＋の＋兩用語＋を＋する

　　他動詞系的兩用語，像①句型就很自然。如②的話就有名詞句不能使用的限制，這也許是會顯得冗長的緣故。

(a) 荷物を管理する。（管理行李。）

(b) 荷物の管理をする。（做行李的管理。）

(c) 他人の荷物を管理する。（管理他人的行李。）

(d) 他人の荷物の管理を<u>する</u>。（？）

　　僅有名詞的時候①，②均可，但如果像「他人の」，使用連體助詞「の」的名詞句的場合，②就顯得冗長而變得不自然的表現。c句的話就顯得極為自然的日語表現。

(a) 彼を歓迎<u>する</u>。（歡迎他。）
(b) 彼の歓迎を<u>する</u>。（？）
(c) 彼の訪問を歓迎<u>する</u>。（歡迎他的訪問）
(d) 彼の訪問の歓迎を<u>する</u>。（？）

　　又，根據①或②的形式不同，有時意思也跟著不一樣。

(a) エイズを検査<u>する</u>。（檢查愛滋。）
(b) エイズの検査を<u>する</u>。（做愛滋的檢查。）

　　愛滋病毒騷擾著整個世界，a句是「エイズ菌その物を検査する（檢查愛滋病毒）」的意思。b句是「或る人がエイズに感染しているかどうか、その人を検査する（某人患了愛了愛滋病與否，檢查那個人）」的意思。

(a) サッカーを<ruby>訓練<rt>くんれん</rt></ruby><u>する</u>。（錯誤）

(b) サッカーの<ruby>訓練<rt>くんれん</rt></ruby><u>をする</u>。（踢足球訓練。）

(c) <ruby>飼<rt>か</rt></ruby>い<ruby>犬<rt>いぬ</rt></ruby>を<ruby>訓練<rt>くんれん</rt></ruby><u>する</u>。（訓練家犬。）

(d) <ruby>飼<rt>か</rt></ruby>い<ruby>犬<rt>いぬ</rt></ruby>の<ruby>訓練<rt>くんれん</rt></ruby><u>をする</u>。（作家犬的訓練。）

　　「訓練」是兩用語，但是普通不使用a句。「〜を訓練する」有「管教」「調教」的意思。所以像c句的用法是正確的。

(a) <ruby>野球<rt>やきゅう</rt></ruby>の<ruby>運動<rt>うんどう</rt></ruby><u>をする</u>。（錯誤）

(b) <ruby>野球<rt>やきゅう</rt></ruby>を<ruby>運動<rt>うんどう</rt></ruby><u>する</u>。（錯誤）

(c) <ruby>富士山<rt>ふじさん</rt></ruby>の<ruby>登山<rt>とざん</rt></ruby><u>をする</u>。（錯誤）

(d) <ruby>富士山<rt>ふじさん</rt></ruby>を<ruby>登山<rt>とざん</rt></ruby>する。（錯誤）

　　有名的錯誤範例「馬から落ちて落馬する（從馬上掉下馬來）」。因為「馬から落ちて」已經包含了「落馬する（掉下馬）」的含意，因此是錯誤的。上面四句也是有同樣的錯誤。「野球」包含了運動，「山」含在「登山」裡。這些句子應該改為「野球をする」「富士山に登る」。

(a) <ruby>法律<rt>ほうりつ</rt></ruby>に<ruby>違反<rt>いはん</rt></ruby>する。（違反法律。）

(b) 法律に違反をする。（？）

(c) 法律の違反する。（錯誤）

(d) 法律の違反をする。（錯誤）

　　這是習慣的問題。「違反する」應使用助詞「に」。

練　習

1　学生（　　　）日本語の助詞（　　　）教えていた。

2　患者の静脈（　　　）ブドウ糖（　　　）注射します。

3　課長（　　　）意見（　　　）反対する。

4　このカバン（　　　）決めました。

5　林さんは彼女（　　　）小包（　　　）よこした。

6　うちのお婆ちゃんはその宗教団体（　　　）多額の寄付
　（　　　）しました。

7　先日、富士山（　　　）登った。

8　喧嘩の理由（　　　）ちゃんと先生（　　　）説明して下
　さい。

9　我が校は日本の100校（　　　）交流（　　　）していま
　す。

10　本社は新入社員（　　　）歓迎します。

11　伊藤先生は交流校の先生（　　　）握手した。

12　卓球（　　　）訓練（　　　）する。

13　大家さんは彼（　　　）家賃（　　　）催促した。

14　このことは規律（　　　）違反しています。

15　我が校は日本（　　　）T校（　　　）締結する予定で
　す。

⑯ 林さん（　　　）貴重品（　　　）預かった。

⑰ 田中さんは研究室（　　　）日本語の文法書（　　　）借りた。

⑱ 佐藤先生（　　　）進学の（　　　）（　　　）相談した。

⑲ 運転手がよそ見（　　　）して電柱（　　　）ぶつかった。

⑳ 佐藤先生（　　　）お年賀（　　　）贈りました。

解　答

① に、を　　② に、を　　③ の、に　　④ に

⑤ に、を　　⑥ に、を　　⑦ に　　　⑧ を、に

⑨ と、を　　⑩ を　　　⑪ と　　　⑫ の、を

⑬ に、を　　⑭ に　　　⑮ の、と　　⑯ から、を

⑰ から、を　⑱ に、こと、を　　　⑲ を、に

⑳ に、を

第三章　表示時間的助詞

第一節　「に」和「で」

「に」和「で」接於表示時間語句的場合有以下的不同：

【に】表示事態發生的時點。

【で】表示事態的完了時點，期間限定[註1]

　　因為「で」表示時間的限定，所以後面的述語多表示事態的終了的用言，譬如下面的例句：

(a) 五時半<u>に</u>帰ります。

(b) 五時半<u>で</u>帰ります。

　　同樣的述語「帰ります」，因助詞「に」和「で」而意思

註1　總括地說，「に」表示「時間上・空間上的歸著點」，「で」表示
　　「限定時間上・空間上的數量」

有所不同。a句「に」因表示發生時點，所以行為的發生時，也就表示「帰宅する」的意思。b句因「で」表示事態的完了時點、期間限定，所以「帰る」是某一行為的停止，也就是退出或下班的意思。因此，上面例句加上「家に」使具體的表示出「回家」的意思的話，那b句就錯了。

以上是「に」和「で」的基本用法，表示時間的語句有下面三種。

①主觀的時間	昨日、今日、明日等	以說話時點決定的時間
②客觀的時間	何時何分、何月何日、西曆何年、元號等	預先決定的時間
③抽象的時間	～分、～時間、～年等	說話的情況上決定的時間

主觀的時間不能接「に」。如果一定要接的話，就必須以「～中に」的形式才行。

(a) 今月に会社を辞めます。（？）

(b) 今月中に会社を辞めます。（在這個月中辭職。）

(c) 今月で会社を辞めます。（到這個月辭職。）

(d) 今月、会社を辞めます。（這個月辭職。）

(e) 来月<ruby>来月<rt>らいげつ</rt></ruby>に<ruby>帰省<rt>きせい</rt></ruby>します。（？）

(f) <ruby>来月中<rt>らいげつちゅう</rt></ruby>に<ruby>帰省<rt>きせい</rt></ruby>します。（在下月中回家探親。）

(g) <ruby>来月<rt>らいげつ</rt></ruby>で<ruby>帰省<rt>きせい</rt></ruby>します。（錯誤）

(h) <ruby>来月<rt>らいげつ</rt></ruby>、<ruby>帰省<rt>きせい</rt></ruby>します。（下個月回家探親。）

　　g句的錯誤是因為述語的「帰省します」不表示完了時點、期間限定。

　　客觀時間，有無「に」並無關係。強而言之，有「に」的句子，稍表強調。

(a) <ruby>今朝<rt>けさ</rt></ruby><ruby>八時半<rt>はちじはん</rt></ruby>、<ruby>甲信越<rt>こうしんえつ</rt></ruby><ruby>地区<rt>ちく</rt></ruby>で<ruby>震度<rt>しんど</rt></ruby><ruby>四<rt>よん</rt></ruby>の<ruby>地震<rt>じしん</rt></ruby>が<ruby>発生<rt>はっせい</rt></ruby>しました。

　　（今天早上八點半，甲信越地區發生了震度四的地震。）

(b) <ruby>今朝<rt>けさ</rt></ruby><ruby>八時半<rt>はちじはん</rt></ruby>に<ruby>甲信越<rt>こうしんえつ</rt></ruby><ruby>地区<rt>ちく</rt></ruby>で<ruby>震度<rt>しんど</rt></ruby><ruby>四<rt>よん</rt></ruby>の<ruby>地震<rt>じしん</rt></ruby>が<ruby>発生<rt>はっせい</rt></ruby>しました。

　　（在今天早上八點半，甲信越地區發生了震度四的地震。）

(c) <ruby>二月十日<rt>にがつとおか</rt></ruby>、<ruby>私<rt>わたし</rt></ruby>たちは<ruby>挙式<rt>きょしき</rt></ruby>します。

　　（二月十日，我們舉行結婚典禮。）

(d) <ruby>二月十日<rt>にがつとおか</rt></ruby>に<ruby>私<rt>わたし</rt></ruby>たちは<ruby>挙式<rt>きょしき</rt></ruby>します。

　　（在二月十日，我們舉行結婚典禮。）

(e) <ruby>一九九五年<rt>ねん</rt></ruby>、この<ruby>家<rt>いえ</rt></ruby>を<ruby>新築<rt>しんちく</rt></ruby>しました。

　　（一九九五年，新蓋了這個家。）

(f) 一九九五年にこの家を新築しました。

（在一九九五年，新蓋了這個家。）

(g) 五年前、獅子座流星群が見られました。

（五年前，看到了獅子座流星群。）

(h) 五年前に、獅子座流星群が見られました。

（在五年前、看到了獅子座流星群。）

抽象時間，使用「に」時接表示頻率的語句。

(a) 一週間に三回休みます。（一星期休息三次。）

(b) 一週間で三回休みます。（錯誤）

(c) 一年に一回海外旅行をします。（一年一次到國外旅行。）

(d) 一年で一回海外旅行をします。（錯誤）

(e) あの野球チームは十年に八回も優勝した。

（那個棒球隊十年間就打贏了八次。）

(f) あの野球チームは十年で八回も優勝した。

（那個棒球隊十年間就打贏了八次。）

(g) たった一度にこのだけの大漁だった。

（僅這麼一次就捕魚大豐收。）

(h) たった一度でこのだけの大漁だった。

（僅這麼一次就捕魚大豐收。）

(i) この洗濯機は一回にワイシャツを十枚洗えます。

（這台洗衣機一次可以洗十件白襯衫。）

(j) この洗濯機は一回でワイシャツを十枚洗えます。

（這台洗衣機一次可以洗十件白襯衫。）

　　上面例句中，因b句為現在形的「休みます」所以是錯誤的，如為過去形的「休みました」的話，就可以使用「で」。d句是因為「します」為現在形所以是錯誤的。e、f句　因述語為過去形，「に」「で」都是可以使用。又，「で」如果有「只有一次」的意思的話，現在形也可以使用。h、j句是強調僅這一次，只是一次就有大的成果。又，時間名詞之中，屬於①②③的哪一種，有時也很難決定。

(a) 三十分に終わります。（在三十分結束。）

(b) 三十分で終わります。（三十分鐘結束。）

(c) あと三十分に終わります。（錯誤）

(d) あと三十分で終わります。（再三十分結束。）

　　a句與b句作一比較，「三十分」是從說話者的時間點開始

的三十分，還是「幾點三十分」並不明確。但是如果是從說話者的時間點開始的三十分的話，那麼因為是說話者立場所設的時間，所以其後必須要有表示次數的語句，就表示頻率。a句並沒有這樣語句，由此可知是表示「幾點三十分」的意思。b句是從說時間開始的三十分的意思。這樣的不同如c、d句一樣加「あと」一語時就更明顯了。

(a) このスーパーマーケットは夜八時<ruby>夜八時<rt>よるはちじ</rt></ruby>に閉店<ruby>閉店<rt>へいてん</rt></ruby>です。

（這家超市在八點打烊。）

(b) このスーパーマーケットは夜八時<ruby>夜八時<rt>よるはちじ</rt></ruby>で閉店<ruby>閉店<rt>へいてん</rt></ruby>です。

（這家超市到八點打烊。）

(c) デパートは朝十時<ruby>朝十時<rt>あさじゅうじ</rt></ruby>に開店<ruby>開店<rt>かいてん</rt></ruby>します。

（百貨公司在早上十點開店。）

(d) デパートは朝十時<ruby>朝十時<rt>あさじゅうじ</rt></ruby>で開店<ruby>開店<rt>かいてん</rt></ruby>します。（錯誤）

　　上面的例句使用的時間形式，但d句　「開店します」沒有完了時點、期間限定的意思，所以是錯誤的。

(a) 一ケ月<ruby>一ケ月<rt>いっげつ</rt></ruby>に戻<ruby>戻<rt>もど</rt></ruby>って来<ruby>来<rt>き</rt></ruby>ます。（錯誤）

(b) 一ケ月<ruby>一ケ月<rt>いっげつ</rt></ruby>で戻<ruby>戻<rt>もど</rt></ruby>って来<ruby>来<rt>き</rt></ruby>ます。（一個月就回來。）

(c) 一月（いちがつ）に戻（もど）って来（き）ます。（在一月回來。）

(d) 一月（いちがつ）で戻（もど）って来（き）ます。（錯誤）

　　使用③的時間「に」之時，就必須表示次數・數量。a句因無這類的用語，所以是錯誤的。

　　b句是表示去了再回來的期間。「一月」因是②的時間，使用「で」其後就必須有表示完了時點、期間限定的述語才行。

　　又，習慣性用法的「～にします（意志性）」「～になります（非意志性）」等，什麼時候都可使用。只是它不是過去式，所以當然不能使用於表示過去的語句。

(a) 仕事（しごと）は明日（あした）にします。（工作明天做。）

(b) 待（ま）ち合（あ）わせは十二時十五分（じゅうにじじゅうごふん）にします。

　　（在十二點五分集合。）

(c) ただ今（いま）、十時八分（じゅうじはちふん）になるところです。

　　（現在，快要十點八分了。）

(d) 明後日（あさって）から二十一世紀（にじゅういっせいき）になります。

　　（從後天開始起是二十一世紀了。）

(e) この国（くに）に来（き）てからもう十五年（じゅうごねん）になります。

　　（來這個國家快十五年了。）

第二節 「に」和「で」接於形容詞的場合

　　本項說明，前述「に」和「で」接於「～中」「～內」「～前」「～後」「～間」之後的場合　，及「に」與「で」都不能使用的場合。

　　首先說明有關「～中」，這有下列的規則：

【～中】　　　表示該期間的全部

【～中に】　　表示期間內的一個時點

【～中で】　　表示期間內的完了時點

(a) 午前中勉強します。（上午學習。）

(b) 午前中に勉強します。（在上午學習。）

(c) 午前中で勉強します。（錯誤）

(d) 昨日中準備を整えました。（錯誤）

(e) 昨日中に準備を整えました。（在昨天準備齊全了。）

(f) 昨日中で準備を整えました。（?）

(g) 昨日中で準備を終えました。（在昨天準備好了。）

(h) 彼は一年中遊んでいる。（他一整年都在玩。）

(i) 彼は一年中に遊んでいる。（錯誤）

(j) 彼は一年中で遊んでいる。（錯誤）

　　a句是「午前中ずっと勉強する（整個上午一直都在學習）」
的意思。這意思也有人說「午前中は勉強します。」

　　b句是「午前中の一時期に勉強する（在上午的某個期間學
習）」的意思。

　　c句錯誤是「勉強する」不是含有完了之意的用語。

　　d句的「準備を整えました（準備齊全）」因應該是昨天某
一時期達成的事，不能與表示期間全部的表現並存，所以是錯
誤的。在這場合必須像e句的「昨日中に」一樣，表現出其期間
內的事項。

　　f句因「準備を整えました」的表現也有完了的意思，至於
正確與否，因人而異。但其因不是絕對正確的，所以外國人還
是不用為好。如果要用「昨日で」的話，那就像g句一樣才行。

　　關於h、i、j句是「一年を通してずっと遊んでいる（一整
年都在玩）」的意思。因為這句子加上「に」「で」與文意不
合，所以不加為好。

　　其次，說明外國人容易犯錯的「～しない内に」「～する
前に」的不同。

【～しない内に】 　既知什麼時候要發生的事項。

【～する前に】 　　不知什麼時候要發生的事項。

　　因【～しない内に】是對事項在什麼時候要發生，有某一程度的了解時使用，所以比【～する前に】表示更迫切的事項。

(a) 彼が来ない内に帰りましょう。（趁他沒來之前回去吧。）

(b) 彼が来る前に帰りましょう。（在他來之前回去吧。）

(c) 雨が降らない内に帰りましょう。（趁沒下雨之前回去吧。）

(d) 雨が降る前に帰りましょう。（？）

　　a句是已知「彼（他）」什麼時候要來，而且表示「もうすぐ来る（馬上就要來）」。

　　b句是不知「彼（他）」什麼時候要來，但是至少不是在短時間內來的意思。

　　c與d句的場合，下雨前回去，說這話時必須是事先已預知今天會下雨。但「～する前に」是不知道什麼時候要發生時使用的，所以使人感到不自然。但也不能說是錯誤的，因為「～しない内に」和「～する前に」現在都混用了。

(a) 台風が来ない内に急いで戸締まりをしましょう。（趁台風
　　還沒有來之前把門窗關好吧。）
(b) 台風が来る前に急いで戸締まりをしましょう。（？）

　　這裡的b句也是一樣，不能說是錯誤的。

　　其次，說明「後」。這場合，問題在於前項與後項的時間
的緊密性。也就是，前發生時後項跟著馬上發生，或者是過一
段時間才發生的。

【後】　　時間上的密切性不明確

【後に】　時間上的密切性很緊迫

【後で】　時間上的密切性較緩和

(a) 風邪が治った後、練習します。（感冒好了練習）
(b) 風邪が治った後に練習します。（感冒一好就練習）
(c) 風邪が治った後で練習します。（感冒好了之後練習）

　　a句「風邪が治った後（感冒好了之後）」，指的是什麼時
候並不明確。也就是說，不知是什麼時候練習。

與a句相比，b句的時間密切性較強，讓人有「風邪が治った、あまり間を空けず、すぐに練習する。（感冒好了之後，沒有空閒，馬上就練習）」的印象。

　　c句是有較充裕的時間，「風邪が治った後、しばらくたら練習します。（感冒好了之後，隔些時候練習）」的意思。

(a) 食事をした後、ぶらぶらと散歩に出かけた。

　　（吃過飯以後，出去溜達散步了。）

(b) 食事をした後に、ぶらぶらと散歩に出かけた。（？）

(c) 食事をした後で、ぶらぶらと散歩に出かけた。

　　（吃過飯後，出去溜達散步了。）

　　「出去溜達散步」是「悠閒自在出去散步」的意思。因此，不是吃完了飯後就匆匆地去出的意思。

　　b句的不自然是因為「～後に」的時間密切性與後件的「ぶらぶらと散歩に出けた」不合。

　　又，只「～後」的話，有時也表示「～してから今まで（從～以後到現在為止）」的意思。

(a) あの奥さんはご主人を亡くした後、十年間一人で子供を養

って来ました。

（那位太太在丈夫死後，十年間一個人扶養小孩到現在。）

(b) あの奥さんはご主人を亡くした後に、十年間一人で子供を養って来ました。（錯誤）

(c) あの奥さんはご主人を亡くした後で、十年間一人で子供を養って来ました。（錯誤）

上面例句表示前項發生後的時間經過，時間的推移是沒有間斷的，「十年間」是長時間，因此，前項與後項時間的密切性是非常稀薄的，所以「後に」與「後で」都不能使用。

最後說明「～間」的語句。「～間で」通常不能使用，在此只說明「～間」和「～間に」的不同。

(a) 長い間彼から何の連絡もなかった。

（很長的一段時間他一點聯絡也沒有。）

(b) 長い間に彼から何の連絡もなかった。（錯誤）

(c) 長い間で彼から何の連絡もなかった。（錯誤）

這些例句的「連絡もなかった（都沒有聯絡）」是指通過「長い間（長時間）」的全期間。如接「に」成為「長い間

に」時，是指的某一個時點，所以b句是錯誤的。這在很多文法書上都有說明。但以下的例句又如何呢？

(a) 彼の風貌は長い間すっかり変わっていた。（錯誤）

(b) 彼の風貌は長い間にすっかり変わっていた。（他的容貌在
　　這段期間裡完全地變了。）

(c) 彼の風貌は長い間ですっかり変わっていた。（錯誤）

　　與前述例句一樣，這裡的例句的「長い間」是「長期間、何の音信も対面もなかった空白期間（長期間、全無音信與會面的空白期間）」的意思。「すっかり変わっていた（完全變了）」表示在其空白期間中所發生的事項。實際上，他的容貌是長期之間繼續變化的，但因說話者在長時間不見後看到了他，有突然改變感覺，所以用「長い間に」。

(a) しばらく見ない間、随分大きくなかった。（錯誤）

(b) しばらく見ない間に、随分大きくなかった。（隔了一些時
　　候沒見了，都長這麼大了呀。）

(c) しばらく見ない間で、随分大きくなかった。（錯誤）

上面的例句「随分大きくなった（長的相當大了）」也一樣，它不是繼續性的事項，而是表示期間中發生的事項。

第三節　「まで」和「までに」·「までで」

「まで」接「に」的場合，本可放在前項說明，但「まで」不是名詞而是助詞，所以在本項說明。

【まで】　　表示事態繼續的界限點　後項是繼續的事項

【までに】　表示事態發生的期限　　後項是發生的事項

【までで】　設定事態完了的上限　　後項是發生的事項

(a) 三時<ruby>さんじ</ruby>までそれをやってください。

　　（請到三點爲止，做那件工作。）

(b) 三時までにそれをやってください。

　　（請到三點爲止，完成那件工作。）

(c) 三時まででそれをやってください。　（錯誤）

「まで」的意思是繼續，所以a句的句意是「三時までずっそれれをやり続けるてください。（到三點爲止一直繼續做那

工作）」，三點以前不得停止。

b句的「までに」是發生的意思。「三時までにそれを仕上げてください。（到三點為止把那工作做好）」，三點以前做好了的話，停止也沒有關係。像這樣，述語「やってください」可以解釋成繼續‧完成兩個意思。但不能解釋成完了的意思，所以c句是錯誤的。

那麼，其次來看表示完了的語句：

(a) 来月<u>まで</u>煙草を吸うのを止めます。

（到下個月爲止不抽煙。）

(b) 来月<u>までに</u>煙草を吸うのを止めます。

（到下個月就不抽煙了。）

(c) 来月<u>までで</u>煙草を吸うのを止めます。

（到下個月底就不抽煙了。）

上面例句，從文法上來看哪一句都是正確的。只是每一句的意思都不同。

a句是「来月までは煙草をすわないが、来月以降は煙草を吸うかどうか明言していない（下個月爲止不抽，但下個月以

後未知）」的意思。

　　b句「来月になるまでの或る期間に煙草を止め、それ以降煙草を吸わない（下個月某個期間停止抽煙，其後也不抽了。）」的意思。

　　c句「来月中は煙草を吸うが、来月以降は煙草を吸わない（下個月中還抽煙，但下個月底以後就不抽煙了。）」的意思。

(a) 夕方まで雨が止やみます。（錯誤）
(b) 夕方までに雨が止みます。（到了傍晚雨會停。）
(c) 夕方までで雨が止みます。（錯誤）

　　「雨が止む（雨停）」並不是繼續的事項。因此，a句是錯誤的。使用「までで」就成了「夕方中ずっと雨が降り続けるが、夕方が終わって夜になれば雨が止む（傍晚之間一直下個不停，傍晚過後到了晚上雨就會停）」的意思「夕方（傍晚）」和「夜（晚上）」的界限並不明確，所以不能使用「までで」。

(a) 今月まで会社を辞めます。（錯誤）
(b) 今月までに会社を辞めます。（在這個月中辭職。）
(c) 今月までで会社を辞めます。（錯誤）

這些例句也一樣，「辞める（辭職）」並不是一繼續的事態，而是「辭職」的發生，所以「までに」為妥。

第四節　「から」「に」「で」

前面敘述了「に」和「で」接於其他語的場合。在此，「から」與「に」「で」作比較。「から」之後不能接「に」「で」。

【から】　表示連續事態的開始的時點

【に】　　表示事態發生的時點

【で】　　表示事態完了的時點、期間限定

(a) 郵便局は九時<u>から</u>始まります。（郵局從九點開始。）

(b) 郵便局は九時<u>に</u>始まります。（郵局《在》九點開始。）

(c) 郵便局は九時<u>で</u>始まります。（錯誤）

a句表示郵局業務的開始時間。這「始まります（開始）」的意思是，連續的活動的開始時點。

　　　b句是敘述郵局的開始時間。a句與b句有如此的不同，然而在日常會話裡，無須作此細膩的思考，因其所說的要點都一樣，所以兩者均可以使用，但其不為完了性的語句，所以不能像c句用「で」。

(a) 来年から大人の仲間入りです。（從明年進入成人的行列。）
(b) 来年に大人の仲間入りです。（錯誤）
(c) 来年で大人の仲間入りです。（到了明年進入成人的行列。）

　　以上是有關明年迎接成人式的句子。a句是「来年から大人としての人生が始まる（從明年以大人身份的人生即將開始）」的意思。

　　c句「で」表示完了，所以是「来年で子供時代は終わりだ。（明年將結束孩童的時代）」的意思。

　　b句的情況在前述《第一節　「に」和「で」》曾說明過，「来年」一語是主觀的時間，所以不能用「に」。如果說成「来年になったら大人の仲間入りです（到了明年進入成人的行列）」那就沒錯，「に」是表示變化的助詞。

(a) また後から会いましょう。（錯誤）

(b) また後<ruby>後<rt>あと</rt></ruby>に<ruby>会<rt>あ</rt></ruby>いましょう。（錯誤）

(c) また<ruby>後<rt>あと</rt></ruby>で<ruby>会<rt>あ</rt></ruby>いましょう。（待會兒再見。）

　　這是離別時所說的句子，這句話的句子表示完了。因此使用「で」為妥。

　　a句如無連續的動作則不能使用「から」。「別れる（離別）」和「また会う（再會）」不為連續動作，所以是錯誤的。

　　b句的情形，《第二節》曾敘述過，「後に」表示在時間上的密切性是緊迫的，所以為不自然的表現。

第五節　「から」和「より」

　　「から」與「より」有如下的不同

【から】表示連續事態的開始時點

【より】表示基準點

　　「より」沒有表示連續動作的用法。

(a) 昨年から株価が上昇し始めた。（從去年開始股票上漲了。）

(b) 昨年より株株価が上昇し始めた。（錯誤）

(c) 朝から曇っている。（從早上開始就陰天了。）

(d) 朝より曇っている。（錯誤）

(e) 彼は昨日から留守だ。（他從昨天就不在了。）

(f) 彼は昨日より留守だ。（錯誤）

(g) 海に潜ってからもう一時間近く経っている。

　　（潛入海中已經將近一個鐘頭了。）

(h) 海に潜ってよりもう一時間近く経っている。（錯誤）

(i) 運転免許を取ってから十年間、一度も運転したことがな

　　い。（拿到駕照之後十年之間一次都沒開過車。）

(j) 運転免許を取ってより十年間、一度も運転したことがな

　　い。（錯誤）

　　一方面，表示基準點的句子裡不能使用「から」。

(a) 約束の時間から五分前に着いた。（錯誤）

(b) 約束の時間より五分前に着いた。

　　（比約定的時間早五分鐘到達。）

(c) 納入期限から一週間も遅れて商品が届いた。（錯誤）

(d) 納入期限<ruby>より<rt></rt></ruby>一週間も遅れて商品が届いた。

　（商品比交貨期限遲了一星期送到。）

(e) 予定時間<u>から</u>早く到着した。　（錯誤）

(f) 予定時間<u>より</u>早く到着した。

　（比預定的時間提早到達了。）

(g) 会見時間はお昼<u>から</u>夕方の方が良い。　（錯誤）

(h) 会見時間はお昼<u>より</u>夕方の方が良い。

　（會面的時間傍晚比中午好。）

　　再看下列的句子

(a) 仕事は十時<u>から</u>始めます。（工作從十點開始。）

(b) 仕事は十時<u>より</u>始めます。（工作從十點開始。）

(c) 八時前<u>から</u>大勢の行列ができている。

　（從八點開始就大排長龍了。）

(d) 八時前<u>より</u>大勢の行列ができている。　（錯誤）

　　這裡，a句與b句兩者均無錯誤，通常使用a句。「より」是文語讓人感到拘束。與日常會話顯得不相稱，外國人還是不要用為好。

　　其後有「まで」或「にかけて」的詞語時使用「から」。
這和中文的「～從～到…」一樣。

(a) 彼女は朝から晩まで机にしがみついています。

　　（她從早到晚就緊坐在桌子前面不肯離開。）

(b) 彼女は朝より晩まで机にしがみついています。（錯誤）

(c) 夜十一時から朝五時まで煙草の自動販売機は停止しています。（從晩上十一點到清晨五點香煙自動販賣機停止販賣。）

(d) 夜十一時より朝五時まで煙草の自動販売機は停止しています。（錯誤）

(e) 十九世紀から二十世紀にかけて産業革命が起こった。

　　（從十九世紀到二十世紀之間發生了産業革命。）

(f) 十九世紀より二十世紀にかけて産業革命が起こった。

　　（錯誤）

(g) 五十歳から六十歳にかけて、彼は多数の論文を世に送った。（從五十歳到六十歳之間，在世上公開了很多論文。）

(h) 五十歳より六十歳にかけて、彼は多数の論文を世に送った。（錯誤）

(i) 一から千まで足すと幾らですか？（從一加到一千是多少？）

(j) 一より千まで足すと幾らですか？（錯誤）

練　習

① 来月は日本へ行くので、今月（　　　　）この仕事を辞めます。

② 今、海外で仕事をしています。年（　　　　）二回しか帰れません。

③ この病院は、十日間（　　　　）コロナウイルス院内感染者9人もいる。

④ 出張から二週間（　　　　）戻ります。

⑤ 疫病の伝染が拡大しない内（　　　　）予防して置きます。

⑥ 風邪を治った後（　　　　）この仕事をやり直します。

⑦ 長い間（　　　　）勉学した末にやっと博士号を貰った。

⑧ 林さんの考えは長い間（　　　　）すっかり変わっている。

⑨ 暫く会ってない間（　　　　）随分太ったね。

⑩ 明日の十時まで（　　　　）この仕事をやってください。

⑪ この雪は夜明けまで（　　　　）止むでしょう。

⑫ 図書館は朝九時（　　　　）開館します。

⑬ 夕べ（　　　　）雨がずっと降り続いています。

⑭ 王さんは勉強家だ。図書館に入って（　　　　）もう五時間経ったのに、まだ出て来ませんね。

⑮ 来年（　　　　）大学生の仲間に入ります。

⑯ 会議の時間（　　　）三十分前に着いた。

⑰ コロナウイルスはいつ（　　　）始まったんですか。

⑱ 戦国時代はいつ（　　　）いつ（　　　）ですか。

⑲ 会議は何時（　　　）何時（　　　）ですか。

⑳ 北部（　　　）南部にかけて大雨になっています。

解　答

① で	② に	③ で	④ で
⑤ に	⑥ で	⑦ 、	⑧ で
⑨ に	⑩ に	⑪ に	⑫ に/から
⑬ から	⑭ から	⑮ から	⑯ より
⑰ から	⑱ から、まで		⑲ から、まで
⑳ から			

第四章　表示場所的助詞

第一節　「に」和「を」

　　「に」和「を」置於表示移動的自動詞之前，可表示場所。這有如下的法則。

【に】表示場所爲目的地，或場所爲事項的歸著點。
【を】表示在場所內的移動，或場所爲出發點·通過的經由點。
【を】可以在場所內，也可以出場所。又，在場所內的時候不
　　　只限於直線移動。

(a) 海<ruby>に<rt>い</rt></ruby>行<ruby><rt>い</rt></ruby>く。　　→　　海まで行く。（到海邊去。）
(b) 海を行く。　　→　　船に乗って海の上を進んでいる。

（乘船在海上遊。）

　　a句是為了釣魚或是海水浴而去海上（邊）的意思。或者也許只是想看看海而已。b句的意思是乘船在海上前進。這時的海不能算成為目的地。因此，下面的b句是錯誤的。

(a) 海に来た。（來到海邊。）
(b) 海を来た。（錯誤）

　　參考第四節　「を」和「から」

(a) 道路に走りました。（？）
(b) 道路を走りました。　　→　道路の中を走ること

　　（在道路上跑。）
(c) 彼の背後に回った。　　→　彼の後側がわに回ったこと

　　（繞到他的後面。）
(d) 彼の背後を回った。　　→　彼の背後を通過したこと

　　（從他的後面繞過。）

　　a句是在沒有道路的地方，從那兒跑向道路時所用的句子。

但是，這場合很少，所以這句子不太自然。

　　b句則是在道路中央跑的意思。

　　c句是繞到「彼（他）」的背後的意思。

　　d句是從「彼（他）」的背後繞到別的地方的意思。而不是停在「彼（他）」的背後。這樣的「を」雖多接表示直線的通過的自動詞，但有時也並不是如此。例如下面的句子：

(a) 公園_{こうえん}をぶらぶら歩_{ある}きます。（在公園內閒逛。）

(b) 展示会場_{てんじかいじょう}を眺_{なが}めて回_{まわ}りました。

　　（瀏覽著展示會場地繞著走。）

(c) 山_{やま}を散策_{さんさく}しました。（在山上散步了。）

(d) 森_{もり}の中_{なか}を縦横無尽_{じゅうおうむじん}に駆_かけ巡_{めぐ}った。

　　（在森林中縱橫來往地繞著跑。）

(e) 乱世_{らんせい}を生_いき抜_ぬく。（度過亂世。）

(f) ここから二_{ふた}つ目_めの角_{かど}を曲_まがって真_まっ直_すぐです。

　　（從這兒起在第二個角落轉彎後一直走。）

(g) 長_{なが}い道程_{どうてい}を毎日往復_{まいにちおうふく}した。（每天往返了很長的路程。）

(h) ボートで濁流_{だくりゅう}を遡_{さかのぼ}る。（乘小船在濁流逆行。）

　　以上的句子不能用「に」。又，「を」有時也出表示出發

點（參考第四節）

(a) 家に出発する。（錯誤）

(b) 家に出る。（錯誤）

(c) 家を出発する。（從家裡出發。）

(d) 家を出る。（從家裡出去。）

　　出發點的場合，使用「に」的時候表示目的地，a句b句兩句從意思上來說是矛盾的所以是錯誤。但是也有例外：

a. 南極に旅立ちました。→　南極は目的地（起程到南極了。）

b. 南極を旅立ちました。→　南極は出発点（從南極起程了。）

　　動詞「旅立つ」不一定是表示出發點的意思。因此，這種情形，a句是「目的地」，「向南極出發」的意思。b句是「出發點」，「從南極起程到其他的地方」。

　　關於「を」有「表示運動句一定的方向、繼續行動」上一說[註1]。這樣的話，下面的句子就應該不能成立。

註1　久野暲「日本文法研究」（大修館書店　一九八三年）

(a) 森を少しだけ歩いた。（在森林稍微走了一下。）

(b) 坂道を二三歩昇っただけで立ち止まった。

　　（只爬了兩三步坡道，就站住了。）

(c) 砂漠を休みしながら進んだ。

　　（在砂漠上邊走邊休息地前進。）

(d) 校庭をジクザグに走った。（在校園裡蛇形地跑。）

　　相反的情形是不能同時成立的。運動的方向「朝向一定的方向」的話，那上面的例句就應該說是完全都不正確了。

　　又，有「運動在場所全範圍的大部分行動」此一說[註2]。

(a) 山を少し登っただけで下山した。

　　（只爬了一下，就下山了。）

(b) プールの隅を泳いだだけだった。

　　（在遊泳池角落只游了一下。）

(c) 広場の端ばかりを歩いた。（只在廣場的旁邊走。）

　　上面例句也都能成立。因此，關於「範圍」「方向性」並不為「を」所表示的意思，應該說是與述語動詞的意思有關。

註2　久野暲「日本文法研究」（大修館書店　一九八三年）

「走る」「歩く」「登る」等，表示移動的動詞，修飾語句如果不接任何語句例如（少し、ばかり、だけ等），其動詞只能表示廣範圍內的直線運動。

第二節　「に」和「で」

「に」與「で」的區別使用法如下。

①「に」表示場所為目的地，或場所為事項的歸著點。
②「で」表示事項的發生偶然存在於該地方。

「に」是表某一事項，向著場所行動，事項完了後，其結果存在於該場所。因場所為目的地的緣故，事項與場所結合比較強烈。一方面「で」是不管是行為也好，事件或事態也好，其發生偶爾在這一場所的意思，事項與場所並不結合。以圖表示如下：

例如：

(a) 東京<ruby>に<rt>とうきょう</rt></ruby>生まれ、東京<ruby>に<rt>とうきょう</rt></ruby>育<ruby>った<rt>そだ</rt></ruby>。（生在東京，長在東京。）

(b) 東京<ruby>で<rt>とうきょう</rt></ruby>生まれ、東京<ruby>で<rt>とうきょう</rt></ruby>育<ruby>った<rt>そだ</rt></ruby>。

（在東京生的，在東京長大。）

(c) 深山<ruby>に<rt>しんざん</rt></ruby>竜<ruby>を<rt>りゅう</rt></ruby>見<ruby>た<rt>み</rt></ruby>。（到深山看到龍了。）

(d) 深山<ruby>で<rt>しんざん</rt></ruby>竜<ruby>を<rt>りゅう</rt></ruby>見<ruby>た<rt>み</rt></ruby>。（在深山看到龍了。）

(e) 伊藤博文<ruby>はここに<rt>いとうひろふみ</rt></ruby>眠<ruby>っている<rt>ねむ</rt></ruby>。（伊藤博文永眠在這兒。）

(f) 伊藤博文<ruby>はここで<rt>いとうひろふみ</rt></ruby>眠<ruby>っている<rt>ねむ</rt></ruby>。（伊藤博文睡在這兒。）

　　a句是東京生的，在東京長大的宿命因素，有自己與東京的結合的必然性的意思。

　　但是b句就沒有這意思，只不過是在敘述出生的地方，長大的地方而己，並非沒有東京人的意識，但其為東京人的意識較a句為稀薄。

　　c句是尋找龍，到龍住的山裡去，有終於見到龍的反響作用。

　　一方面，d句就沒有反響作用，只是偶爾到深山去看到龍的意思。

　　e句與f句的意見完全不同。f句「で」只是表示伊藤博文睡覺的地方，而e句表示伊藤博文埋葬的地方。

(a) 川に泳ぐ。（錯誤）

(b) 川で泳ぐ。（在河裡遊泳。）

　　這種場合「に」表示動作的目的地，「川（河）」為「泳ぐ（游泳）」的目的地「川に行く」是很奇怪的表現。所以a句為錯誤的句子。但是如下：

(a) 川に泳ぎに行いく。（到河裡去遊泳。）

(b) 川で泳ぎに行いく。（錯誤）

　　這例句，「泳ぐ」只是附屬性動詞，主動詞不是「泳ぐ」而是「行く」。「川」為動詞「行く」動作的目的地，所以a句是正確的，而b句則是錯誤的。

(a) 庭にテーブルを作りました。（在院子裡做了桌子）

　　→　動作的對像存在的場所。

(b) 庭でテーブルを作りました。（在院子裡做桌子）

　　→　動作行爲的場所。

　　這兩句都是正確的。「作る」本來是動作性動詞，在這場

合，因「に」表示對像存在的場所，所以a句表示在「作る」的動作完了之後テーブル（桌子）存在院子裡的意思。因此，a句是「在院子裡設置桌子」的意思。

　　而b句則無此意思，只是單純地表示做桌子的場所。桌子是可以移動的對象，如果像不動產不能移動之類為對象語時，那就不能使用「で」。

(a) 都内<u>に</u>家を買いました。→　家は移動できない。

　　（在東京都內買了房子。）

(b) 都内<u>で</u>家を買いました。（錯誤）

　　b句的錯誤是因為「買う」的動作完成了以後「家」是不能移動的。同樣想使用「買う」時，當然應該是能移動的對象時使用「で」。

(a) 果物屋<u>に</u>リンゴを買いました。（錯誤）

(b) 果物屋<u>で</u>リンゴを買いました。（在水果店買了蘋果了。）

　　這裡的a句剛才所舉的「庭に～」作比較，就更加清楚了。

(a) 果物屋にリンゴを買いました。（錯誤）

(b) 庭にテーボルを作りました。（在院子裡做了桌子了。）

　　「リンゴ（蘋果）」和「テーブル（桌子）」是可以移動的東西，但是又為什麼a句是錯誤而b句卻又是正確的呢？這是因為文意的不同所致。桌子做了以後，不知是擺在那兒還是移到別的地方去，但是買了蘋果後，必須從賣主的手裡移動到買主的手裡，因此不能用「に」。

(a) 家に絵を描きました。→　家是繪畫的對象。

(b) 家で絵を描きました。→　家是繪畫的場所。

　　上面的子的文意也是不同的，a句是「圖畫」直接畫在房子上（例如：牆上，屋頂）的意思。有點奇怪，但就是這個意思。b句是家裡作畫的意思。

(a) 自分の部屋に食事をします。（錯誤）

(b) 自分の部屋で食事をします。（在自己的房間吃飯）

　　→　動作行爲的場所

「食事をする（吃飯）」是動作性動詞，「自分の部屋（自己的房間）」是其動作的地方。只不過偶爾在「自分の部屋（自己的房間）」吃飯，所以使用「で」。

(a) ここに残る（残す）。（留在這兒。）→　存在的場所

(b) ここで残る（残す）。（錯誤）

(c) ホテルに泊まる（泊める）。（住旅館／大飯店。）

　　→　存在的場所

(d) ホテルで泊まる（泊める）。（錯誤）

　　「残る（残す）」或「泊まる（泊める）」等是表示事態完了以後，其結果存在的場所的動詞，所以使用「に」。這些都應稱為附著性動詞。

　　又，動作性動詞或存在性動詞也有從意思上不容易區別的。

(a) 私はここに住んでいます。（我住這兒。）

　　→　表示狀態繼續的存在性動詞

(b) 私はここで生活しています。（我在這裡生活。）

　　→　表示動作繼續的動作性動詞

　　「住む」和「生活する」在意思上可說沒有什麼差別，詳細地說，「住む」是表示繼續狀態的存在性動詞，「生活する」則不是狀態的繼續，而是伴有寢食、入浴等動作的意思。

　　再者，表示存在的動詞也有如下的問題：

(a) ここに手紙があります。（這兒有信。）→　存在
(b) ここで手紙があります。（錯誤）

　　上面的例句就如上述的規則，但如下：

(a) ここに会議があります。（錯誤）
(b) ここで会議があります。（在這兒有會議）

　→　會議舉行的場所。

　　這種場合不能用「に」。這也是文意上的問題。「会議がある（有會議）」就是「会議が開催される（開會）」的意思。

第三節　「に」和「へ」

表示場所的「に」和「へ」自古就有明顯的不同。

「に」表示移動動作的到達點。

「へ」表示移動動作的進行方向。

　　如上的不同。對於這一點，大部分的文法書有如下的說明「しかし、今日ではほとんど混合し、慣用句以外は置き換え可能である（然而，在今天幾乎都混合使用，慣用句以外可以置換）」。因此這種錯誤到現在多少還遺留下來，例如：

(a) 駅<ruby>駅<rt>えき</rt></ruby>に行<ruby>行<rt>い</rt></ruby>きます。（到車站。）

(b) 駅<ruby>駅<rt>えき</rt></ruby>へ行<ruby>行<rt>い</rt></ruby>きます。（去車站。）

　　像這樣，還未到車站的場合，以「駅」為到達點或為方向都無所謂。但已到了車站的場合，就如下面例句一樣不能使用「へ」。

(a) 駅<ruby>駅<rt>えき</rt></ruby>に到着<ruby>到着<rt>とうちゃく</rt></ruby>しました。（到達車站了。）

(b) 駅<ruby>駅<rt>えき</rt></ruby>へ到着<ruby>到着<rt>とうちゃく</rt></ruby>しました。（錯誤）

　　這是因為己經到了車站，使用來表示方向是很奇怪的事。

(a) 全員が学校<u>に</u>集まった。（全部人員在學校集合了。）
(b) 全員が学校<u>へ</u>集まった。（？）

　　「に」。這是因為上面的例句是過去式動詞，因此從文章上來說，全部人員已經在學校裡集合的狀態，用表示到達點的「に」比用表示方向的「へ」要來得符合文意。「へ」可使用與否是一個問題。有人主張是可以使用，也有人覺得不妥。在日常會話裡，日本人也經常使用「へ」，外國人還是使用「に」比較好。

　　以上，說明了「に」和「へ」意思的不同，最後說明構文上的不同。

　　「へ」可以與連體助詞結合形成修飾句　，「に」但是就沒有這個機能。

(a) あなた<u>に</u>の手紙。（錯誤）
(b) あなた<u>へ</u>の手紙。（給你的信。）

第四節 「を」和「から」

　　「を」和「から」附著於場所名詞，表示出發點、經由點。在這裡先說明一下，「を」之後的動詞有以下的限制。不能使用於有出現・接近之意的動詞。

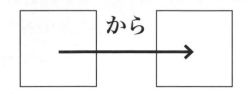

(a) 太陽が東<u>を</u>出ました。（錯誤）

(b) 太陽が東<u>から</u>出ました。（太陽從東邊出來了。）

(c) 指<u>を</u>血が出た。（錯誤）

(d) 指<u>から</u>血が出た。（手指出血了。）

　　如上所示，表示「出現」的動詞，或者是：

(a) 私は新潟<u>を</u>来ました。（錯誤）

(b) 私は新潟<u>から</u>来ました。（我是從新潟來的。）

　　還有像這樣，不能與表示「接近」的動詞一起使用。

(a) 私はこの道を歩いて来ました。（我從這條路走來的。）

(b) 私はこの道から歩いて来ました。（？）

　　上面例句，一看像是能與動詞「来る」可以兩立的樣子。

但是，這不是「を」接「来る」，「道を歩いて（走街道）」

只不過表示「来ました（來了）」之動作的方法而已。

　　那麼，其次說明「を」與「から」，有如下的不同：

【を】　　場所內的移動，或場所為出發點、通過的經由點

【から】從某場所移動到別的場所的出發點、經由點[註3]

　　這以圖示之如下：

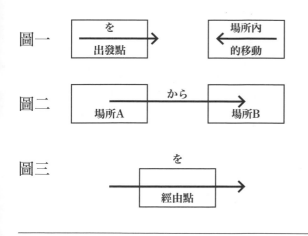

圖一

圖二

圖三

註3　森田良行「基礎日本語辭典」（角川書店　一九八九年）

「から」是意識到「他の場所」時所使用的。

(a) 山を降りる。（下山。）

(b) 山から降りる。（從山上下來。）

　　a句只是單純地表示「下山する（下山）」的意思。而b句則有「山から降りて人里に行く（從山上下來至村莊去。）」的意思。

(a) 学校を出発する。（從學校出發。）

(b) 学校から出発する。（從學校出發。）

　　這場合，a句只表示出發的場所，而b句則比較強烈地表示到某一其他的場所的意思。

(a) 二階を降りる。（錯誤）

(b) 二階から降りる。（從二樓下來。）

　　上面的例句不能使用「を」。先前的例句從山上下來不一定馬上就是村莊，而這裡的二樓下來一定是一樓，很明顯的

是「他の場所（別的場所）」。像這樣表示向其他場所移動的場合，不能使用「を」。

(a) 大学を卒業する。（大學畢業。）
(b) 大学から卒業する。（錯誤）

　　b句使用「から」時，就成了從學校之地出到校外的意思。而另外，「卒業する」因是學校教育完了的意思。所以與表示物理性外出的「から」不能兩立。因此這裡的b句是錯誤的。

第五節　「から」和「より」

　　「から」與「より」中文都翻作「從」。因此外國的日語學習者容易混用。

　　「から」與「より」有如下的區別。「から」與「より」都是被認為是表示出發點、經由點。但是「より」其基本用法是表示「前後、左右、先後、上下、遠近、東西、南北、多少、高低、狹廣」等的基準點。然而，基準點與出發點有些場合很含糊。

(a) 白線_{はくせん}から内側_{うちがわ}に下_さがってください。（請退到白線內側。）

(b) 白線_{はくせん}より内側_{うちがわ}に下_さがってください。（請退到白線內側。）

上面的例句是車站內的廣播。

a句的「白線から内側」是把白線與白線外視為不同的場所。

b句的「白線より内側」是以白線為基準點，其內側的意思。兩句都是正確的。

(a) ここから先_{さき}は東京_{とうきょう}です。（從這裡起是東京。）

(b) ここより先_{さき}は東京_{とうきょう}です。（？）

a句是有和東京以外的地區作區別的意思。

而b句則表示「ここ（這裡）」為基準點。b句稍為有一點不自然的語感，或許有人使用。在此「より」比「から」文言。b句的不自然是因為文言的緣故。下面例句b也是同樣的道理。

(a) 北_{きた}の方_{ほう}から冷_{つめ}たい風_{かぜ}が吹_ふいて来_きた。（從北方吹來了冷風。）

(b) 北_{きた}の方_{ほう}より冷_{つめ}たい風_{かぜ}が吹_ふいて来_きた。（錯誤）

後面如有表示場所「へ」「まで」助詞的場合用「から」。

(a) 台北<u>から</u>東京まで飛行機で三時間くらいです。

（從台北到東京搭飛機大概要三小時。）

(b) 台北<u>より</u>東京まで飛行機で三時間くらいです。（錯誤）

(c) 渡り鳥が南<u>から</u>北へ飛んで行きます。

（候鳥從南往北飛起。）

(d) 渡り鳥が南<u>より</u>北へ飛んで行きます。（錯誤）

　　另一方面，很明顯地表示比較的基準點的場合用「より」

(a) ここ<u>から</u>向こうの方が涼しい。（錯誤）

(b) ここ<u>より</u>向こうの方が涼しい。（對面比這兒涼快。）

　　「より」比「から」文言，在日常會話裡已漸漸不使用了。

第六節　「まで」「に」「へ」

　　「まで」與「に」「へ」一樣是表示移動的助詞，但是接場所名詞時，其意思不同。在此，並不是說明三者不同，而是

說明「まで」與「に」「へ」兩個助詞有什麼不同。

【まで】表示移動動作的範圍、界限（階段性的進行）

【に】　表示場所為目的地，或場所為事項的歸著點

【へ】　表示移動動作的進行方向

　　　「まで」表示某一計畫性的移動動作所及的範圍、界限。「に」是到達點，而「まで」是抵達的到達點作階段性的進行的意思。

(a) 鎌倉<ruby>鎌倉<rt>かまくら</rt></ruby>まで行<ruby>行<rt>い</rt></ruby>きます。（到鎌倉去。）

(b) 鎌倉<ruby>鎌倉<rt>かまくら</rt></ruby>に行<ruby>行<rt>い</rt></ruby>きます。（到鎌倉。）

(c) 鎌倉<ruby>鎌倉<rt>かまくら</rt></ruby>へ行<ruby>行<rt>い</rt></ruby>きます。（去鎌倉。）

　　　a句是以「鎌倉」為到達點，首先有「鎌倉へ行く（去鎌倉）」的計畫，表示到達「鎌倉」為止的階段性移動。當問到學生將來的出路時如下例句子：

(a) 大学<ruby>大学<rt>だいがく</rt></ruby>まで行<ruby>行<rt>い</rt></ruby>きます。（進大學。）

(b) 大学<ruby>大学<rt>だいがく</rt></ruby>に行<ruby>行<rt>い</rt></ruby>きます。（到大學。）

(c) 大学へ行きます。（去大學。）

「まで」因為是表示階段性移動，有「高中」「大學」的升學順序的意思。但是「に」「へ」是直接進入大學的意思。一般常識直接進大學是不可能的事情。

又，「まで」也表示移動性動作的界限。

(a) 飛行機で仙台まで行く。（搭飛機到仙台去。）
(b) 飛行機で仙台に行く。（搭飛機到仙台。）
(c) 飛行機で仙台へ行く。（搭飛機去仙台。）

a句與其他兩句不的是，有兩個意思。一個是「乘飛機到仙台」的意思。另一個「到仙台是乘飛機去的，但之後就不乘飛機而是利用其他的交通工具（或者步行）去」的意思。這種場合「仙台」不是「行く」的目的地。只是「飛行機で行く」動作的界限地[註4]。

b句與c句因「仙台」為其目的地，所以就沒有仙台以後的

註4　寺村秀夫「日本語のシンタクスと意味III」（黑潮出版　一九九一年）
　　一一五頁（含例文）

行程。到目前為止，敘述了以遠處的場所為對象，現在舉近處的場所為例看看，這時就會有「まで」不能用的情形。

(a) トイレまで行って来ます。（錯誤）

(b) トイレに行って来ます。（到洗手間。）

(c) トイレへ行って来ます。（去了洗手間。）

這是因為「まで」是以「外出」為前提的表現。說的更精確一點，「に」與「へ」可以表示近距離的場所，但「まで」則不能表示太近的場所。那麼怎麼樣程度的距離才能用「まで」表示呢？到「屋外的場所」才能使用。用「屋內」或「屋外」做大概的推測，例如下例 a 句就錯了。

(a) ちょっと台所まで行って来ます。（錯誤）

(b) ちょっと離れまで行って来ます。（去一下外房。）

這是同屬於家中的建築物，「台所（廚房）」在屋內，而「離れ（離開主建築物的獨立建築物）」在屋外的緣故。

第七節　「に」和「から」

在本項說明「に」與「から」接於表示場所之語時，其所表示的遠近關係的場合有如下的規則。

距離近的時候　　に、から
距離遠的時候　　から

以A地點與B地點的遠近關係來說明。因「に」本來有「歸著點」之意，沒有「移動」的念頭。因此，只能用於A地點與B地點近的時候，表示兩地點的地理位置關係。「から」因為本來的意思是出發點、經由點，所以遠近都能使用，表示從A移到B的場合的遠近關係。

(a) 私の家は駅に近い。（我家到車站很近。）
(b) 私の家は駅から近い。（我家離車站很近。）

像這樣，表示距離的句子是，「に」與「から」都可以使用。但a句與b句的意思有些不同。a句表示「私の家（我的家）」的地理關係，並沒有表示距離，而b句則表示距離。
但是表示遠距離的句子不能使用「に」

(a) 私の家は駅に遠い。（錯誤）

(b) 私の家は駅から遠い。（我的家離車站很遠。）

因為「遠い」與其說它是表示位置關係，不如說它是表示距離的概念。

現在以「駅（車站）」為主語來看。

(a) 駅は私の家に近い（？）

(b) 駅は私の家から近い。（車站離我家很近。）

同樣以「近い」為述語，主語為「駅（車站）」時，卻很難使用「に」。「私の家は駅に近い（我家到車站近）」是「私の家は駅に近くて便利です（我家到車站很方便）」的意思。在敘述處於方便的地理條件。但是如果要以「駅」為主語「駅は私の家に近い（車站離我家很近）」則必須再加以敘述「駅までの移動する距離（到車站的移動距離）」，所以得用「から」。因為有「移動」的念頭，所以很難用「に」。

又，被路上行人問某一場所時：

(a) ここの近くです。（在這附近。）

(b) ここに近いです。（錯誤）「地理位置關係」

(c) ここから近いです。（離這兒很近。）

　　一般會用a句回答，c句也可以。但是b句就錯了。

第八節　「に」和「には」

　　第一章說明了「は」和「が」。在此一面複習「に」，並說明「に」接對比的「は」的「には」。以在什麼場合使用對比的觀點來研讀本項。

　　場所以「には」表示的主語（以が格來表示的）[註5]如下：

① 引起他人注意的事項

② 說話者促使注意的事項

　　例如下面的句子：

(a) 机に書類があります。（桌上有文件。）【存在文】

註5　日語裡有が格的全應稱為主語的想法是根據尾上圭介的學說。

(b) 机<ruby>つくえ<rt></rt></ruby>には書類<ruby>しょるい<rt></rt></ruby>があります。（文件在桌上。）

非指別處就指在桌子上【所在文】

　　a句只是單純地敘述桌上的文件。

　　b句則有強調作用（特別發揮排他性）。

　　「に」和「には」的區的是根據其句子為存在文或是所在文 的不同而有所不同。

(a) 机<ruby>つくえ<rt></rt></ruby>の上<ruby>うえ<rt></rt></ruby>に書類<ruby>しょるい<rt></rt></ruby>があります。→　存在文

(b) 書類<ruby>しょるい<rt></rt></ruby>は机<ruby>つくえ<rt></rt></ruby>の上<ruby>うえ<rt></rt></ruby>にあります。→　所在文

　　如先敘述場所語「机の上に」的a句為存在文，而後敘述場所語的b句則為所在文。再簡單地說，中文裡使用「有」的為存在文，使用「在」是所在文。

　　關於「に」與「には」的區別使用，有必須說明一下存在文與所在文裡的不同。

　　首先說明存在文的規則：

肯定句「に」、「には」

否定句「には」

　　否定句一定得使用「には」，肯定句時使用「に」或「には」依文脈而定。

(a) この近<ruby>近<rt>ちか</rt></ruby>くに<ruby>川<rt>かわ</rt></ruby>があります。（這附近有河。）

(b) この近<ruby>近<rt>ちか</rt></ruby>くには<ruby>川<rt>かわ</rt></ruby>があります。（在這附近有河。）

　　上面兩句的不同是，a句只是敘述「この近くに川があること（這附近有河流的事）」，而b句則是將其加以強調。為何要強調呢？說話者為某種理由（例如：這河流很美，或是聽者喜歡釣魚等等）為了引起聽話者的注意。像河流之類不稀奇的場合，「に」「には」都可以使用，但是比較稀奇的就不易使用「に」了。

(a) この<ruby>公<rt>こう</rt></ruby><ruby>園<rt></rt></ruby>に<ruby>日本一大<rt>にぽんいちおお</rt></ruby>きな<ruby>噴水<rt>ふんすい</rt></ruby>があります。（？）

(b) この<ruby>公園<rt>こうえん</rt></ruby>には<ruby>日本一大<rt>にぽんいちおお</rt></ruby>きな<ruby>噴水<rt>ふんすい</rt></ruby>があります。

　　（在這公園裡有日本最大的噴水池。）

　　a句在日語裡多少讓人感覺到有點不自然的是，因為這句的內容本來是介紹稀奇的事引起別人的注意，卻沒有用表示強調

的「は」。

其次，所在文有如下的規則。

肯定句　に

否定句　には

也就是說，只有肯定的單句時使用「に」，除此之外都使用「には」。

(a) 鍵は引き出しの中にあります。（鑰匙在抽屜裡。）

(b) 鍵は引き出しの中にはあります。（錯誤）

(c) 鍵は引き出しの中にありません。（錯誤）

(d) 鍵は引き出しの中にはありません。（鑰匙不在抽屜裡。）

這些例句是「鍵がどこにある？（鑰匙在哪裡？）」的回答句。

首先說明b句的錯誤的理由，「には」表示對比，對比是根據排斥主語的以外的方式來強調主語。這樣的場合，因問題的所在，是在問鑰匙所在的場所，所以說「引き出しの中にある（在抽屜裡）」就足夠了。亦即，沒有必要特意排斥主語以

外的方式來強調。如使用來排斥主語以外的話，就成了「鍵は引き出しの中にはありますが、他のところはありません（鑰匙在抽屜裡，而不在其他地方）」的意思，所以顯得非常不自然。

　　c句的錯誤是，因為只是敘述「鍵は引き出しの中に入っていないこと（鑰匙沒有放在抽屜裡）」而已。以鑰匙的存在場所為問題之所在的場合，只言及其不存在之之場所並無多大意義。使用「には」會含有「鍵は引き出しの中にはありませんが、他のところにはあります（鑰匙不在抽屜，在別的地方）」的意思，因此d句會比較好。

　　以上，敘述了「に」「には」的不同，但也有些例外。那是，附有「あんな」「こんな」「そんな」等語的場合。規則如下：

肯定句　に
否定句　に、には

　　這場合與到目前所述的相反，肯定句一定用「に」，否定句通常用「に」，強調否定句時用「には」。

(a) あんな（こんな、そんな）所に交番がある。

（在那《這、那》樣的地方有派出所。）

(b) あんな（こんな、そんな）所には交番がある。（錯誤）

(c) あんな（こんな、そんな）所に交番がありません。

（在那《這、那》樣的地方沒有派出所。）

(d) あんな（こんな、そんな）所には交番がありません。

（在那《這、那》樣的地方沒有派出所。）

　　但是必須注意的否定句的場合，主語為「が」的地方。一定要改為「は」。

練　習

① 川辺（　　　）行く。

② キャンパス（　　　）散歩して来ました。

③ 林さんは先程私の前（　　　）走り通り過ぎた。

④ 前の角（　　　）曲がってください。

⑤ 物騒の世の中（　　　）生き抜こう。

⑥ 帰国しますから、只今、アフリカ（　　　）立ちました。

⑦ 彼は運動場（　　　）横切って走って来た。

⑧ 京都（　　　）マンションを買った。

⑨ 講堂（　　　）会議があります。

⑩ 田中さんはおトイレ（　　　）素晴らしい絵を描いた。

⑪ 東京（　　　）二十年間生活して来た。

⑫ 日本に行く度（　　　）友人の所（　　　）泊まります。

⑬ 飛行機（　　　）乗って、三時間経ってやっと成田
　　（　　　）着きました。

⑭ 転んで膝（　　　）血が出た。

⑮ 昨晩、山（　　　）降りた。

⑯ 来年、学部を卒業したら、大学院（　　　）入りたいです。

⑰ 今年（　　　）大学（　　　）進学します。

⑱ 家は駅（　　　）近いですが、学校から遠いです。

⑲ そんな田舎（　　　　）は百貨店なんかないよ。

⑳ この町（　　　　）は国（　　　　）最も大きな小学校があり
ます。

138

第五章　表示例舉的助詞

第一節　「と」和「に」

在本章將說明的助詞是，於單句中列舉名詞與名詞，或名詞句的助詞。

「と」和「に」為連接名詞或名詞句（以下僅以「名詞」表示），成為「AとB」「AにB」的形式。區別「と」和「に」時，重要的是這個「A」和「B」的關係。這有如下的規則。

AとB　　A與B為對等關係

AにB　　A為主B為附加物

「附加物」就是有如追加之物，而不是主從關係。

(a) 試験科目は国語と数学です。

　　（考試科目是國語和數學。）

(b) 試験科目は国語に数学です。

（考試科目是國語跟［加上］數學。）

(c) 今日のランチはハンバーグと野菜スープです。

（今天的午餐是漢堡和蔬菜湯。）

(d) 今日のランチはハンバーグに野菜スープです。

（今天的午餐是漢堡跟蔬菜湯。）

(e) 持っていくものは見本とパンフレットです。

（要帶去的東西是樣本和小冊子。）

(f) 持っていくものは見本にパンフレットです。

（要帶去的東西是樣本跟小冊子。）

(g) 劉備に付き従ったのは関羽と張飛です。

（追隨劉備的是關羽和張飛。）

(h) 劉備に付き従ったのは関羽に張飛です。

（追隨劉備的是關羽跟張飛。）

(i) 渋滞しているのは関越自動車道と東名高速道路です。

（交通擁擠的是關越公路和東名高速公路。）

(j) 渋滞しているのは関越自動車道に東名高速道路です。

（交通擁擠的是關越公路跟東名高速公路。）

a句是考試科目「國語和數學」兩者同時在念頭中。

相對的b句是考試科目先是「國語」一科在念頭裡「其他還

有數學」的追加時使用的句子。其下的句子也一樣。上面的例句所舉的只有兩個而已，舉得多的場合使用「に」，以追加的形式表示。

(a) 試験科目は国語と数学と歴史と地理と英語と生物です。

（？）

(b) 試験科目は国語に数学に歴史に地理に英語に生物です。

（？）

(c) 試験科目は国語に、数学に、歴史に、地理に、英語に、生物です。（考試科目是國語《跟》數學《跟》歷史《跟》地理《跟》英語《跟》生物。）

　　考試科目全部共六科。a句是這些全部於一瞬間在腦海裡出現。在文法上雖不能說是錯誤的，但是沒有一個日本人會這樣說。

　　b為追加的形式，但是實際會話上會用c句的方式，在說的時候會在每個「に」之後稍微停頓一下的方式進行。其中也有日本人，以「と」代替「に」，並採停頓式的說法。停頓不停頓因人而異，但大體上有如下的趨勢。

　　大至上所列舉的事項在三個以上的不須要停頓，四個以上

的就要停頓。

其次，說明如上所述考試科目的「所舉的事項」。「と」
和「に」所舉的到底有多少分量呢？所謂「列舉」有分只舉
主要的事項「部分列舉」和舉所有的事項的「全部列舉」。
「と」和「に」是全部列舉。也就是舉全部的事項。

(a) この病院には外科と内科と小児科があります。

　　（這個醫院有外科和內科和小兒科。）

(b) この病院には外科に内科に小児科があります。

　　（這個醫院有外科跟內科跟小兒科。）

(c) 博士号を取れたのは王さんと楊さんと周さんです。

　　（取得博士學位的是王先生和楊先生和周先生。）

(d) 博士号を取れたのは王さんに楊さんに周さんです。

　　（取得博士學位的是王先生跟楊先生跟周先生。）

(e) 私はこれとそれとあれを論文に取り入れました。

　　（我把這項和那項和那一項寫入論文裡。）

(f) 私はこれにそれにあれを論文に取り入ました。

　　（我把這項跟那項跟那一項寫入論文裡。）

(g) 中国語の辞書には中日辞典と日中辞典があります。

　　（中國語的辭典裡有中日辭典和日中辭典。）

(h) 中国語の辞書には中日辞典に日中辞典があります。

（中國語的辭典裡有中日辭典跟日中辭典。）

(i) ネックレスと指輪と財布を盗まれました。

（項錬和戒指和錢包被偷了。）

(j) ネックレスに指輪に財布を盗まれました。

（項錬跟戒指跟錢包被偷了。）

　　例如a句與b句都是表示這個醫院只有「外科、内科、小兒科」三科而已。除此以外沒有別科。其下的例句也是一樣。

　　又，「と」表示對等關係，但「に」不表示對等關係，所以「に」不能用於表示有關係、比較或共同的句子。請看以下例句：

(a) 王さんは老荘思想と室町時代との関連を研究しています。

（王同學研究老莊思想與日本室町時代的關聯。）→關係

(b) 王さんは老荘思想に室町時代との関連を研究しています。

（錯誤）

(c) 私と彼とは考えが違います。（我和他的想法不同。）→比較

(d) 私に彼とは考えが違います。（錯誤）

(e) A会社とB銀行は協力体制を築いています。

（A公司與B銀行建立起協力體制）→共同

(f) A会社にB銀行は協力体制を築いています。（錯誤）

(g) 張さんは楊さんと王さんと郭さんにご馳走しました。

（張同學請楊同學和王同學和郭同學吃飯。）

(h) 張さんは楊さんに王さんに郭さんにご馳走しました。（錯誤）

　　h句的錯誤是，「楊同學」與「王同學」與 「郭同學」必須是對等關係，而此句使用不表示對等關係的的緣故。

　　其次說明「Aは（が）Bと」和「AとBは（が）」的不同。

【Aは（が）Bと】 表示共同動作、或A單方面的動作

【AとB（が）は】 表示共通點

(a) 私は彼と結婚しました。（我跟他結婚了。）

(b) 私と彼は結婚しました。（我和他結婚了。）

(c) 私は彼と握手しました。（我跟他握手了。）

(d) 私と彼は握手しました。（我和他握手了。）

(e) 私は彼と首相に会いに行きました。

（我去跟他和首相見面了。）

(f) 私と彼は首相に会いに行きました。（我和他去見首相了。）

a句是「我跟他成夫婦了」的意思，

而b句則有兩種解釋。「我和他都是已婚者。」，和「我和他成為夫婦」的意思。

d句也是我和他互相握手或者是與別人握手之事並不清楚。

e句是「我和他」去跟首相會面或者「我」去跟「他和首相」會面之事並不清楚。這種意思的二重性，是因為用表示共通點「AとBは（が）」構文裡用了表示共同動作的述語造成的緣故。

那麼，使用表示共同點的述語的情況會如何？

(a) 私は彼と独身です。（錯誤）

(b) 私と彼は独身です。（我和他是單身。）

(c) 私は彼と受験生です。（錯誤）

(d) 私と彼は受験生です。（我和他是考生）

(e) 私は彼と大学に合格しました。（錯誤）

(f) 私と彼は大学に合格しました。（我和他考上了大學了。）

(g) 私は彼と水泳の代表選手になりました。（錯誤）

(h) 私と彼は水泳の代表選手になりました。

（我和他成為游泳的代表選手了。）

(i) スマホはノート型パソコンとビジネスマンの必要品です。

（錯誤）

(j) スマホとノート型パソコンはビジネスマンの必要品です。

（手機和筆記本型電腦是處理實務的人的必須品。）

像這樣「Aは（が）Bと」的構文不能表示共通點。

存在文的場合也不能使用「Aは（が）Bと」的構文。

(a) ここにノートが鉛筆とあります。（錯誤）

(b) ここにノートと鉛筆があります。

（這兒有筆記本和鉛筆。）

(c) 箪笥の上に旅行カバンがカメラとあります。（錯誤）

(d) 箪笥の上に旅行カバンとカメラがあります。

（櫥子上有旅行袋和照相機。）

(e) 縁側に長椅子がテーブルと置いてあります。（錯誤）

(f) 縁側に長椅子とテーブルが置いてあります。

（走廊上放著長椅和桌子。）

(g) 窓辺に花瓶が置物と飾ってあります。（錯誤）

(h) 窓辺に花瓶と置物が飾ってあります。

（窗戶旁邊擺花瓶和裝飾品。）

表示「類似」或「親密」的意思的場合，兩種構文均可使用。

(a) 李さんは陳さんと似ている。（李先生跟陳先生很像。）

(b) 李さんと陳さんは似ている。（李先生和陳先生很像。）

(c) あなたは高橋さんと兄弟みたいだ。

　　（你跟高橋先生好像兄弟一樣。）

(d) あなたと高橋さんは兄弟みたいだ。

　　（你和高橋先生好像兄弟一樣。）

(e) 大槻さんは韮澤さんと仲が良い。

　　（大槻先生跟韮澤先生很要好。）

(f) 大槻さんと韮澤さんは仲が良い。

　　（大槻先生和韮澤先先很要好。）

(g) 彼の会社はX銀行と親密な関係にある。

　　（他的公司跟X銀行有很密切的關係。）

(h) 彼の会社とX銀行は親密な関係にある。

　　（他的公司和X銀行有很密切的關係。）

　　但是，終究是以「Aは（が）Bと」為中心的構文，而「AとBは（が）」是以AB兩者為主題構文，兩者之間在意思上有微

妙的不同。

第二節 「と」和「や」

「と」和「や」有如下的不同。

【と】　全部列舉

【や】　僅是例示而已

　　一般來說，「と」是全部列舉，「や」是一部分列舉。[註1]
這是這樣的思考方式：譬如有某集團，列舉集團之全部的構成
要素時用「と」，舉其構成要素之一部分用「や」。這種思考
方式是基於無論什麼樣的集團都是由多數的構成要素所成立的
為前提。例如「AとB」是列舉全部的構成要素。然而說到「A
やB」的場合真的只是集團的一部分嗎？實際上集團並非只有由
多數構成要素所形成的，其中也有由極少數構成要素形成的集
團。這種由少數構成要素所形成的集團，例如構成要素只有兩
個的集團，只說「AやB」時就可以列舉全部的構成要素，也就

註1　此項基本上參寺村秀夫氏的「日本語のシンタクスと意味Ⅲ」（黑潮
　　　出版　一九九一年）的主張，寺村氏敘述「や」爲一部列舉。

是說「AやB」時，就列舉了全部。例如：

(a) アフリカやインドにはライオンが棲息しています。

　　（非洲與印度有獅子棲息。）

(b) アメリカやロシアや中国には有人宇宙ロケットを打ち上げ
　　る技術があります。（美國與俄國與中國有發射有人太空火
　　箭的技術。）

(c) お父さんやお母さんがいないと、鍵のある場所がわかりま
　　せん。（父親與母親不在時，就不知道鑰匙擺放的地方。）

(d) 蟹や海老の甲羅は茹でると、赤くなります。

　　（螃蟹與蝦子的殼一煮就變紅。）

(e) 台湾大学や師範大学や政治大学は台湾を代表する名門大学
　　です。（臺灣大學或師範大學或政治大學是代表臺灣的名
　　校。）

(f) 鯨や鯱や海豚は魚の形をした哺乳類です。

　　（鯨魚與虎鯨與海豚是魚形的哺乳類。）

(g) 日本や中華民国や中国では、漢字を国字として採用してい
　　ます。（日本與中華民國與中國採用漢字爲國字。）

　　a句「アフリカやインド」果真只是列舉的一部分嗎？現在

有獅子的只有非洲和印度（當然動物園也有，但以野生狀態棲息的只有非洲和印度）。這樣的話，這個「や」就不能表示一部分的例舉。

再者，b句的「アメリカやロシアや中国」也不能表示一部分的列舉。有發射太空火箭技術的除了美俄中以外，還有其他的國家，但是有發射有人太空火箭技術的只有美中俄而已。

c句也一樣，知道鑰匙的場所的只有父親與母親，這樣的話「お父さんやお母さん」不應為一部分的列舉。

以下的例句也一樣。因此，有關「や」必須進一步說明如下：

「や」只是舉例，但是構成要素多的時候為部分列舉，少數時可為全部列舉。

若要列舉的事項太多的話，用「と」全部列舉出來會令人感到很煩雜，所以一般會使用「や」來舉例。

(a) アジア大会に参加したのは台湾と韓国と日本です。（？）
(b) アジア大会に参加したのは台湾や韓国や日本です。

（參加亞洲大會的是臺灣與韓國跟日本。）

(c) この下宿には横山さんと長谷川さんと望月さんが住んでい

ます。（這宿舍住著橫山先生和長谷川先生和望月先生。）

(d) この下宿には橫山さんや長谷川さんや望月さんが住んでい

ます。（這宿舍住著橫山先生和長谷川先生和望月先生。）

(e) この事業を展開していく上で、問題なのは人件費と品質管

理です。（發展這個事業，問題在工資和品質管理。）

(f) この事業を展開していく上で、問題なのは人件費や品質管

理です。（發展這個事業，問題在工資和品質管理。）

(g) 私は夏目漱石の未発表原稿と直筆の手紙と日記を所有し

ています。（我有夏目漱石未發表的原稿和親筆的信和日

記。）

(h) 私は夏目漱石の未発表原稿や直筆の手紙や日記を所有し

ています。（我有夏目漱石未發表的原稿和親筆的信和日

記。）

　　不一一舉出參加亞洲大會的國家名。亞洲有很多國家。這

種場合「や」因是一部分列舉，所以在此使用「や」只舉出主

要的國家。

　　然而a句使用「と」，就成了參加亞洲大會的只有三個國家，

然而這是不可能的事情。

　　c句是表示住在宿舍的只有三個人，而d句則暗示著還住著

其他的人。這種場合，住在宿舍的人是多數亦或僅有三個人並不清楚。以下的例句也是一樣。

(a) 私の家には超大型テレビと高性能ステレオと最新型ブルーレイプレイヤーがあります。（我家有超大型的電視和高性能的音響和最新型藍光播放器。）

(b) 私の家には超大型テレビや高性能ステレオや最新型ブルーレイプレイヤーがあります。（我家有超大型的電視和高性能的音響和最新型藍光播放器。）

　　上列例句均為正確。但是，這種句子本來是「私」擁有所列舉的東西而感到自豪。使用「と」表示全部列舉。那也可以表示自豪。但是使用「や」可暗示還其他的東西，較符合表示自豪的句子。

　　「と」因是全部列舉，所以不能與「など」一起用。

(a) この店では野菜と果物と卵などを売っています。（錯誤）

(b) この店では野菜や果物や卵などを売っています。
　　（這家店買蔬菜與水果與蛋等東西。）

(c) 青森の名物はリンゴと牛肉などです。（錯誤）

(d) 青森の名物はリンゴ<u>や</u>牛肉などです。

　　（青森縣的名產是蘋果跟牛肉等。）

　　「や」為部分列舉的場合，不能和「～だけ」共存。

(a) テストの一問目<u>と</u>二問目だけは分からなかった。

　　（考試題只有第一題和第二題不會。）

(b) テストの一問目<u>や</u>二問目だけは分からなかった。（錯誤）

(c) 手続きに必要なものは印鑑<u>と</u>印鑑証明書<u>と</u>身分証明書だけ

　　です。（手續所必須的東西是印章和印鑑證明書和身分證明

　　書而已。）

(d) 手続きに必要なものは印鑑<u>や</u>印鑑証明書<u>や</u>身分証明書だけ

　　です。（錯誤）

(e) 皆の中でこの決議に対し、吉村さん<u>と</u>岩井さんだけが反対

　　しました。（成員當中對這個決議反對的只有吉村先生和岩

　　井先生。）

(f) 皆の中でこの決議に対し、吉村さん<u>や</u>岩井さんだけが反対

　　しました。（錯誤）

(g) 李さん<u>と</u>苗さんだけは誘いましたが、林さんは誘いません

　　でした。（只邀請了李小姐和苗小姐，而沒有邀林小姐。）

(h) 李さん<u>や</u>苗さんだけは誘いましたが、林さんは誘いません
でした。（錯誤）

可是「や」為全部列舉的場合，可與「だけ」共存。

(a) 社長<u>と</u>重役たちだけ合併工作の真相を知っている。

（只有社長和重要職員們知道工作合併的眞相。）

(b) 社長<u>や</u>重役たちだけ合併工作の真相を知っている。

（只有社長與重要職員們知道工作合併的眞相。）

(c) 貴族<u>と</u>大金持ちと有名人だけが社交界に参加できる。

（只有貴族和有錢人和有名人物可參加社交會。）

(d) 貴族<u>や</u>大金持ちや有名人だけが社交界に参加できる。

（只有貴族與有錢人與有名人物可參加社交會。）

(e) 湯さん<u>と</u>賀さんと張さんだけがトンボ返りができる。

（只有湯同學和賀同學和張同學會翻筋斗。）

(f) 湯さん<u>や</u>賀さんや張さんだけがトンボ返りができる。

（只有湯同學與賀同學與張同學會翻筋斗。）

又「や」不能表示「選擇」和「比較」。

(a) 赤いスイカすいかと黄色いスイカすいか、好きな方を選んでください。（紅西瓜和黃西瓜，請選你喜歡的。）→選擇

(b) 赤いスイカすいかや黄色いスイカすいか、好きな方を選んでください。（錯誤）

(c) 鮪と鰹では、どちらが大きいですか？

　　（鮪魚和鰹魚，哪一種大？）→比較

(d) 鮪や鰹では、どちらが大きいですか？（錯誤）

(e) 猪と豚はどう違いますか？

　　（野豬和豬有什麼不同？）→比較

(f) 猪や豚はどう違いますか？（錯誤）

(g) 海と山、どちらに行きたいですか？

　　（海和山，你想去哪一邊？）

(h) 海や山、どちらに行きたいですか？（錯誤）

　　以上說明了「と」和「や」的不同，但有時使用「や」，會使對方感到困擾。例如問作菜的材料時：

(a) ニンジンとジャガイモと豚肉です。

　　（胡蘿蔔和馬鈴薯和豬肉。）

(b) ニンジンやジャガイモや豚肉です。

（胡蘿蔔或馬鈴薯或豬肉。）

如用b句問答的話，對方可能會這樣想「不好好地教我。真是不親切的人。」這種場合就必須回答a句。

第三節 「と」和「か」

「か」的基本用法如下：

① 選擇其中之一
② 表示大體上程度

　① 為表示「擇一」。例如：

(a) コーヒーと紅茶を飲みたい。（？）
(b) コーヒーか紅茶を飲みたい。（想喝咖啡或紅茶。）

a句是「想喝咖啡和紅茶兩者」的意思，但如這樣說的話對方一定會感到吃驚。b句是「想喝咖啡或紅茶」的意思。

(a) 十分と二十分で着きます。（錯誤）
(b) 十分か二十分で着きます。（十分鐘到二十分鐘左右可到。）

　　這是②的用法。b句的「か」是十分鐘到二十鐘左右可到達的意思。「と」就沒有這樣的用法，所以a句是錯誤。

　　「と」和「か」的區別較簡單，以上的說明就足夠了。

　　其次說　「か」所列舉之事項的最後可否接「か」。

(a) 賛成<u>か</u>反対をはっきりさせる。（錯誤）

(b) 賛成<u>か</u>反対<u>か</u>をはっきりさせる。

　　（是贊成是反對，明確地表示。）

(c) 漢字<u>か</u>ローマ字で記入してください。

　　（請用漢字或羅馬字填寫。）

(d) 漢字<u>か</u>ローマ字<u>か</u>で記入してください。（？）

　　a句因對象語在最後沒使用「か」而錯誤，但d句卻又因使用「か」而使人覺得不自然。這是為什麼呢？其實這是由於個人差，並無明確的規則，大體上如下之場合在最後附加「か」。

① 列舉之事物為對象語的場合

② 列舉之事物為相反之事物的場合

③ 有疑問詞的場合

以前述的例句來說明，a句與b句是因「贊成」與「反對」是相反的事項，所以最後不能不加「か」。現在試著在c句與d句加入不定詞的「どちらか」看看。

(a) 漢字<ruby>漢<rt>かん</rt></ruby><ruby>字<rt>じ</rt></ruby>か__ローマ字__か__、どちらかで<ruby>記<rt>き</rt></ruby><ruby>入<rt>にゅう</rt></ruby>してください。（請以漢字或羅馬字填寫。）

(b) <ruby>漢<rt>かん</rt></ruby><ruby>字<rt>じ</rt></ruby>か__ローマ<ruby>字<rt>じ</rt></ruby>、どちらかで<ruby>記<rt>き</rt></ruby><ruby>入<rt>にゅう</rt></ruby>してください。（錯誤）

像這樣有不定詞的場合，在「ローマ字（羅馬字）」之後，不能不加「か」。

第四節 「と」和「も」

「も」和中文的「也」相似，是「連這個事物都有的話，那其他的的事物更應該有」的意思。「も」為列舉某一事物的場合，表示以下之事項。

① 表示還有其他事物
② 表示充分地具備必要的事物

　　「も」為部分列舉，但是暗示其他事物的存在，所以在意思上就成為全部列舉了。

　　也就是說根據表示還有其他的事物，來暗示著全部具備了的意思。

(a) 美味しいラーメンと餃子があるよ。

　　（有好吃的麵條和餃子喔。）

(b) 美味しいラーメンもあるよ。（也有好吃的麵條喔。）

(c) この公園は小さいが、ブランコと滑り台がある。

　　（這公園雖小，但有鞦韆和滑梯。）

(d) この公園は小さいが、ブランコも滑り台もある。

　　（這公園雖小，但鞦韆、滑梯都有。）

　　a句是有的是「好吃的麵條和餃子」而已，但b句使用「も」暗示著也有其他好吃的東西。

　　c句表示公園的設備只有「鞦韆和滑梯」而已，但d句是說「鞦韆、滑梯都有」時，則表示這就十分足夠了的說話者的想法。

(a) 時計と髭剃りをちゃんと旅行カバンに入れた。

（手錶和刮鬍刀都完全放入旅行包了。）

(b) 時計も髭剃りもちゃんと旅行カバンに入れた。

（手錶和刮鬍刀也都完全放入旅行包了。）

(c) 先生に進学先と就職を相談した。

（跟老師商量升學和就職之事了。）

(d) 先生に進学先も就職も相談した。

（升學和就職之事都跟老師商量了。）

(e) 私は浅草寺と東京タワーと新宿都庁を見学した。

（我參觀了淺草寺和東京鐵塔和新宿都政府。）

(f) 私は浅草寺も東京タワーも新宿都庁も見学した。

（我淺草寺和東京鐵塔和新宿都政府都參觀了。）

(g) 私は彼へのプレゼントに音楽のCDとパソコンソフトを選ん

だ。（我選了雷射唱片和電腦軟體作爲給他的禮物。）

(h) 私は彼へのプレゼントに音楽のCDもパソコンソフトも選ん

だ。（我選了雷射唱片也選了電腦軟體作爲給他的禮物。）

(i) 政府は教育予算と福祉予算を削減すると発表した。

（政府公佈了削減教育預算和福利預算。）

(j) 政府は教育予算も福祉予算も削減すると発表した。

（政府公佈了教育預算和福利預算都削減的事。）

　　「と」為列舉事物之全部，沒有其他的了。但是「も」則暗示還有其他事物，所以有「做了如此厲害的事，用強調的《も》，表示不比這件事厲害之事一定也做了。」的反響。

　　j句有「連教育預算或是福利預算的削減都決定了，比這不重要的預算更是如此了」的反響。

　　又也有「と」和「も」連接的「とも」。這場合「も」的意思比較強，有「都」之意。

(a) 私は彼<u>とも</u>彼女<u>とも</u>面識がない。（我跟他和她都不認識。）

(b) 林さんは鈴木さん<u>とも</u>吉田さん<u>とも</u>仲が良い。

　　（林先生跟鈴木先生和吉田先生都很好。）

(c) 課長は株主<u>とも</u>社長<u>とも</u>遣り合った。

　　（課長跟股東和社長互相爭論了）

(d) 彼女は私<u>とも</u>彼<u>とも</u>一夜を共にした。

　　（她跟我和他都共渡一晚了。）

(e) 縦線<u>とも</u>横線<u>とも</u>交わる直線を引きなさい。

　　（請畫上縱線和橫線都交叉的直線。）

(f) やばい、妻の出産予定日が友達の結婚式<u>とも</u>母の三回忌<u>とも</u>重かさなっている。（糟了！妻子的預產期和朋友的結婚

典禮和母親的三週年忌都碰在一起了。）

(g) 私はもう役員<u>とも</u>会ったし、現場責任者<u>とも</u>会った。

（我已經和要員見了面，也和現場的負責人見面了。）

但是如下例句因不為列舉的「と」所以必須要注意。

(a) 彼は善人<u>とも</u>悪人<u>とも</u>言えない人だ。

（他不能說是好人，也不能說是壞人。）

(b) そう<u>とも</u>限りません。（也不一定如此。）

(c) 彼は山賊<u>とも</u>見まがう格好で森の中から現れた。

（他《看上去》像似山賊似的從森林裡出來。）

(d) この点は良い<u>とも</u>言える。（這一點也可說是很好。）

(e) そんな変な命令は聞かなく<u>とも</u>よい。

（那種奇怪的命令不聽也罷！）

(f) いくら人に悪く言われても、彼は何<u>とも</u>思わない。

（再被人說得怎麼壞，他也無動於衷。）

(g) 文字<u>とも</u>絵とも思われるものが古代遺跡から発掘された。

（從古代的遺跡挖掘出來了像文字又像畫的東西。）

(h) 誰<u>とも</u>知らない人が突然部屋の中に入って来た。

（誰也不認識的人突進到屋子裡來了。）

（i）あんな、海のものとも山のものとも付かない奴など雇える
か。（那種不知打哪兒來的傢伙怎麼能雇用？）

　　這些「と」都是表示引用的「と」。也就是「～と言う」
或是「～と思う」等的「と」。

參考文獻

　　森田良行「基日本語辭典」（角川書店　一九八九年）

練　習

1 今日の試験は歴史、地理（　　　）数学などであるから大変
ですよ。

2 私（　　　）彼は大学生です。

3 今回のオリンピックに参加する国はアメリカ（　　　）ロシ
ア（　　　）中国などがある。

4 学期の総成績の採点は、出席率（　　　）中間テスト（　　　）
期末テスト（　　　）平常点とで判定します。

5 学校の会議には、校長（　　　）雑務役だけが参加します。

6 細いワンピース（　　　）緩いワンピース、どちらか好きな
方を選んでください。

7 10人の中で、田中さん、中村さん（　　　）陳さんがラーメ
ンを食べます。

8 ラーメン（　　　）定食、どちらを食べますか。

9 こんな小さな食堂（　　　）フカヒレがあるんだ。

10 いくら美味しいと言われても、彼女は食べよう（　　　）し
ません。

11 このものはいい（　　　）悪い（　　　）言えないです。

12 あの人は家（　　　）お金（　　　）騙された。

13 行く（　　　）行かない（　　　）はっきりしてください。

⑭ このクラスの中で、陳さん（　　）王さん（　　）林さん
　だけが大学に合格した。

⑮ 引き出しにボールペン（　　）鉛筆があります。

⑯ このパーティーでは私（　　）彼だけが留学生です。

⑰ この家は小さいが、現代的家具（　　）もちろん、ステレ
　オ（　　）あるんだ。

⑱ 東アジアでは、中国、日本（　　）フィリピンでコロナに
　感染しています。

⑲ 熱がありますがコロナウイルスに感染した（　　）言えま
　せん。

⑳ このワクチンは、全員に効く（　　）限りません。

解　答

①に	②と	③や、や	④と、と、と
⑤や	⑥と	⑦や	⑧と
⑨でも	⑩とは	⑪とも、とも	⑫も、も
⑬か、か	⑭や、や	⑮と	⑯と
⑰は、も	⑱や	⑲とは／とも	⑳とは

第六章　表示程度的助詞

第一節　「くらい」和「ほど」

　　「くらい」和「ほど」都是大略地表示程度或數量之語，有如下的不同。

【くらい】　　程度比較的基準（只用於肯定句）
【ほど】　　　程度、比例・比較的基準

　　首先說明「くらい」的程度。這在有的文法書上寫著「最低限度的用法」。

(a) お茶くらい飲んで行きなさい。（喝點茶再走。）
(b) お茶ほど飲んで行きなさい。（錯誤）
(c) 電話代くらい払いなさい。（你最起碼付電話費吧！）
(d) 電話代ほど払いなさい。（錯誤）
(e) ネクタイくらい締めなさい。（最起碼繋個領帶吧！）

(f) ネクタイ<u>ほど</u>締めなさい。（錯誤）

(g) 自分が使った食器<u>くらい</u>自分で片付けます。

　　（最起碼自己用過的碗筷自己整理。）

(h) 自分が使った食器<u>ほど</u>自分で片付けます。（錯誤）

(i) これ<u>くらい</u>の日本語なら分かります。（這程度的日語我懂。）

(j) これ<u>ほど</u>の日本語なら分かります。（錯誤）

　　　所謂「最低限度的用法」是「最少也要～（最起碼也）」

或「最少也有～」等的意思。而「ほど」相當於中文的「～

越…越」的意思。

(a) 考えれば考える<u>くらい</u>分からなくなって来た。（錯誤）

(b) 考えれば考える<u>ほど</u>分からなくなった。（越想越不明白了。）

(c) 高く売れれば売れる<u>くらい</u>よい。（錯誤）

(d) 高く売れれば売れる<u>ほど</u>よい。（賣得越貴越好。）

(e) 観客が増えれば増える<u>くらい</u>売り上げも上がる。（錯誤）

(f) 観客が増えれば増える<u>ほど</u>売り上げも上がる。

　　（觀眾越增加收入也就越高。）

(g) 雪が降れば降る<u>くらい</u>作業が困難になる。（錯誤）

(h) 雪が降れば降る<u>ほど</u>作業が困難になる。

（雪越下工作就越困難。）

(i) この本は読めば読む<u>くらい</u>面白くなって来る。（錯誤）

(j) この本は読めれば読む<u>ほど</u>面白くなって来る。

（這本書越看越有趣。）

表示比較的基準的場合，在肯定句裡「くらい」和「ほど」均可使用。

(a) 猿は人間の三歳児<u>くらい</u>の知能があります。

（猴子差不多有人類三歲小孩智能。）

(b) 猿は人間の三歳児<u>ほど</u>の知能があります。

（猴子有人類三歲小孩程度的智能。）

(c) 彼女はアインシュタインと同じ<u>くらい</u>賢い。

（她差不多跟愛因斯坦一樣的聰明。）

(d) 彼女はアインシュタインと同じ<u>ほど</u>賢い。

（她跟愛因斯坦同樣程度的聰明）

但是否定句的場合，不能使用「くらい」。

(a) 私の妹は彼女<u>くらい</u>綺麗ではない。（錯誤）

(b) 私の妹は彼女ほど綺麗ではない。（我妹妹沒有她那樣漂亮。）

(c) 橋本さんは川上さんくらい足が速くありません。（錯誤）

(d) 橋本さんは川上さんほど足が速くありません。

　　（橋本先生的腳程沒有川上先生快）

(e) 私はあなたくらい要領がよくありません。（錯誤）

(f) 私はあなたほど要領がよくありません。

　　（我沒有你那樣有要領。）

(g) この掃除機は前の掃除機くらいゴミをよく吸い取りません。（錯誤）

(h) この掃除機は前の掃除機ほどゴミをよく吸い取りません。

　　（這台吸塵器沒有以前的吸塵器那麼能吸垃圾。）

(i) お金なら山くらいある。（錯誤）

(j) お金なら山ほどある。（錢的話有山那麼高。）

　　表示「最～」的意思的場合，「くらい」和「ほど」都能使用。如下場合，述語伴同否定語。

(a) 彼くらい正直な人はいない。

　　（再也沒有像他那樣的老實的人了。）

(b) 彼ほど正直じきな人はいない。

（再也沒有像他那樣的老實的人了。）

(c) 東条さん<u>くらい</u>立派な人は滅多にいない。

　　（像東條先生那樣優秀的人非常稀少。）

(d) 東条さん<u>ほど</u>立派な人は滅多にいない。

　　（像東條先生那樣優秀的人非常稀少。）

(e) あいつ<u>くらい</u>馬鹿なやつはいない。

　　（再也沒有像那傢伙那樣笨的東西。）

(f) あいつ<u>ほど</u>馬鹿ばかなやつはいない。

　　（再也沒有像那傢伙那樣笨的東西。）

(g) これ<u>くらい</u>ひどい話はない。（再也沒有像這樣過份的話。）

(h) これ<u>ほど</u>ひどい話はない。（再也沒有像這樣過份的話。）

(i) 漢詩<u>くらい</u>素晴らしい文学はない。

　　（沒有像漢詩那樣出色的文學。）

(j) 漢詩<u>ほど</u>素晴らしい文学はない。

　　（沒有像漢詩那樣出色的文學。）

　　j句的正確是因為表示「程度」的「ほど」擁有超越一般人所能理解事項‧範圍之意，但i句表示「程度」的「くらい」並無此意。

　　在「くらい」的用法裡，有一種表示比較的慣用語「くら

いなら」這個「くらい」不能以「ほど」來替代。

(a) 人に上げる<u>くらい</u>なら自分で食べます。

　（與其給人不如自己吃。）

(b) 人に上げる<u>ほど</u>なら自分で食べます。（錯誤）

(c) あんな奴と仲直りする<u>くらい</u>なら死んだ方がましだ。

　（跟那種傢伙和好，倒不如死了的好。）

(d) あんな奴と仲直りする<u>ほど</u>なら死んだ方がましだ。（錯誤）

(e) 飛行機に乗る<u>くらい</u>なら自分の足で歩いて行きます。

　（與其坐飛機倒不如自己走路去。）

(f) 飛行機に乗る<u>ほど</u>なら自分の足で歩いて行きます。（錯誤）

(g) 自分でできる<u>くらい</u>なら人に頼みません。

　（自己會的話就不拜託別人了。）

(h) 自分でできる<u>ほど</u>なら人に頼みません。（錯誤）

(i) そんなに簡単に行く<u>くらい</u>なら誰も心配しません。

　（那樣容易去的話，那誰也不擔心。）

(j) そんなに簡単に行く<u>ほど</u>なら誰も心配しません。（錯誤）

　　但是，接下來的例句中的「くらい」不是比較，而是表示「程度」，所以可以用「ほど」替代。

(a) あんな大企業が倒産する<u>くらい</u>なら、中小企業はもっと悲惨な状況だろう。（那的樣大企業都破產了的話，那中小企業的狀況就更是悲慘了吧？）

(b) あんな大企業が倒産する<u>ほど</u>なら、中小企業はもっと悲惨な状況だろう。（那的樣大企業都破產了的話，那中小企業的狀況就更是悲慘了吧？）

(c) 彼が落ちる<u>くらい</u>なら多分誰も受からないだろう。

（他都落榜了，大概沒人會考上吧！）

(d) 彼が落ちる<u>ほど</u>なら多分誰も受からないだろう。

（他都落榜了，大概沒人會考上吧！）

(e) 岩を砕く<u>くらい</u>のパンチなら、人間などイチコロだ。

（都能打碎岩石的拳頭，那人類準會一拳斃命的。）

(f) 岩を砕く<u>ほど</u>のパンチなら、人間などイチコロだ。

（都能打碎岩石的拳頭，那人類準會一拳斃命的。）

(g) 卵を掴める<u>くらい</u>精密な機械なら、大いに役立ちます。

（可以抓起雞蛋的精密機械的話，那是非常有用的。）

(h) 卵を掴める<u>ほど</u>精密な機械なら、大いに役立ちます。

（可以抓起雞蛋的精密機械的話，那是非常有用的。）

　　這些全都是前項舉異常程度的事項，那樣異常的話比那弱的會遭到更慘的局面。或者比那簡單的事會更簡單等的意思。

(a) 彼女のために三十分くらい待ってあげなさい。（為了她請你等三十鐘左右吧。）

(b) 彼女のために三十分ほど待ってあげなさい。（為了她請你等三十鐘左右吧。）

　　事項的程度「くらい」和「ほど」都可使用，但表示大約時間、時點只用「くらい」。

　　此外，請參考以下的例句。

(a) 明後日くらいには結果が出るでしょう。

　　（大後天左右，可知道結果吧。）←主觀的時間。

(b) 明後日ほどには結果が出るでしょう。（錯誤）

(c) 一週間後くらいから暖かくなってきます。

　　（大概一星期後，會暖和起來。）←主觀的時間。

(d) 一週間後ほどから暖かくなってきます。（錯誤）

(e) 十時くらいに行ったら、店はもう閉まっていた。

　　（十點左右去了，店已經打烊了。）←客觀的時間。

(f) 十時<ruby>十<rt>じゅう</rt></ruby><ruby>時<rt>じ</rt></ruby><u>ほど</u>に<ruby>行<rt>い</rt></ruby>ったら、<ruby>店<rt>みせ</rt></ruby>はもう<ruby>閉<rt>し</rt></ruby>まっていた。（錯誤）

(g) <ruby>三<rt>さん</rt></ruby><ruby>時<rt>じ</rt></ruby><u>くらい</u>になったら、<ruby>少<rt>すこ</rt></ruby>し<ruby>休憩<rt>きゅうけい</rt></ruby>しましょう。

（到了三點左右，稍微休息一下吧。）←客觀的時間。

(h) <ruby>三<rt>さん</rt></ruby><ruby>時<rt>じ</rt></ruby><u>ほど</u>になったら、<ruby>少<rt>すこ</rt></ruby>し<ruby>休憩<rt>きゅうけい</rt></ruby>しましょう。（錯誤）

(i) <ruby>三月<rt>さんがつ</rt></ruby><u>くらい</u>になると<ruby>忙<rt>いそが</rt></ruby>しくなってきます。

（一到三月左右就會忙起來。）←客觀的時間。

(j) <ruby>三月<rt>さんがつ</rt></ruby><u>ほど</u>になると<ruby>忙<rt>いそが</rt></ruby>しくなってきます。（錯誤）

又其他也有必須要注意的地方。

(a) <ruby>私<rt>わたし</rt></ruby>は<ruby>一日<rt>いちにち</rt></ruby>に<ruby>四時間<rt>よんじかん</rt></ruby><u>くらい</u><ruby>眠<rt>ねむ</rt></ruby>らない。

（我一天有四個小時左右沒睡覺。）

(b) <ruby>私<rt>わたし</rt></ruby>は<ruby>一日<rt>いちにち</rt></ruby>に<ruby>四時間<rt>よんじかん</rt></ruby><u>ほど</u><ruby>眠<rt>ねむ</rt></ruby>らない。

（我一天有四個小時左右沒睡覺。）

(c) <ruby>私<rt>わたし</rt></ruby>は<ruby>一日<rt>いちにち</rt></ruby>に<ruby>四時間<rt>よんじかん</rt></ruby><u>くらい</u>しか<ruby>眠<rt>ねむ</rt></ruby>らない。

（我一天只睡四個小時左右。）

(d) <ruby>私<rt>わたし</rt></ruby>は<ruby>一日<rt>いちにち</rt></ruby>に<ruby>四時間<rt>よんじかん</rt></ruby><u>ほど</u>しか<ruby>眠<rt>ねむ</rt></ruby>らない。

（我一天只睡四個小時左右。）

a句和b句是同樣的意思，一天大都在睡覺，醒著的時間只

174

有四個小時的意思。

　如果一天睡眠時間只有四個小時的話，那就必須像c句或d句附加「しか」。

第二節　「しか」和「だけ」

　「しか」和「だけ」都表示程度低或量少的語句。兩者在構文上的不同如下。

	肯定形式	否定形式
Aしか	不能使用	排除A以外
Aだけ	排除A以外	只排除A

　「しか」不能使用於肯定形式，「だけ」可使用於肯定形式亦可使用否定形式[註1]。

(a) 消しゴムしか買わなかった。（只買了橡皮擦。）

(b) 消しゴムだけ買った。（只買了橡皮擦。）

(c) 消しゴムだけ買わなかった。（只有橡皮擦沒買。）

　說到關於買的東西，是a句和b句「橡皮擦」，c句是「橡皮

註1　第三章「表示時間的助詞」請參照第一節。

擦以外的東西」。

　　那麼否定形式的「しか」和肯定形式的「だけ」的意思一樣嗎？這又有點不同。這個不同是，與其說「しか」和「だけ」的不同，倒不如說是在根本上是否定形式和肯定形式的不同。

(a) 彼女はパンしか食べなかった。（她只吃了麵包。）

(b) 彼女はパンだけ食べた。（她只吃麵包了。）

(c) 味噌汁には豆腐しか入っていない。

　　（味噌湯裡只放了豆腐。）

(d) 味噌汁には豆腐だけ入っている。

　　（味噌湯裡只放豆腐了。）

(e) 今、所持金は十万円しかない。

　　（現在，所帶的錢只有十萬日元了。）

(f) 今、所持金は十万円だけある。

　　（現在，所帶的錢只有十萬日元。）

(g) 十万円しか残っていない。（只剩下十萬日元了。）

(h) 十万円だけ残っている。（只剩十萬日元。）

　　否定形式是在說明負面的事項，肯定句是說正面的事項。

這種不同，從上面的例句亦可以反映出來。

　　a句「パンしか食べなかった（只吃了麵包）」是對吃飯一事表示否定的態度。也就是沒有食慾。

　　但是b句的「パンだけ食べた（只吃麵包了）」是有食慾，但對麵包以外的的東西不合胃口的意思。

　　c句是表明味噌湯裡只有豆腐的不滿，但d句的只放了豆腐了，有比什麼都沒放要好的反響。

　　e句是剩的錢很少「糟了」的意思，相對的f句是因為還有十萬日元，暫時是沒問題的意思。

　　g句還是有處於困境的反響，但h句是還稍有一點充裕的表現。像這樣，「しか」和「だけ」的不同也反映在會話的場合。

(a) 原発が暴走し始めたら、彼しか直せません。

　　（核能發電廠失去控制的話，只有他才能整頓。）

(b) 原発が暴走し始めたら、彼だけが直せます。（？）

(c) この病気には、X薬品しか効きません。

　　（對於這種病，只有X藥品有效。）

(d) この病気には、X薬品だけ効きます（？）

(e) 私は一年に一日しか休みません。（我一年只休息一天。）

(f) 私は一年に一日だけ休みます。（？）

(g) あの社員は一年に数回しか会社に姿を見せません。

（那個職員一年只有數次在公司裡出現。）

(h) あの社員は一年に数回だけ会社に姿を見せます。（?）

(i) あのラーメン屋は偏屈だから、一日に十五人分しか作らない。（那家麵館特別怪僻，一天只作十五人份而已。）

(j) あのラーメン屋は偏屈だから、一日に十五人分だけ作る。

（?）

(k) 三人しか集まらなくても平気さ。

（只集合了三人也無所謂的。）

(l) 三人だけ集まっても平気さ。（錯誤）

上面的例句全部敘述非常事態。這種表示非常事態的場合。否定形式比較有效果^{註2}。

最後、也有使用「だけ」和「しか」組合而成的「だけしか」的形式，但是沒有「しかだけ」之語。這與「しか」一樣，有否定語的伴同。

註2　在此說的「否定形式」是指「〜ない」或「〜ません」的接否定語句之事項，與「否定文」不同。否定文是敘述存在之否定的句子，因爲「Aしか〜ない」和「Aしか〜ません」都不是否定存在之事項。

178

(a) 犯人の遺留品はボタン<u>しか</u>ありません。（犯人遺忘的東西只有一個扣子而已。）

(b) 犯人の遺留品はボタン<u>しか</u>あります。（錯誤）

(c) 私が招聘した人はこれ<u>だけしか</u>来なかった。（我聘請的人只來了這<u>些</u>。）

(d) 私が招聘した人はこれ<u>だけしか</u>来ました。（錯誤）

第三節　「ばかり」和「ほど」

「ばかり」和「ほど」均表示程度或大略的數量之語。這兩者可以互換的場合很多，但其基本用法如下：

	接於名詞的場合	接於數量名詞的場合	接於動詞的場合
ばかり	限定於持續的事態	程度	限定於繼續的行為，時間的接近性
ほど	程度、比例・比較的基準		

首先，說明不同之處。「ばがり」用法裡的「限定」是這樣的。

(a) 十人<u>ばかり</u>のサークル。（只有十個人的小組。）

(b) 男ばかりのサークル。（光是男性的小組。）

　　　a句是表示程度。與「十人程度のサークル（十個人左右的小組）」同樣的意思。但如將上面例句以「ほど」替代的話，如下例句：

(a) 十人ほどのサークル。（十個人左右的小組。）
(b) 男ほどのサークル。（錯誤）

　　　那麼b句就是錯誤。a句因為是程度的用法所以「ばかり」和「ほど」均可用，但「限定」的用法不能改為「ほど」。像這樣的例句，其他也可見到。

(a) 肉ばかり食べては健康によくないです。

　　　（光是吃肉，對健康不好）
(b) 肉ほど食べては健康によくないです。（錯誤）
(c) 人を信用してばかりいては、いつか騙されます。

　　　（光是相信別人，總會上當的。）
(d) 人を信用してほどいては、いつか騙されます。（錯誤）
(e) 知識ばかりではなく、経験も重視すべきです。

（不光是知識，也應該重視經驗。）

(f) 知識ほどではなく、経験も重視すべきです。（錯誤）

(g) 現象ばかり見ていては、本質を見落とします。

（光看現象，漏了本質。）

(h) 現象ほど見ていては、本質を見落とします。（錯誤）

(i) 小さい活字ばかり見ていたら近視になってしまった。

（光看小的活字（印刷字），就得了近視眼了。）

(j) 小さい活字ほど見ていたら近視になってしまった。（錯誤）

(k) 建てたばかりの家が地震で倒壊してしまった。

（剛建的房屋，因地震倒塌了。）

(l) 建てたほどの家が地震で倒壊してしまった。（錯誤）

　　接名詞或是動詞的場合，「ほど」是表示程度，而「ばかり」則表示限定於持續的事態，繼續的行為。因此意思不同。

(a) 彼の変貌ぶりは驚くばかりだった。

（對他的外觀改變了的樣子只感到吃驚。）

(b) 彼の変貌ぶりは驚くほどだった。

（他外觀變得讓人吃驚的程度。）

(c) 飛べるのは鳥ばかりではない。（能飛的不只是鳥。）

(d) 飛べるのは鳥ほどではない。（飛的沒有鳥那樣的程度。）

(e) 彼ばかりではなく、彼女も英語ができる。

　　（不只是他，她也會英語。）

(f) 彼ほどではないが、彼女も英語ができる。

　　（雖沒有他那樣的程度，但她也會英語。）

(g) 病気は日増しに重くなるばかりだった。

　　（病情只是漸漸沉重。）

(h) 病気は日増しに重くなるほどだった。（錯誤）

(i) 彼は株を買ってばかりいる。（他光是買股票。）

(j) 彼は株を買ってほどいる。（錯誤）

(k) 山口さんは一億円のダイヤを買えるばかりの金持ちだ。

　　（錯誤）

(l) 山口さんは一億円のダイヤを買えるほどの金持ちだ。

　　（山口先生是買得起一億日元鑽石的有錢人。）

　　a句是看到他外觀改變的樣子，說話者除了表示吃驚以外什麼都不會。

　　b句是敘述他外觀改變的程度。

　　c句是能飛的不只是鳥類，例如蝙蝠也能飛的意思。

　　d句是表示能飛是能飛，但沒有鳥那麼能。

　　e句是不光是他，她也會英語的意思。

　　但f句是她雖比他差但也會英語，表示她的英語程度。

　　關於g、h句、在文意上必須表示病情繼續沈重的「限定」。因此表示程度的「ほど」在文意上不適合，所以h句是錯誤。h句是如此，i句也表示某限定狀況繼續的句子。買股票的行為是他必須繼續之事的意思。用「ほど」不能表示出這個意思，所以j句是錯誤的。相反的，k、l句的場合，因為必須表示有錢人的程度，所以不能使用「ばかり」。

　　「ばかり」接「に」或「の」成為「ばかりの」「ばかりに」時表示程度，但那不是通常的程度，是異常的程度。因此，表示通常程度的場合時不能使用。

(a) トランクからはみ出さんばかり荷物を詰め込んだ。

　　（簡直要暴露出皮箱似地把行李塞進去了。）

(b) トランクからはみ出さんほど荷物を詰め込んだ。

　　（快要暴露出皮箱的程度地把行李塞進去了。）

(c) ドアが壊れんばかりにノックした。

　　（簡直是要把門打壞了似地敲著。）

(d) ドアが壊れるほどにノックした。

　　（快要把門打壞了似地敲著。）

(e) 湯飲みが溢れんばかりにお茶を注いだ。

（幾乎要溢出茶杯似地倒茶）

(f) 湯飲みが溢れるほどお茶を注いだ。

（快要溢出茶杯似地倒茶。）

(g) 家の子犬は小さくて、まだ猫ばかりの大きさしかありません。（錯誤）

(h) 家の子犬は小さくて、まだ猫ほどの大きさしかありません。（我家的小狗很小，還只有貓那樣大。）

　　g句的錯誤是因為表示通常的程度。

　　時間的接近性與中文的「剛～」類似。這種用法必須用「ばかり」。

(a) たった今戻って来たばかりです。（現在剛回來。）

(b) たった今戻って来たほどです。（錯誤）

(c) 買ったばかりの服が台無しだ。（剛買的衣服弄糟了。）

(d) 買ったほどの服が台無しだ。（錯誤）

(e) 子供が寝付いたばかりですので、大声出さないでください。（小孩才剛睡著請不要大聲。）

(f) 子供が寝付いたほどですので、大声出さないでください。

（錯誤）

(g) さっき食事したばかりなのに、また食べるのですか？

　　（剛剛才吃過飯，怎麼又再吃了？）

(h) さっき食事したほどのに、また食べるのですか？（錯誤）

(i) 結婚したばかりなのに、彼はもう浮気をした。

　　（才剛剛結婚，他已經有外遇了。）

(j) 結婚したほどなのに、彼はもう浮気をした。（錯誤）

　　數量名詞的場合，「ばかり」和「ほど」都表示「～前後（左右）」，兩者均可以使用，但「ほど」較廣泛地使用。

(a) 二十人ばかり呼んで来ました。（叫來了二十個人左右。）

(b) 二十人ほど呼んで来ました。（叫來了二十個人左右。）

(c) 二十名様ばかり応接室でお待ちいただいております。（？）

(d) 二十名様ほど応接室でお待ちいただいております。

　　（二十位左右在接待室等著。）

　　如a句或b句的平常表現時，「ばかり」和「ほど」均可使用，但如c、d句的敬語表現時，不易與「ばかり」併用。那也許是，「ばかり」的「ばか」與日語裡侮辱用語的代表「馬

鹿」同音的緣故吧？因此外國人在正式場合，「ばかり」還是少用的比較好。

又，「ばかりに」有時表示原因・理由，但那只限於帶來不好的結果之原因・理由。

(a) 高い本を買ったばかりに、食費が消えてしまった。

（只因買了貴的書，飯錢就沒了。）

(b) 郊外に家を建てたばかりに通勤が大変になった。

（只因在郊外蓋了房子，上班就非常不方便了。）

(c) 投機に手を出したばかりに破産してしまった。

（只因我搞了投機買賣就破產了。）

(d) あいつの言うことを信じたばっかりに大損してしまった。

（只因聽信了那傢伙的話，大大地損失了。）

(e) あんな男と結婚したばっかりに、私の人生は滅茶苦茶になってしまった。（只因跟那樣的男人結婚我的人生就變的一塌糊塗了。）

(f) 彼の忠告を無視したばっかりに、ひどい目にあってしまった。（只因爲忽視了他的忠告，就遭到困境了。）

(g) 人の噂を鵜呑みにしたばっかりに大恥をかいてしまった。

（只因盲信了別人的傳說，就丟盡了面子。）

(h) 試験対策を疎かにしていた<u>ばっかりに</u>、落第してしまった。（只因應付考試的方法太草率了，就落榜了。）

(i) 彼を首にした<u>ばかりに</u>、経営が悪化してしまった。

（只因把他革職了，經營就惡化了。）

第四節　「だけ」和「ばかり」

「だけ」和「ばかり」都表示「限定」，用法也非常相似。這兩者依所接的品詞所表示的意思如下：

	接數量名詞之時	接名詞之時	接動詞之時
だけ	限定	限定	限定・程度
ばかり	程度	限定於持續的事態	限定於繼續的行為時間接近

首先說明接數名詞的場合。

(a) 財布には千円札が三枚<u>だけ</u>入っています。

（放在錢包裡一千元鈔票只有三張。）

(b) 財布には千円札が三枚<u>ばかり</u>入っています。

（放在錢包裡一千元的鈔票有三張左右。）

(c) 十分だけ歩くと大通りに出ます。（錯誤）

(d) 十分ばかり歩くと大通りに出ます。

（走十分鐘左右就到大馬路了。）

「だけ」表示數量少的事物。用中文說明的話，相當於「只有」。因此，a句是「只有三張～」的意思。

「ばかり」等於中文的「～左右」。不是特別地指多或少，因此，b句是「三張左右」的意思。像這樣，因接數量名詞時，就有明顯地不同，所以必須從文脈上來區別。

關於c句和d句說話者要說的是，到大馬路行走的時間，這時使用「ばかり」表示大概的時間。用「だけ」來限定行走的時間是沒有道理的。

(a) 一時間だけ仮眠を取った。（只小睡了一個小時。）

(b) 一時間ばかり仮眠を取った。（小睡了一個小時左右。）

(c) 四時間だけ仮眠を取った。（？）

(d) 四時間ばかり仮眠を取った。（小睡了四個小時左右。）

(e) 一度だけハワイに行ったことがある。（只去過夏威夷一次。）

(f) 一度ばかりハワイに行ったことがある。（錯誤）

(g) 五回だけ彼女と会っています。（？）

(h) 五回ばかり彼女と会っています。（跟她見了五次左右。）

(i) 三十人だけ集まった。（只集合了三十個人。）

(j) 三十人ばかり集まった。（集合了三十個人左右。）

「仮眠（假寐‧小睡）」是短時間的睡眠，所以是「假寐‧小睡」。　一小時是短時間，但四小時似乎是太長了。與表示數量少的「だけ」不相稱。

f句是「一度（一次）」與表示 「左右」的「ばかり」不能共存所以是錯誤的。

g句也是「五次」不能說是少的次數。所以不能用「だけ」。當然，依文脈來說，有時也可以使用。

i句是說話者判斷「三十個人」為少數的時候使用。

j句只是表示「三十人前後（三十個人左右）」。

(a) リンゴを四つだけ買います。（只買四個蘋果。）

(b) リンゴを四つばかり買います。（大概買四個蘋果。）

(c) リンゴを四つくらい買います。（大概買四個蘋果。）

a句是「只有四個」的意思。

b句對外國人來說，也許稍微有一點特殊。「ばかり」因是

表示大概的數量，所以是應該是「四個左右」的意思，也就是說，買的時候想「買四個夠吧」時，所使用的表現。

在「くらい」也有這種表現。接名詞的場合，表示限定的「だけ」和表示限定於持續的事態的「ばかり」有如下的不同。

【だけ】　　用於非被動文的主語、述語。

【ばかり】　用於被動文的主語。

(a) 彼_{かれ}だけ来_きました。（只有他來了。）

(b) 彼_{かれ}ばかり来_きました。（錯誤）

(c) 彼_{かれ}だけ殴_{なぐ}りました。（只打了他。）

(d) 彼_{かれ}ばかり殴_{なぐ}りました。（錯誤）

(e) 彼女_{かのじょ}だけ叱_{しか}られました。（只有她挨罵了。）

(f) 彼女_{かのじょ}ばかり叱_{しか}られました。（只有她挨罵了。）

b句和d句因接主語所以是錯誤的。但f句因是被動文的主語，所以不算是錯誤。

(a) 彼_{かれ}は人_{ひと}の悪口_{わるくち}だけを言_いう。（錯誤）

(b) 彼<ruby>かれ<rt></rt></ruby>は人<ruby>ひと<rt></rt></ruby>の悪口<ruby>わるくち<rt></rt></ruby>ばかり言<ruby>い<rt></rt></ruby>う。（他光說別人的壞話。）

(c) 先生<ruby>せんせい<rt></rt></ruby>は李<ruby>り<rt></rt></ruby>さんだけを褒<ruby>ほ<rt></rt></ruby>めました。（老師只誇獎了李同學。）

(d) 先生<ruby>せんせい<rt></rt></ruby>は李<ruby>り<rt></rt></ruby>さんばかり褒<ruby>ほ<rt></rt></ruby>めました。（？）

(e) 先生<ruby>せんせい<rt></rt></ruby>は李<ruby>り<rt></rt></ruby>さんの事<ruby>こと<rt></rt></ruby>ばかり褒<ruby>ほ<rt></rt></ruby>めました。（老師只誇了李同學。）

　　b句必須是「經常說別人的壞話」的意思。

　　如a句使用「だけ」時，就成了「他只會說別人的壞話」的意思。

　　d句必須是「只有」的意思。在日常會話上，也許有人不經意地使用d句，但如e句「李さんの事」就比較自然。

　　接動詞的場合，「だけ」和「ばかり」均表示「限定」但表示「限定」的「だけ」跟表示「限定」的「ばかり」稍有不同。

(a) 泣<ruby>な<rt></rt></ruby>くだけ無駄<ruby>むだ<rt></rt></ruby>だ。（只是哭是沒有用的。）

(b) 泣<ruby>な<rt></rt></ruby>くばかり無駄<ruby>むだ<rt></rt></ruby>だ。（錯誤）

(c) 余計<ruby>よけい<rt></rt></ruby>なことを言<ruby>う<rt></rt></ruby>だけ不利<ruby>ふり<rt></rt></ruby>になる。（越是多說話越是不利的。）

(d) 余計<ruby>よけい<rt></rt></ruby>なことを言<ruby>う<rt></rt></ruby>うばかり不利<ruby>ふり<rt></rt></ruby>になる。（錯誤）

　　a句是「泣く（哭）」的行為是沒有用的意思。

c句是表示程度，有「越～越…」的意思。「ばかり」有表示「繼續的行為・事態」的用法。

(a) 笑_{わら}って<u>だけ</u>いる。（錯誤）

(b) 笑_{わら}って<u>ばかり</u>いる。（一直在笑。）

(c) あのこと<u>だけ</u>考_{かんが}えている。（？）

(d) あのこと<u>ばかり</u>考_{かんが}えている。（一直在想著那件事。）

(e) 私_{わたし}が聞_きいても、彼女_{かのじょ}はただ笑_{わら}う<u>だけ</u>でした。

　　（我問她，而她只是在笑。）

(f) 私_{わたし}が聞_きいても、彼女_{かのじょ}はただ笑_{わら}う<u>ばかり</u>でした。

　　（我問她，而她一直在笑。）

(g) 上司_{じょうし}が注意_{ちゅうい}しても、彼_{かれ}は怒_{おこ}る<u>だけ</u>だった。

　　（上司注意著他，而他只是在生氣。）

(h) 上司_{じょうし}が注意_{ちゅうい}しても、彼_{かれ}は怒_{おこ}る<u>ばかり</u>だった。

　　（上司注意著他，而他一直在生氣。）

　　接動詞「いる」時，表示其動作繼續的狀態。繼續的狀態的場合，是「經常」的意思。這種用法的場合，不能使用「だけ」。

　　c句不一定是錯誤的，但在考試的時候最好不要使用。

又，「だけに」有表示「吃驚・佩服的事項」的用法。「ばかり」就沒有這種用法。

(a) あの課長は普段はおとなしいだけに怒ると怖い。

　　（那個課長平常很老實，生氣的時候可恐怖的呢！）

(b) 社長は何も言わなかっただけにかえって不気味だ。

　　（社長什麼都沒有說，倒覺怪可怕的。）

(c) あの新人選手は甲子園大会で何度も優勝しただけに素晴らしい投手だ。

　　（那位新選手在甲子園大會上優勝了好幾次，可真是了不起的投手啊。）

(d) 彼は小さい頃から苦労して来ただけに根性がある。

　　（他從小的時候就辛苦過來的，可真有毅力。）

(e) あの新聞記者はベテランだけに勘が鋭い。

　　（那個記者非常老練，感覺可真敏銳。）

「時間的接近性」可說是「ばかり」的特有用法，相當於中文的「剛～」。

(a) たった今、成田空港に着いただけです。（錯誤）

(b) たった今、成田空港に着いた<u>ばかり</u>です。

　（現在剛剛到達成田機場。）

(c) 私は練習を終え<u>だけ</u>です。（錯誤）

(d) 私は練習を終え<u>たばかり</u>です。（我剛剛練習完。）

練　習

① それ（　　　　）の問題なら子供でも分かる。

② 彼はエジソン（　　　　）に発明の才能を持っている。

③ 従来の洗濯機はこの新型洗濯機（　　　　）性能が良くない
　　です。

④ そんな簡単に解決できる（　　　　）なら、他人に頼まな
　　い。

⑤ 気象予報によると明後日（　　　　）寒くなるでしょう。

⑥ 荘さんは一日3時間（　　　　）働かない。

⑦ 必要なものが一つなので、鍋（　　　　）を買って来まし
　　た。

⑧ この小料理屋の野菜炒めは本当に野菜（　　　　）です。

⑨ 一所懸命作った料理なのに、これだけ（　　　　）食べなか
　　ったか。

⑩ 女性（　　　　）の宴会ですね。

⑪ 驚いてものを言えない（　　　　）。

⑫ 林さん（　　　　）ではなく、趙さんも日本語が上手です。

⑬ 林さん（　　　　）上手ではないが、趙さんも日本語が話せ
　　る。

⑭ 山口さんは東京大学に受かる（　　　　）の頭いい人だ。

⑮ 田中さんは今出た（　　　）です。

⑯ 起きた（　　　）なのにまた寝るの。

⑰ 遊んでいた（　　　）に大学を落ちた。

⑱ 教育委員会に王先生（　　　）出席しました。

⑲ 彼女は笑い上戸だ。お酒を飲むと笑う（　　　）です。

⑳ 先生が注意しても、彼はケータイ（　　　）いじってい
る。

解　答

① くらい	② ほど	③ ほど	④ くらい
⑤ くらい	⑥ しか	⑦ だけ	⑧ だけ
⑨ しか	⑩ ばかり	⑪ ほど	⑫ ばかり
⑬ ほど	⑭ ほど	⑮ ばかり	⑯ ばかり
⑰ ばかり	⑱ だけ	⑲ ばかり	⑳ ばかり

第七章　表示強調的助詞

第一節　「も」和「さえ」

「も」和「さえ」可以接名詞、動詞和助詞。但在本項專說明接名詞的場合。接動詞、助詞的場合也是一樣的。

「も」是係助詞，本來與「は」是成對的。是在說「AはBです」時，是A與B的事項作連結，不與其他的事項作連結，只是A與B的事項作連結的意思[註1]。

相對的在說「AもBです」時，「も」除了是A與B的事項作連結之外，更也有與其他的事項作連結的意思[註2]。

「も」本身沒有強調之意，其表示強調的理論是因為由暗示與其他的事項作連結而來的。也就是說「も」時，表示非常

註1　尾上圭介　東京言語研究所「日本語文法理論」講座　一九九六年六月十一號講義

尾上圭介　「『は』的係助詞性和表現的機能」「国語と國文学」

註2　尾上圭介　東京言語研究所「日本語文法理論」講座　一九九六年九月二十四號講義

事件，暗示著「發生這樣大的事情，那細小的事就更不用說已經發生了」^{註3}。

　　例如：

(a) この宴会には首相も来た。（這個宴會，首相也來了。）

(b) 彼女もリンゴが好きです。（她也喜歡蘋果。）

(c) ようやく雨も止んだ。（雨終於停了。）

(d) 一文無しで食事もできない。（一文不名連飯也吃不成了。）

(e) 彼はこんな簡単な歌も満足に歌えない。

　　（他連這個簡單的歌都不能唱得滿意。）

　　a句的「首相也來了」是暗示著「像首相那樣了不起的人物都來了，所以沒有首相那樣了不起的人更應該來了」的意思。

　　b句，c句沒談到非常事件，所以不是強調。

　　d句是使人聯想「飯都吃不了了，更何況其他的事都不能做了」的意思。e句是表示「這樣簡單的歌都不能唱得滿意，不簡單的歌更不可能唱，可見對唱歌是多麼的笨啊」的意思。

　　「さえ」有兩個意思。一個是「強調」，表示稀奇的事

註3　尾上圭介　東京言語研究所「日本語文法理論」講座　一九九六年九
　　月二十四號講義

項。另一個是「最低條件」，表示滿足的最低容許範圍。

　　例如：

(a) 君<ruby>君<rt>きみ</rt></ruby>さえ<ruby>反対<rt>はんたい</rt></ruby>するのか？（連你都反對是嗎？）
(b) 君<ruby>君<rt>きみ</rt></ruby>さえ<ruby>賛成<rt>さんせい</rt></ruby>すればよい。（只要你贊成的話就好了。）

.

　　a句是「強調」。表示「知道其他的人反對，但連你都反對，很驚訝的心態」。

　　b句是「最低條件」。是「其他的人都反對，只有你一個人贊成的話就可以」的意思。

　　「さえ」的兩個意思可能不容易區別，「最低條件」的場合有「ば」或「たら」之類的假定條件句伴同。因此，如沒有假定條件句的話，可認為是「強調」。所謂「強調」，「も」本身沒有「強調」的意思。不稀奇的內容的句子有「も」也不能成為稀奇的內容。

　　可是「さえ」本身就有強調的意思。不稀奇的內容如果接上「さえ」，就成了稀奇之內容的句子。

　　以上，敘述了「も」和「さえ」的意思。其區別使用法如下：

① 稀奇之內容的句子

【も】　　　強調　不表示說話者的驚奇。

【さえ】　　強調　表示說話者的驚奇。

② 不稀奇之內容的句子

【も】　　　累加、詠嘆

【さえ】　　強調、最低條件

首先說明①

(a) こんなまずい料理は犬も食べない。

　（這樣難吃的菜，狗也不吃。）

(b) こんなまずい料理は犬さえ食べない。

　（這樣難吃的菜連狗都不吃。）

(c) 忙しくて食事を作る暇もない。

　（忙得做飯的時間都沒有。）

(d) 忙しくて食事を作る暇さえない。

　（忙得連做飯的時間都沒有。）

(e) 親も彼を見放した。（雙親都拋棄了他。）

(f) 親さえ彼を見放した。（連雙親都拋棄了他。）

(g) 彼は私の分も食べた。（他也吃了我的的份兒。）

(h) 彼は私の分さえ食べた。（他連我的份兒都吃了。）

(i) あの政治家は地元の人たちからも評判が悪い。

　　（當地的人們也對那政治家的評價很不好。）

(j) あの政治家は地元の人たちからさえ評判が悪い。

　　（連當地的人們都對那政治家的評價很不好。）

　　這些句子都是在說稀奇內容的事項，「も」和「さえ」均可以使用。但是使用「さえ」表示說話者的驚奇，而「も」就沒有這種感覺，可說是客觀的表現。

　　關於②「も」和「さえ」均可以使用的場合，請看以下的句子：

(a) 眠気も感じた。（也覺得發睏了。）

(b) 眠気さえ感じた。（都覺得發睏了。）

(c) テレビの画面もぼんやりして来た。

　　（電視的畫面也模糊起來了。）

(d) テレビの画面さえぼんやりして来た。

　　（電視的畫面都模糊起來了。）

(e) 彼は日本で様々な事業も手掛けています。

　　（他在日本的各種事業也親自處理。）

(f) 彼は日本で様々な事業<u>さえ</u>手掛ています。

（他連在日本的各種事業也都親自處理。）

(g) 田中先生は生涯教育に<u>も</u>理想を持っています。

（田中老師對生涯教育也抱著理想。）

(h) 田中先生は生涯教育に<u>さえ</u>理想を持っています。

（田中老師連對生涯教育都抱著理想。）

(i) 私は彼の暴言に憤り<u>も</u>感じた。

（我對他粗暴的話也感到憤怒。）

(j) 私は彼の暴言に憤り<u>さえ</u>感じた。

（我對他粗暴的話只感到憤怒。）

這種場合「も」是累加的意思。「さえ」是強調表示說話者的驚奇。

「最低條件」的場合則不能使用「も」。請看下列的句子：

(a) 君が見ていてくれ<u>も</u>いれば、僕まだ頑張る。（錯誤。）

(b) 君が見ていてくれ<u>さえ</u>いれば、僕まだ頑張る。

（只要你看著我的話，我就再堅持下去。）

(c) ペン一本<u>も</u>あれば用は足せる。（錯誤。）

(d) ペン一本<u>さえ</u>あれば用は足せる。（只要一支筆就足夠了。）

(e) この目もはっきりしていれば、犯人が誰だか指摘できる。

（錯誤。）

(f) この目さえはっきりしていれば、犯人が誰だか指摘でき

る。（只要這雙眼睛明亮的話，犯人是誰就可以指摘出來。）

(g) 射撃もうまければ、彼は近代五輪に出場できた。（？）

(h) 射撃さえうまければ、彼は近代五輪に出場できた。

（只要射撃好的話，他就可以參加奧運了。）

(i) 子供もいなければ、あんな夫と離婚できたのに。（錯誤）

(j) 子供さえいなければ、あんな夫と離婚できたのに。

（只要沒有孩子的話，就可跟那種丈夫離婚了。）

表示「累加」「詠嘆」的場合，有時不能使用「さえ」。
這是因為文意上不能表示「強調」。

(a) 今年ももうすぐ終わりだ。（今年也快結束了。）

(b) 今年さえもうすぐ終わりだ。（錯誤）

(c) 君もそんなことはしない方がよい。

（你也不要幹那種事比較好。）

(d) 君さえそんなことはしない方がよい。（錯誤）

(e) 勝敗も決まらず試合は長引いた。

（也不能決定勝負，比賽延長了。）

(f) 勝敗さえ決まらず試合は長引いた。（錯誤）

(g) この秘宝も門外不出になっている。

　　（這個秘寶也變成門戶不出了。）

(h) この秘宝さえ門外不出になっている。（錯誤）

(i) 息子さんもあんなお父さんによく従いますねえ。

　　（兒子也非常地順從那種父親哪！）

(j) 息子さんさえあんなお父さんによく従いますねえ。（錯誤）

　　又「さえ」不接表示個數的數量詞。

(a) 冷蔵庫には大根が十本も入っている。

　　（冰箱裡竟放著十根蘿蔔。）

(b) 冷蔵庫には大根が十本も入っていない。

　　（冰箱裡放著連十根都不到的蘿蔔。）

(c) 冷蔵庫には大根が十本さえ入っている。（錯誤）

(d) 冷蔵庫には大根が十本さえ入っていない。（錯誤）

　　a句是有著「冰箱裡放著十根蘿蔔」的「有很多」的意思。

　　b句是「才放了十根，不多」的意思。

　　「さえ」接表示金額之語，通常都是否定形式，表示「連這樣少量的金額都沒有的意思」。

(a) 百円<ruby>百円<rt>ひゃくえん</rt></ruby><u>も</u>ある。（竟有一百日元。）

(b) <ruby>百円<rt>ひゃくえん</rt></ruby><u>も</u>ない。（一百日元也沒有。）

(c) <ruby>百円<rt>ひゃくえん</rt></ruby><u>さえ</u>ある。（錯誤）

(d) <ruby>百円<rt>ひゃくえん</rt></ruby><u>さえ</u>ない。（連一百日元都沒有。）

　　「も」在在肯定句時有所限制，請看以下例句：

(a) <ruby>一個<rt>いっこ</rt></ruby><u>も</u>ある。（錯誤）

(b) <ruby>一個<rt>いっこ</rt></ruby><u>も</u>ない。（一個也沒有。）

(c) <ruby>千個<rt>せんこ</rt></ruby><u>も</u>ある。（竟有一千個。）

(d) <ruby>千個<rt>せんこ</rt></ruby><u>も</u>ない。（一千個也沒有。）

(e) <ruby>一円<rt>いちえん</rt></ruby><u>も</u>ある。（錯誤）

(f) <ruby>一円<rt>いちえん</rt></ruby><u>も</u>ない。（一塊日元也沒有。）

(g) <ruby>一億円<rt>いちおくえん</rt></ruby><u>も</u>ある。（竟有一億日元。）

(h) <ruby>一億円<rt>いちおくえん</rt></ruby><u>も</u>ない。（一億日元也沒有。）

　　a句和e句的錯誤在於「も」的用法。如最初所說明的，

「も」暗示著與其他事項的連結。根據敘述某大的事態而暗示著比其小的事項。「一個もない」的話是重大事項。但是「一個もある」「一円もある」不可能成為重大的的事項。

第二節　「さえ」和「まで」

「まで」在「表示場所的助詞」與「表示時間的助詞」之項己經說明了，但在那場合「まで」表示「移動的範圍」和「事態繼續的界限點」。可是，與其說是表示「強調」的場合，不如說是表示「到達點」。也就是「到了非一般事態的到達點」。這個「到達點」有人的場合，也有場所或狀態場合。

(a) 花<ruby>蓮<rt>れん</rt></ruby>まで行<ruby><rt>い</rt></ruby>った。（到花蓮去了。）
(b) 花<ruby>蓮<rt>れん</rt></ruby>まで地<ruby>震<rt>じしん</rt></ruby>の被<ruby>害<rt>ひがい</rt></ruby>を受<ruby><rt>う</rt></ruby>けた。

　　（甚至連花蓮都受到地震的災害。）

a句的「花蓮まで」是表示「移動的範圍」。這是因為「花蓮」是地名，「行った」是移動性動詞的緣故。可是同樣是「花蓮まで」b句則是「強調」。這句有「其他的城市就不用說了，就連花蓮也受到地震的災害」的驚訝之感。

「さえ」和「まで」的區別如下所示：

	肯定句	通常否定句	可能否定句
稀奇的內容	さえ、まで	まで（は）	さえ、まで（は）
不出奇的內容	さえ、まで		

在此，問題在於稀奇之事與不稀奇之事的不同。某事項之稀奇與否，有時在於特殊狀況或說話者個人的經驗。例如「繪畫」的行為，對一般人來說並非是稀奇之事，但是對出生一歲左右的嬰兒或是猴子的行為來說，這是非常稀奇之事。

又，有時對某一個國家的人來說是理所當然的事，但對外國人來說卻是非常稀奇之事。例如：「日本沒有獅子」這對日本人來說是理所當然的事情，但對非洲人來說或許是不可思議的事。

(a) 彼は空腹で靴さえ食べてしまった。

（他肚子餓得連皮鞋都吃了。）

(b) 彼は空腹で靴まで食べてしまった。

（他肚子餓得甚至把皮鞋都吃了。）

(c) 彼女はとうとう結婚指輪さえ質屋に入れた。

（她終於連結婚戒指都送入當鋪了。）

(d) 彼女はとうとう結婚指輪まで質屋に入れた。

（她到最後甚至把結婚戒指都送入當鋪了。）

(e) 博学の王先生さえ分からないのだから、誰にも分からないだ

ろう。（就連博學的王老師都不知道，那誰也不知道吧！）

(f) 博学の王先生まで分からないのだから、誰にも分からない

だろう。（甚至連博學的王老師都不知道，那誰也不知道

吧！）

(g) この子は自分で靴さえ履けるくらいになりました。

（這孩子連鞋子都能自己穿了。）

(h) この子は自分で靴まで履けるくらいになりました。

（這孩子甚至鞋子都能自己穿了。）

(i) 泥棒に茶碗や箸さえ持って行かれた。

（被小偷連飯碗和筷子都給拿走了。）

(j) 泥棒に茶碗や箸まで持って行かれた。

（被小偷甚至把飯碗和筷子都給拿走了。）

以上這些例句都是稀奇之內容的肯定句 。在這種場合，

「まで」和「さえ」均可使用。用於否定句 時，「まで」伴同

著「は」。

(a) 彼は土下座さえしなかった。（？）

(b) 彼は土<ruby>下<rt>ど</rt></ruby><ruby>座<rt>げ</rt></ruby><ruby>座<rt>ざ</rt></ruby>まではしなかった。
　（かれ）

　（他沒有做到下跪叩頭的地步。）

(c) 彼は<ruby>競<rt>けい</rt></ruby><ruby>馬<rt>ば</rt></ruby><ruby>好<rt>ず</rt></ruby>きだが、<ruby>給<rt>きゅう</rt></ruby><ruby>料<rt>りょう</rt></ruby>を<ruby>全<rt>ぜん</rt></ruby><ruby>部<rt>ぶ</rt></ruby>つぎ<ruby>込<rt>こ</rt></ruby>むことさえしない。

　（錯誤）

(d) 彼は<ruby>競<rt>けい</rt></ruby><ruby>馬<rt>ば</rt></ruby><ruby>好<rt>ず</rt></ruby>きだが、<ruby>給<rt>きゅう</rt></ruby><ruby>料<rt>りょう</rt></ruby>を<ruby>全<rt>ぜん</rt></ruby><ruby>部<rt>ぶ</rt></ruby>つぎ<ruby>込<rt>こ</rt></ruby>むことまではしない。

　（他喜歡賽馬，但沒有作到把所有的薪水都投入的程度。）

(e) あのヤクザは<ruby>人<rt>ひと</rt></ruby><ruby>殺<rt>ごろ</rt></ruby>しさえしたことはない。（？）

(f) あのヤクザは<ruby>人<rt>ひと</rt></ruby><ruby>殺<rt>ごろ</rt></ruby>しまではしたことがない。

　（那個流氓沒做到殺人的地步。）

(g) <ruby>私<rt>わたし</rt></ruby>の<ruby>父<rt>ちち</rt></ruby>は<ruby>社<rt>しゃ</rt></ruby><ruby>長<rt>ちょう</rt></ruby>にさえなれなかった。（？）

(h) <ruby>私<rt>わたし</rt></ruby>の<ruby>父<rt>ちち</rt></ruby>は<ruby>社<rt>しゃ</rt></ruby><ruby>長<rt>ちょう</rt></ruby>にまではなれなかった。

　（我父親沒當到社長。）

　　稀奇之內容的否定句　，不易使用「さえ」。那是因為否定稀奇內容的話，就成了不稀奇的內容了。

　　例如，a句下跪叩頭是非常稀奇的事，一般人是不會下跪叩頭的。但是如果說「土下座さえしない（連下跪叩頭都沒做）」的話，那就成了一般情形下跪叩頭是理所當然的意思，這會是非常奇怪的表現方式。

　　e句或g句，如果是特殊狀況的話，那就不算是錯誤。例

如，如以流氓殺人之類的事是理所當然的為前提的話，成了「大したヤクザではない（並不怎麼樣的流氓）」的意思。e句就不算是錯誤的。

　　g句，如果我的父親是大人物，就是當首相也不覺得奇怪的話，那這句就可能成立。在這場合，就成了稀奇之內容的句子。但這種特殊狀況對聽者來說因為不易理解，所以不易被認為是稀奇之內容的傾向。「さえ」若要能自由地用於否定句的話，那就只限於可能動詞文之時。

(a) 私はその時腰が抜けて動くことさえ出来なかった。

　　（我那時嚇到連動都不能動了。）

(b) 私はその時腰が抜けて動くことまでは出来なかった。

　　（錯誤）

(c) 突然の悲報に我を忘れて、瞬きさえ出来なっかた。

　　（突然的悲痛的消息，失神得連眨眼都不會了。）

(d) 突然の悲報に我を忘れて、瞬きまでは出来なかった。

　　（錯誤）

(e) 彼女はお嬢さん育ちだから縫物さえ満足に出来ない。

　　（她是嬌生慣養的小姐，所以連針線活兒都做不好。）

(f) 彼女はお嬢さん育ちだから縫物までは満足に出来ない。

（錯誤）

(g) 私は百メートルさえ泳げない。（我連一百公尺都不能游。）

(h) 私は百メートルまでは泳げない。（我游不到一百公尺。）

(i) 彼は漢字さえ書けない。（他連漢字都不會寫。）

(j) 彼は漢字までは書けない。（至於漢字，他不會寫。）

　　b句，d句是錯誤的，h句是「不能游一百公尺，但可以游比這種還短的距離」的意思。

　　j句是「他會寫平假名，片假名但漢字的話不會寫」的意思。

　　不稀奇之內容的句子「さえ」和「までは」均可以使用，但句意變成稀奇的內容。

(a) 彼女は裏方役さえ器用にこなした。

　　（她連幕後之職都能靈巧掌握。）

(b) 彼女は裏方役まで器用にこなした。

　　（她甚至幕後之職都能靈巧掌握。）

(c) 最近の奥さんたちはパチンコ屋にさえ入り浸っている。

　　（最近的太太們都沉迷於小鋼珠店。）

(d) 最近の奥さんたちはパチンコ屋にまで入り浸っている。

　　（最近的太太們甚至沉迷於小鋼珠店。）

(e) 彼は片手で三十キロのバーベル<u>さえ</u>持ち上げた。

（他一隻手連三十公斤的槓鈴都舉起來了。）

(f) 彼は片手で三十キロのバーベル<u>まで</u>持ち上げた。

（他一隻手甚至把三十公斤的槓鈴都舉起來了。）

(g) 高田君は飴玉<u>さえ</u>噛み砕いた。

（高田君連糖球都嚼碎了。）

(h) 高田君は飴玉<u>まで</u>噛み砕いた。

（高田君甚至把糖球都嚼碎了。）

(i) 私は枯れ葉<u>さえ</u>踏んで歩いた。（？）

(j) 私は枯れ葉<u>まで</u>踏んで歩いた。（？）

　　i句和j句的不自然是因為強調「踏著枯葉走的事項」沒什麼意思的。也就是強調沒必要強調的事項。

第三節　「でも」和「で＋も」

　　「でも」本來是斷定助動詞「だ」的連用形「で」與係助詞「も」連結而成的。現在幾乎是一語化了。又有格助詞「で」接「も」之語。因此，這是非常復雜之語。以下，一語化用「でも」，可分解的用「で＋も」來表示。「でも」有兩個意思。

① 選擇性例示　幾項事物之中，隨便地取其之一
② 逆接性假定　「即使～也」的意思

(a) ゴルフ<u>でも</u>しよう。（打高爾夫球吧！）

(b) ゴルフ<u>で</u>しよう。（錯誤）

(c) 曹操^{そうそう}は優^{すぐ}れ詩人^{しじん}<u>でも</u>あった。（曹操也是個出色的詩人。）

(d) 曹操^{そうそう}は優^{すぐ}れた詩人^{しじん}<u>で</u>あった。（曹操是個出色的詩人。）

練　習

①　この数日一睡（　　　　）しないで論文を書いている。

②　こんな簡単な問題は子供（　　　　）できる。

③　驚いて眠気（　　　　）醒めた。

④　魯迅は医学を研究していたが、文学（　　　　）手づけた。

⑤　この製薬工場はコロナワクチン（　　　　）研究開発しています。

⑥　君は小さい頃彼と遊んでいた。彼は不良になったが、君（　　　　）そんなことにならないようにしてください。

⑦　このトランク小さいですが、服を三十枚（　　　　）入っている。

⑧　今日は教務会議なのに、一人（　　　　）出席していない。

⑨　彼女の旦那さんは酒乱で、彼女の論文（　　　　）も破った。

⑩　彼は賭博が好きですが、家（　　　　）は賭けませんでした。

⑪　彼女は歌が上手ですが、ロシアの歌（　　　　）は歌えません。

⑫　彼女は歌が上手であり、その上ロシアの歌（　　　　）歌えます。

⑬　渡哲也は有名な歌手で、有名な俳優（　　　　）あった。

⑭　頭の良い李先生でもこの質問（　　　　）回答できなかった。

⑮ 一緒に旅行（　　　）行きましょうか。

⑯ 斎藤先生は権力欲が強すぎて、学長（　　　）はなれなかった。

⑰ 婆ちゃんはお達者で、もう八十歳なのに、白髪一本（　　　）ない。

⑱ こんな簡単な問題（　　　）できなかったら、大学に合格できるはずがない。

⑲ 両親ともいないのに、大学（　　　）自力で卒業した。大したもんですね。

⑳ 天井（　　　）届かないから、天井の掃除ができません。

解　答

① も	② さえ	③ も／さえ	④ さえ／も
⑤ も／さえ	⑥ も	⑦ も	⑧ も
⑨ さえ	⑩ まで	⑪ まで	⑫ さえ
⑬ でも	⑭ さえ	⑮ でも	⑯ まで
⑰ も	⑱ さえ	⑲ まで	⑳ まで

第八章　表示變化的助詞
「に」和「と」

　　在本項說明對象之語之後接「に」和「と」，表示變化的場合。

　　「に」和「と」表示變化的意思時，是它們接表示變化的動詞的時候。

　　因此，嚴格地說，應該是其變化的意思是在於所接的動詞，而非「に」和「と」本身，「に」和「と」本身並無變化的意思，而是表示變化的結果。

　　「に」和「と」有如下的不同：

【に】使用於實際上把A改變成B的場合
【と】使用於說話者把A判斷成B的場合[註1]

　　首先，先說明「にする」和「とする」。請看下列例句：

註1　「見なす」「認定する」等之意的場合、「とする」表示知覺判斷。

(a) 水を氷にする。（把水做成冰。）

(b) 水を氷とする。（錯誤）

(c) 駐車場の土地をマンションにする。

　　（把停車場的土地建成高級公寓。）

(d) 駐車場の土地をマンションとする。（錯誤）

(e) 一万円を十万円にする方法があるよ。

　　（有把一萬日元變成十萬日元的方法喲！）

(f) 一万円を十万円とする方法があるよ。（錯誤）

(g) 火星を人間が住める惑星にする。

　　（把火星造成人類可以居住的行星。）

(h) 火星を人間が住める惑星とする。（錯誤）

(i) 彼は論文を集めて一冊の本にしました。

　　（他把論文集成一本書了。）

(j) 彼は論文を集めて一冊の本としました。（錯誤）

　　上述的例句全部是實際上改變的場合，所以不能用「と」。

這些句子在「になる」和「となる」的 情形也是一樣的。

(a) （あなたは）あんな奴の相手になってはいけない。

　　（你別和那傢伙爭論。）

(b)（あなたは）あんな奴の相手<u>と</u>なってはいけない。（錯誤）

(c) 彼はあちこちの会社でクビくび<u>に</u>なった。

（他在哪一家公司都被革職。）

(d) 彼はあちこちの会社でクビくび<u>と</u>なった。（錯誤）

(e) 明日から彼女は主任<u>に</u>なりました。

（從明天起她成爲主任了。）

(f) 明日から彼女は主任<u>と</u>なりました。（錯誤）

(g) 僕は将来学校の先生<u>に</u>なりたい。

（我將來想當學校的老師。）

(h) 僕は将来学校の先生<u>と</u>なりたい。（錯誤）

(i) この洗剤を使えば、ワイシャツが真っ白<u>に</u>なります。

（使用這洗衣粉的話，襯衣會變成雪白的。）

(j) この洗剤を使えば、ワイシャツが真っ白<u>と</u>なります。（錯誤）

相反的，下面的例句不能使用「に」

(a) 彼を主犯<u>に</u>したら、事件の全貌が解明できる。（錯誤）

(b) 彼を主犯<u>と</u>したら、事件の全貌が解明できる。

（他如果是主犯的話，事件的全情就可眞相大白。）

(c) それは事実<u>に</u>すると、この事件は思ったよりも根が深い。

218

（錯誤）

(d) それは事実とすると、この事件は思ったよりも根が深い。

（那是事實的話，這事件比想像的還要根深蒂固。）

(e) 塵も積もれば山になる。（錯誤）

(f) 塵も積もれば山となる。（積塵成山）

(g) 決議は採択の運びになった。（錯誤。）

(h) 決議は採択の運びとなった。（決議進行的結果通過了。）

(i) 彼はいつも自分で仕事を仕切ろうにします。（錯誤）

(j) 彼はいつも自分で仕事を仕切ろうとします。

（他總是自己掌管一切的工作。）

　　這些並不是主語所改變的，而是言語主體（說話者）表示做那樣的判斷。像這樣有關判斷的成立，使用「と」。而「に」和「と」均可使用的有如下之例句，但其意思多少會有些語意的不同。

(a) この細長い棒を箸にして使おう。

（把這些細長的棒子做成筷子使用吧。）

(b) この細長い棒を箸として使おう。

（把這些細長的棒子當成筷子使用吧。）

(c) この部屋を物置にする。（把這房間做成庫房。）

(d) この部屋を物置とする。（把這房間當庫房。）

(e) 親になる。（當父母。）

(f) 親となる。註2（作爲父母。）

(g) これは一個百五十円にすると、全部三千三百円です。

（這一個要一百五十日元，全部就三千三百日元。）

(h) これは一個百五十円とすると、全部三千三百円です。

（這一個如果一百五十日元，全部就三千三百日元。）

(i) 結局、発表会は中止になった。（結果，發表會中止了。）

(j) 結局、発表会は中止となった。（結果，發表會中止了。）

　　　a句有「把這細長的棒子加工做成筷子」的意思。

　　　b句的意思是，不加工直接把它當成筷子使用。

　　　c句是把「這個房間，改造成庫房 」的意思。

　　　d句是就這樣把它當庫房的意思。

　　　在日常會話上，這樣的不同是不成問題的，所以哪一句都能用。

　　　e句是因為生了小孩自然而然成為父母的意思。

註2　根據森田良行「基礎日本語辭典」（角川書店一九八九年）。c、d、
　　　e、f 文及其說明是參考森田氏的著書。

　　但f句是在立場成為父母，也就是說，表示發生了做父母的責任和義務等。這種區別也是日常生活上似乎都混著用。

　　g句是把「これ（這個）」價錢設定為一百五十元的意思，所以不知道說話者是賣方還是買方。

　　i句是敘述中止的事，而j句則有上層決定的反響。

　　j句的「と」可以說是表示最終變化。

(a) 十六歳<ruby>じゅうろくさい</ruby>になる。（將要十六歲了。）
(b) 十六歳<ruby>じゅうろくさい</ruby>となる。（？）
(c) 二十歳<ruby>はたち</ruby>になる。（將要二十歲了。）
(d) 二十歳<ruby>はたち</ruby>となる。（將是二十歲了。）

　　上面例句之中，為何只有b句的表現有點奇怪呢？那是因為「二十歲」這些年齡是「成人」的意思，所以可以像c句一樣只表示二十歲之事，也可如d句表示「成人」的立場的發生。

　　可是「十六歲」並沒有其他的意思，且與立場、義務無關，所以b句的表現有點兒奇怪。

(a) 大変暑く<ruby>たいへんあつ</ruby>になりました。（錯誤）
(b) 大変暑く<ruby>たいへんあつ</ruby>となりました。（錯誤）

(c) 大変暑くなりました。（變得非常熱了。）

　　這是接續的錯誤。「に」與「と」都不能接形容詞。

(a) 彼は元気になりました。（他健康了。）

(b) 彼は元気となりました。（錯誤）

(c) 彼女はきれいになりました。（她變漂亮了。）

(d) 彼女はきれいとなりました。（錯誤）

(e) 静かになりました。（安靜了。）

(f) 静かとなりました。（錯誤）

(g) 何だか心配になりました。（不知怎麼地擔心起來了。）

(h) 何だか心配となりました。（錯誤）

(i) 恥しくて真っ赤になりました。（很不好意思地滿臉通紅。）

(j) 恥しくて真っ赤となりました。（錯誤）

　　這些句子也是接續的錯誤。「元気」「きれい」「静か」「心配」「真っ赤」等是形容動詞（ナ形容詞），所以必須使用「に」。又，根據動詞，有時接「に」與否其意思也跟著不同。例如，譬如某團體帶了一百萬日元去旅行。其中用了一些時：

(a) 予算が十万円減った。（預算減少了十萬日元。）
(b) 予算が十万円に減った。（預算減少成十萬日元了。）

　　a句是「予算が十万円減少した（預算減少了十萬日元）」
的意思，餘款九十萬元。但b句有表示變化的助詞「に」，所以
表示「予算が十万円になった（預算變成十萬日元）」。餘款
只有十萬日元。

練 習

1 彼は今までの研究資料（　　　）事典にした。

2 赤ちゃんが生まれたから、彼はお父さん（　　　）なった。

3 この厚い風呂敷を縫製してカバン（　　　）して使います。

4 この服もう縮んだからそのまま子供の服（　　　）して使う。

5 この服もう縮んだから切って雑巾（　　　）して使う。

6 長い間にあっていなくて彼女は綺麗（　　　）なった。

7 買い物であっと言う間に二万円を使ってしまい、三万円が一万円（　　　）なった。

8 三万円のカバンを一万円（　　　）負けてくれた。

9 三万円のカバンを一万円（　　　）して売ってくれた。

10 冷たい空気が入り込んで急に（　　　）なりました。【寒い】

11 この倉庫を改造して綺麗な部屋（　　　）した。

12 この倉庫をそのまま部屋（　　　）した。

13 前の学長は不祥事で首（　　　）なった。

14 彼女は随分やり手で五万円を二十万円（　　　）した。

⑮ 不祥事が事実とすると、学長が首（　　　）されるのも当然だ。

⑯ 佐々木さんは何でも打ち切ろう（　　　）したから、皆さんに反対された。

⑰ 彼女は小さい頃いじめられ子だったから、ひねくれもの（　　　）なった。

⑱ この高校は不良が多くて、不良校（　　　）して有名です。

⑲ 毎日朝から晩までパソコンばかり見ているから目が（　　　）なった。【おかしい】

⑳ 贈ってもらったものをプレゼント（　　　）して彼女に上げた。

解　答

① に	② に	③ に	④ と
⑤ に	⑥ に	⑦ に	⑧ に
⑨ に	⑩ 寒く	⑪ に	⑫ と
⑬ に	⑭ に	⑮ に	⑯ と
⑰ に	⑱ と	⑲ おかしく	⑳ と

第九章　表示材料的助詞
「から」和「で」

　　表示材料的「から」和「で」也是日常會話裡已經被混用。或許有很多世代差別，個人差別。但是，在此，為了外國學習者，勉強地嚴格規定。這是因為在日語的考試裡或者是立重要的契約時，會被嚴格地要求。

　　首先，就「表示材料」來說，這接「から」和「で」是規定成為製品的一部份或全部的場合。依此，將材料與手段或道具區別。

　　表示材料的「から」和「で」有如下的不同。

【から】　　表示原材料　　→　　把某物裡含的素材抽出
【で】　　　表示直接材料　→　　主要素材

　　表示直接材料→主要素材「から」是抽出某種材料所含的物質，也就是說明使用於經過某一工程的製品的場合。其製品的材料是單獨的素材。

(a) ビールは麦<ruby>麦<rt>むぎ</rt></ruby>から作<ruby>作<rt>つく</rt></ruby>ります。（啤酒是由麥子做的。）

(b) ビールは麦<ruby>麦<rt>むぎ</rt></ruby>で作<ruby>作<rt>つく</rt></ruby>ります。（錯誤）

(c) ペニシリンは青<ruby>青<rt>あお</rt></ruby>かびから作<ruby>作<rt>つく</rt></ruby>ります。

　　（盤尼西林是由青黴素做的。）

(d) ペニシリンは青<ruby>青<rt>あお</rt></ruby>かびで作<ruby>作<rt>つく</rt></ruby>ります。（錯誤）

(e) 石油<ruby>石油<rt>せきゆ</rt></ruby>から化学繊維<ruby>化学繊維<rt>かがくせんい</rt></ruby>を作<ruby>作<rt>つく</rt></ruby>ります。（由石油做化學纖維。）

(f) 石油<ruby>石油<rt>せきゆ</rt></ruby>で化学繊維<ruby>化学繊維<rt>かがくせんい</rt></ruby>を作<ruby>作<rt>つく</rt></ruby>ります。（錯誤）

(g) 新発見<ruby>新発見<rt>しんはっけん</rt></ruby>の微生物<ruby>微生物<rt>びせいぶつ</rt></ruby>から新<ruby>新<rt>あたら</rt></ruby>しい薬品<ruby>薬品<rt>やくひん</rt></ruby>を作<ruby>作<rt>つく</rt></ruby>り出<ruby>出<rt>だ</rt></ruby>した。

　　（從新發現的微生物做出新的藥品來。）

(h) 新発見<ruby>新発見<rt>しんはっけん</rt></ruby>の微生物<ruby>微生物<rt>びせいぶつ</rt></ruby>で新<ruby>新<rt>あたら</rt></ruby>しい薬品<ruby>薬品<rt>やくひん</rt></ruby>を作<ruby>作<rt>つく</rt></ruby>り出<ruby>出<rt>だ</rt></ruby>した。（錯誤）

(i) 彼<ruby>彼<rt>かれ</rt></ruby>は友達<ruby>友達<rt>ともだち</rt></ruby>に聞<ruby>聞<rt>き</rt></ruby>いた話<ruby>話<rt>はなし</rt></ruby>から小説<ruby>小説<rt>しょうせつ</rt></ruby>を書<ruby>書<rt>か</rt></ruby>いて賞<ruby>賞<rt>しょう</rt></ruby>を取<ruby>取<rt>と</rt></ruby>った。

　　（他由朋友那兒聽來的話寫成小說而得獎了。）

(j) 彼<ruby>彼<rt>かれ</rt></ruby>は友達<ruby>友達<rt>ともだち</rt></ruby>に聞<ruby>聞<rt>き</rt></ruby>いた話<ruby>話<rt>はなし</rt></ruby>で小説<ruby>小説<rt>しょうせつ</rt></ruby>を書<ruby>書<rt>か</rt></ruby>いて賞<ruby>賞<rt>しょう</rt></ruby>を取<ruby>取<rt>と</rt></ruby>った。（錯誤）

(k) あの医者<ruby>医者<rt>いしゃ</rt></ruby>は夢<ruby>夢<rt>ゆめ</rt></ruby>から体験<ruby>体験<rt>たいけん</rt></ruby>したこと一風変<ruby>一風変<rt>いっぷうか</rt></ruby>わった精神医学<ruby>精神医学<rt>せいしんいがく</rt></ruby>を唱<ruby>唱<rt>とな</rt></ruby>え出<ruby>出<rt>だ</rt></ruby>した。（那位醫生由做夢得到的體驗提出別開生面的精神醫學。）

(l) あの医者<ruby>医者<rt>いしゃ</rt></ruby>は夢<ruby>夢<rt>ゆめ</rt></ruby>で体験<ruby>体験<rt>たいけん</rt></ruby>したこと一風変<ruby>一風変<rt>いっぷうか</rt></ruby>わった精神医学<ruby>精神医学<rt>せいしんいがく</rt></ruby>を唱<ruby>唱<rt>とな</rt></ruby>え出<ruby>出<rt>だ</rt></ruby>した。（錯誤）

(m) 彼<ruby>彼<rt>かれ</rt></ruby>はベトナム戦争<ruby>戦争<rt>せんそう</rt></ruby>の経験<ruby>経験<rt>けいけん</rt></ruby>から優<ruby>優<rt>すぐ</rt></ruby>れた本<ruby>本<rt>ほん</rt></ruby>を書<ruby>書<rt>か</rt></ruby>き上<ruby>上<rt>あ</rt></ruby>げた。

（他以越南戰爭經驗寫出一本很優秀的書。）

(n) 彼はベトナム戦争の経験で優れた本を書き上げた。（錯誤）

這些製品、業績全部都是經某工程而成的事物。不是用材料本身做的。而是用材料的一部分抽出做的製品。

又，製品的材料是單獨的素材，而不是各種各樣的東西和成的。

(a) このマンションは鉄筋コンクリートから出来ています。

（錯誤）

(b) このマンションは鉄筋コンクリートで出来ています。

（這高級公寓是用鋼筋水泥建造的。）

(c) このコップは純金から出来ています。（錯誤）

(d) このコップは純金で出来ています。

（這個杯子是用純金作的。）

(e) 彼女は私に毛糸からセーターを編んでくれた。（錯誤）

(f) 彼女は私に毛糸でセーターを編んでくれた。

（她用毛線織毛衣給我。）

(g) 君は持っている資料だけから論文を書いたから失敗したのだ。（錯誤）

(h) 君は持っている資料だけで論文を書いたから失敗したの

　　だ。（你只用你有的資料寫論文所以失利了！）

(i) 私は手元にあるものから食事をこしらえた。（錯誤）

(j) 私は手元にあるもので食事をこしらえた。

　　（我用手邊有的東西做飯了。）

(k) 今日は極上の牛肉から中華風ハンバーグを作ってみました。

　　（錯誤）

(l) 今日は極上の牛肉で中華風ハンバーグを作ってみました。

　　（今天用上好的牛肉試作中式漢堡了。）

(m) 彼は紙一枚から見事な折り紙作りを披露した。（錯誤）

(n) 彼は紙一枚で見事な折り紙作りを披露した。

　　（他公開發表了用一張紙做非常精巧的折紙手工。）

　　這些製品全部是直接材料。不是經過化學工程所做的。

　　又，下列例句與其說表示材料不如說是表示手段[1]。

(a) 海水温差で電気を起こす。（用海水的溫差生電。）

(b) 火山の熱で温室栽培をする。（用火山的熱量做溫室栽培。）

(c) 微生物の分解能力で海上に流出した原油を処理します。

註1　有關表示手段及或方法等，請參閱第十二章（表原因・理由的助詞）

（用微生物的分解處理流到海上的原油。）

(d) 特殊効果で新しい映像を生み出した。

（用特效製造新的影象。）

(e) レーザー光線で夜空に幻想的な絵を描くことが出来ます。

（用雷射光線在夜裡的天空中可以畫上幻想式圖畫。）

(f) 彼は外国から導入した交渉術で次々とビジネスを展開して

行った。（他用從外國導入的談判術，將事業一個接著一個

地發展下去。）

(g) 棒で麺を作った。（用棒子桿成麵條。）

(h) これは私がコンピューターで作成した画像です。

（這是我用電腦製成的畫像。）

(i) 彼女はミシンで洋服を仕上げるのが上手です。

（她擅長用縫紉機做衣服。）

練　習

1 醤油は大豆（　　　　）作った。

2 そばは蕎麦粉（　　　　）作った。

3 私は多くの資料（　　　　）この論文を完成した。

4 この美味しいものは、葡萄（　　　　）作ったのですか。

5 そこに掛けている抽象的画像は特殊な塗料（　　　　）できたものです。

6 良い洗剤（　　　　）洗ったから、ワイシャツが真っ白になった。

7 佐藤先生が変わった教法（　　　　）学生に教えたから全員がすぐわかった。

8 極地の雪水（　　　　）化粧水を作った。

9 冷蔵庫に残っているもの（　　　　）、こんな豪華な宴席ができた。

10 荘さんは和菓子屋で働いた20年の経験（　　　　）和菓子の本を書き上げた。

11 すごいですね。このウェイティングドレスは折紙（　　　　）縫製した。

12 溶岩（　　　　）黄金ができたことはありえない。

13 この公園の椅子は全部コンクリート（　　　　）できていま

す。

14 アスファイルトは石油（　　　）作った。

15 この培養土は火山灰（　　　）抽出したものです。

16 精進料理宴席の最も美味しい刺身はコンニャク（　　　）作った。

17 この栄養剤は微生物（　　　）作った。

18 彼女は実生活（　　　）文学作品を著した。

19 アルコールはどんなもの（　　　）できたのですか。。

20 コロナワクチンは何（　　　）できたのですか。

第十章　表示並立・順接的助詞

第一節　「し」和「ながら」

在進入本題之前先說明一下，所謂複句大體上可分為並列・順接和逆接[註1]。順接和逆接是敘述前句與後句的關係，但並列只是敘述兩個事項。前項與後項沒有關聯性。經常有人將並列與順接混淆，其實這並不一樣的。

「し」和「ながら」的基本用法如下：

【し】　　　　爲了不使句子終止而形成累加式的，結果成爲複句形式而己。

【ながら】　　表示不同的動作同時進行。

「し」的「結果成了複句形式而已」其意思並不是說複句就是正確的句子的意思。而是只成為複句的形式而已，所以也有錯誤的場合。要成為正確的複句，限於前項與後項是有關聯

註1　除此之外，也有人加入連體修飾等複句。

性的場合。如果前項與後項沒有關聯性時為錯誤的。又，根據
場合的不同，「し」有時表示詳說明的意思。「ながら」相當
於中文的「一邊＋動詞，一邊＋動詞」。

(a) 彼らは歩いた<u>し</u>、話した。（錯誤）
(b) 彼らは歩き<u>ながら</u>、話した。（他們一邊走一邊說。）
(c) パーティで私は大いに歌った<u>し</u>、踊った。

　　（在宴會上我盡情地喝歌、跳舞。）
(d) パーティで私は大いに歌い<u>ながら</u>踊った。（？）
(e) 私は不安を感じていた<u>し</u>、期待もしていた。

　　（我感到不安，又期待著。）
(f) 私は不安を感じ<u>ながら</u>期待もしていた。

　　（我感到不安，又期待著。）
(g) 私は不安を感じた<u>ながら</u>期待もしていた。（錯誤）
(h) 彼は酒を飲む<u>し</u>語り出した。

　　（錯誤）〔後項與前項無關聯性〕
(i) 彼は酒を飲み<u>ながら</u>語り出した。

　　（他一面喝酒，一面說了出來。）

　　a句只是累加式地敘述「走路的事項」和「說話的事項」而

234

已，沒有同時發生的意思。又，將這些行為累加式的敘述，是沒有什麼意思的。這會讓句子顯得很奇怪。

c句是「大いに歌った（盡情地唱歌）」和「大いに踊った（盡情的跳舞）」，根據累加式的敘述，表示非常快樂的情形。

d句的「大いに歌いながら踊った（盡情的邊唱歌邊跳舞）」主要的只是敘述「跳舞的事」。但是在文章上的表現來說c句較為恰當。

e句是同時抱著「感到不安的事」和「期待的事」矛盾心理的意思。

f句也是並列「ながら」的意思。

g句錯在「ながら」不能接「タ形」連結「タ形」的「感じた」所以是錯誤的。

h句的後句「語り出した（說出來）」是表示開始。可是「飲む」因為是終止形，沒有動作性。動詞的終止形只是表示動作的種類而已。因此與「～出した（出來）」的表示動作「無關聯性」的語句。

其次說明複句的「し」和「ながら」有什麼不同。

	前項和後項為 同一主語的場合	前項和後項為 不同主語的場合
し	後項的「を」變成「も」	仍舊使用
ながら	仍舊使用	（不能使用）

同一主語時 、「し」在後項的的動詞為自動詞的話沒問題，他動詞的話，「を」必須改為「も」。「ながら」是表示動作的同時進行，所以必須同一主語才行。

(a) 黄^{こう}さんはアメリカ人^{じん}の世話^{せわ}をする<u>し</u>英語^{えいご}を学^{まな}んでいます。
（錯誤）

(b) 黄^{こう}さんはアメリカ人^{じん}の世話^{せわ}をし<u>ながら</u>英語^{えいご}を学^{まな}んでいます。（黃先生一邊照顧美國人一邊學習英語。）

(c) 黄^{こう}さんはアメリカ人^{じん}の世話^{せわ}をする<u>し</u>英語^{えいご}も学^{まな}んでいます。（黃先生照顧美國人，也學習英語。）

(d) 黄^{こう}さんはアメリカ人^{じん}の世話^{せわ}もする<u>し</u>英語^{えいご}も学^{まな}んでいます。（黃先生又照顧美國人，又學習英語。）

這是主語一樣的場合。複句的問題是，前項與後項的關係。

a句是「照顧美國人的事項」和「學習英語的事項」的並

列，這兩個事項的關係並不明確，所以是錯誤的。

　　b句是照顧美國人日常生活的同時，學習英語。

　　c句是「英語を」的「を」改成「も」，從文法上來說是正確的句子。這個「も」並不只與「英語」有關，而是與「英語を学ぶこと（學習英語的事項）」全體有關。「も」相當於中文的「也」，本來表示並列。根據這個「も」，可將「照顧美國人的事項」與「學習英語的事項」並列起來。

　　又，也可如d句將前項的「を」改為「も」，有時這種用法反而比較好。

(a) 岩村さんのお奥さんは掃除もしないし洗濯もしない。

　　（岩村先生的太太又不打掃，又不洗衣。）

(b) 小松先生は絵も描くし小説も書きます。

　　（小松老師也畫畫，也寫小說。）

(c) 部長は仕事もできるし遊びも好きだ。

　　（部長也會做事，也喜歡玩。）

(d) 彼は勉強もできるしスポーツも万能だ。

　　（他功課又好，運動也非常行。）

(e) 王さんは英語も話せるしフランス語も話せる。

　　（王先生會說英語，也會說法語。）

(f) 船便でもいい<u>し</u>航空便でもいい。

（海運也可以，空運也可以。）

(g) これも駄目だ<u>し</u>、あれも駄目だ。

（這個也不行，那個也不行。）

(h) この店は酒も美味しい<u>し</u>魚も美味しい。

（這家店酒也好喝魚也好吃。）

(i) ワインもいい<u>し</u>店の雰囲気も悪くない。

（葡萄酒又好喝，店裡的氣氛又不錯。）

其次是主語不同的場合。

(a) 私はバナナを買った<u>し</u>、彼はスイカを買った。

（我買了香蕉，他買了西瓜。）

(b) 私はバナナを買い<u>ながら</u>彼はスイカを買った。（錯誤）

(c) 社長は出かけています<u>し</u>、専務は休みです。

（社長出去了，常務休假了。）

(d) 社長は出かけてい<u>ながら</u>、専務は休みです。（錯誤。）

(e) 林さんは大学院に進む<u>し</u>、陳さんは就職します。

（林先生進大學院，陳先生就職。）

(f) 林さんは大学院に進み<u>ながら</u>、陳さんは就職します。

（錯誤。）

238

(g) 彼は國会議員になった<u>し</u>、彼女は大使になった。

　　（他當了國會議員，她當了大使。）

(h) 彼は國会議員になった<u>ながら</u>、彼女は大使になった。

　　（錯誤。）

　　像這樣，上面例句不能使用「ながら」。但是「し」也有限制。那是後項的「を」不能變成「も」。

　　後項的「は」可變為「も」。

(a) 私はバナナを買った<u>し</u>、彼はスイカも買った。（錯誤。）

(b) 私はバナナを買った<u>し</u>、彼はスイカを買った。

　　（我買了香蕉，他買了西瓜。）

(c) 私はバナナを買った<u>し</u>、彼もスイカを買った。

　　（我買了香蕉，他也買了西瓜。）

第二節　「し」和「て」

　　「し」和「て」的基本用法如下：

【し】因不使句子中止而形成累加式的，結果成爲複句形式而

已。

【て】表示兩個事項時間性的繼續。

　　所謂時間性的繼續性是，表示發生前項的事態，然後發生
了後項的事態。

(a) 彼は自分で料理もつくる<u>し</u>、掃除もする。

　　（他自己又做菜又打掃。）

(b) 彼は自分で料理もつくっ<u>て</u>、掃除もする。（？）

(c) 家に犬もいる<u>し</u>、猫もいます。（家裡有狗也有貓。）

(d) 家に犬もい<u>て</u>、猫もいます。（錯誤）

(e) お風呂に入る<u>し</u>、寝ます。（錯誤）

(f) お風呂に入っ<u>て</u>、寝ます。（洗了澡之後睡覺。）

(g) 九時にホテルに行った<u>し</u>、彼と会った。（錯誤）

(h) 九時にホテルに行っ<u>て</u>、彼と会った。

　　（九點到大飯店後，跟他見面了。）

　　a句和b句「做菜的事」和「打掃的事」必須並列。

　　如b句使用「て」時，這兩項成為時間性繼續所發生的事，
所以不自然。

　　c及d句也是一樣，「犬がいること（有狗的事項）」和「猫がいること（有貓的事項）」，應該用累加式來表示。

　　但d句以時間性的繼續來表示所以是錯誤的。

　　另一方面，e及f句的「お風呂に入ること（洗澡的事項）」和「寝ること（睡覺的事項）」以時間性的繼續事態來表示較自然。

　　因此e句是錯誤，g句的錯誤也是同樣的道理。

(a) 私は文を書く<u>し</u>、彼は挿絵を描きます。

　　（我寫文章，他畫插圖）

(b) 私は文を書い<u>て</u>、彼は挿絵を描きます。

　　（我寫了文章，他畫插圖）

(c) 私は部品を作る<u>し</u>、彼はそれを組み立てます。

　　（我做零件，他將零件組合。）

(d) 私は部品を作っ<u>て</u>、彼はそれを組み立てます。

　　（我做了零件，他將其組合。）

(e) A社が商品を発注<u>し</u>、B社が商品を販売します。

　　（A社訂商品，B社販賣。）

(f) A社が商品を発注し<u>て</u>、B社が商品を販売します。

　　（A社訂了商品，B社販賣。）

這些例句「し」和「て」均可使用，但意思不同。

例如以a句及b句的「私が文を書くこと（我寫文章的事項）」和「彼が挿絵を描くこと（他畫插畫的事項）」來說明：這兩件事情本來是無關的，但根據a句將其累加式地敘述時，各成為有關聯的事項。也就是表示共同作業的意思。

b句是將兩項根據時間性的繼續行動來表示共同作業的意思。結果ab兩者均同，但是a句是表示「私」和「彼」同時相互地工作著。

而b句則為首先「私（我）」寫文章，然後「彼（他）」畫插圖的流水作業式的共同作業。

第三節　「て」和「と」

「て」和「と」的用法如下：

【て】表示兩個事項的時間性的繼續

【と】①只是當場的動作，又表示習慣性的動作、必然性動作。

　　　不容易使用於後項表示欲求、願望、命令、要求和意志的語句。

②表示過去偶然的一次性動作。

「て」原本就是一次性的事項。只有當時的場合，「て」
和「と」都可以用。當然其意思並不完全相同。

(a) 家に帰ってシャワーを浴びます。（回家後，淋浴。）
(b) 家に帰るとシャワーを浴びます。（一回家就淋浴。）
(c) 家に帰ってシャワーを浴びました。（回家後，淋浴了。）
(d) 家に帰るとシャワーを浴びました。（一回家就淋浴了。）

　　a句是「回到家以後，淋浴」的意思。

　　b句有兩個意思。「今天現在回家，淋浴」的意思與「每天
一回到家後都淋浴」的意思。像這樣出現兩種意思，其原因在
於動詞終止形的性質。終止形的時態不明。因此，可表示現在
的事項，也可以表示一直都在做的事項。這種場合只能從文脈
來判斷。

　　用夕形時c句是在時態上成為過去而已。

　　而d句只表示在過去當時的行為而已。

(a) 早くバスに乗って彼のところに行きたい。

（想快一點乘巴士到他那兒。）

(b) 早くバスに乗ると彼のところに行きたい。（錯誤）

(c) 桜の花が咲いて春の訪れを知る。

（櫻花開了，知道春天將來臨。）

(d) 桜の花が咲くと春の訪れを知る。（？）

(e) 正月になって故郷に帰りたくなる。（錯誤）

(f) 正月になって故郷に帰りたくなった。

（到正月就想回故鄉了。）

(g) 正月になると故郷に帰りたくなる。

（一到正月就想回故鄉了。）

(h) あまり暑くて仕事が嫌になる。（太熱了討厭工作。）

(i) あまり暑いと仕事が嫌になる。（一熱的話就討厭工作。）

　　b是因為後項接表示願望的形容詞，所以是錯誤的。

　　c句的「て」是內容上表示因果關係。「桜の花が咲いたこと（櫻花開的事項）」為原因，發生了「春の訪れを知る（知道春天將天來臨）」的結果。可是「と」的後項スル的場合，因為沒有時態，所以帶有一般法則的性質。也就是d句「一般櫻花一開，人們知道春天的來臨」的意思。這樣的話，說者與聽者多少脫離現實之場合。

　　e句「正月になって（到了正月）」是已經到了正月的意思。因此，後項的時態也必須像f句用夕形才行。

　　h句和i句「現在因為太熱所以討厭工作」的只敘述當時的事項的是h句。「一般太熱就討厭工作」的敘述一般傾向的是i句。

(a) 無駄遣いばかりしてお金が無くなる。（錯誤）
(b) 無駄遣いばかりするとお金が無くなる。

　　（光是浪費就會沒錢。）
(c) 無駄遣いばかりしてお金が無くなった。

　　（光是浪費就沒錢了。）
(d) 約束の場所に着いて、彼はすでに来ていた。（錯誤。）
(e) 約束の場所に着くと、彼はすでに来ていた。

　　（一到約定的場所，他就早已來了。）

　　「無駄遣いばかりとこと（光是浪費的事項）」和「お金が無くなること（會沒錢的事項）」之間的關係，是一般性法則關係。因此，不用「て」，而使用「と」來表示法則。假如想使用「て」的話，就必須像c句一樣，後項用夕形，以時間性繼續發生之事項的說法才行。

　　d句是「約束の場所についたこと（到了約定場所的事

項）」和「彼がすでに来ていたこと（他早已來了的事項）」
的關係是無「兩個事項時間性繼續」關係，所以是錯誤的。

第四節　「たり」和「ながら」

「たり」和「ながら」有如下的不同。

【たり】　　示例事項，前後項的主語必須相同。
【ながら】　表示兩個動作同時進行

　　「たり」的示例事項，是表示兩個不同的動作，分別獨力進行著；而「ながら」的動作則是指兩個不同的動作同時進行著。

(a) テレビを見たり、新聞を読んだりした。
　　（看看電視，看看報紙。）
(b) テレビを見ながら、新聞を読んだ。
　　（一邊看電視一邊看報紙。）

　　b句是表示「テレビを見ること（看電視的事）」和「新聞を読むこと（看報紙的事）」同時進行。但是，a句是各種行動

之中，舉出例示「テレビを見たこと（看電視的事）」和「新聞を読んだこと（看報紙的事）」的句子然後根據例示表示只是做了那些事。

　　「たり」和「ながら」形態上的不同是，「ながら」是只接在前的述語動詞的後面。相對的，「たり」是必須接在前項和後項的述語動詞之後。

(a) 笑ったり泣いたりする。（又笑，又哭。）

(b) 笑いながら泣く。（一邊笑，一邊哭。）

(c) 海で泳いだり砂浜でスイカ割りしたりして楽しみました。

　　（又在海裡游泳，又在砂灘切西瓜玩得很愉快。）

(d) 海で泳ぎながら砂浜でスイカ割りして楽しみました。

　　（錯誤）

(e) 今日の会議で上司に罵倒され、踏んだり蹴ったりの目に遭った。（今天在會議上被上司罵，又吃了慘遭修理的苦頭。）

(f) 今日の会議で上司に罵倒され、踏みながら蹴ったの目に遭った。（錯誤）

(g) よく考えたり行動したり方がよい。（錯誤）

(h) よく考えながら行動した方がよい。

　　（好好的考慮做事比較好。）

（i）川面を大根の葉が浮かん<u>だり</u>沈ん<u>だり</u>して流れてゆきました。（河面上蘿蔔葉子一會兒浮，一會兒沉地流了過去。）

（j）川面を大根の葉が浮かび<u>ながら</u>沈んで流れてゆきました。（錯誤）

　　b句是笑和哭同時進行的奇怪句子，但是如果是臉上是笑著，而心理在哭的意思的話，那就是正確。但這算是逆接的「ながら」。

　　d句是海上一邊游泳同時在砂灘上切西瓜，這是不可能的事情，所以是錯的。

　　e句的「踏んだり蹴ったり（慘遭修理）」是慣用句，而f句改變了此慣用句，所以是錯誤的。

　　h句的「考慮的事項」和「做事的事項」必須同時進行才行，所以g句是錯誤的。

　　j句因「浮的事項」和「沉的事項」為相反的事項不能同時進行所以是錯誤的。

　　並列的「ながら」只接動詞，而「たり」可以接動詞以外的用言，獨立的句子也可以接「名詞＋だ」。

（a）夕食のおかずは肉だっ<u>たり</u>、魚だっ<u>たり</u>します。

（晚餐的菜有時是肉，有時是魚。）

(b) 仕事は忙しかったり、暇だったりします。

（工作有時忙，有時閒。）

(c) 彼の話は嘘だったり、本当だったりします。

（他的話，有時是謊言，有時是眞的。）

(d) 連続通り魔事件の被害者は老人だったり、少女だったりします。（連續路邊砍人事件的被害者有的是老人，有的是少女。）

(e) チップは小銭だったり、お札だったりします。

（小費有時是零錢，有時是鈔票。）

(f) 社長の行く先は取引会社だったり、愛人のマンションだったりします。（社長的去處有時是交易的公司，有時是愛人的高級公寓。）

(g) あの小説家が書くものは傑作だったり、駄作だったりします。（那個小説家所寫的東西有時是傑作，有時是拙作。）

(h) 最近の天気は雨だったり、晴れだったりします。

（最近的天氣有時下雨，有時晴天。）

又「ながら」只能連結兩個事項，相對的「たり」可連結兩個以上的事項。

(a) 正月は初詣に行っ<u>たり</u>、家でゴロ寝をし<u>たり</u>、テレビを見ていた<u>たり</u>しました。（正月去參拜啦，在家躺著啦，看看電視啦。）

(b) 正月は初詣に行き<u>ながら</u>、家でゴロ寝をし<u>ながら</u>、テレビを見<u>ながら</u>しました。（錯誤）

(c) 私は毎日畑を耕し<u>たり</u>、牛や馬の世話をし<u>たり</u>、洗濯を干し<u>たり</u>して暮しています。（我每天又耕地、又照料牛或馬，又晾曬衣物地過日子。）

(d) 私は毎日畑を耕し<u>ながら</u>、牛や馬の世話をし<u>ながら</u>、洗濯を干し<u>ながら</u>して暮しています。（錯誤）

(e) 海辺では鯨が泳いでい<u>たり</u>、イルカの大群が現れ<u>たり</u>、大ダコが釣れ<u>たり</u>します。（這海有鯨魚在游著，有大群的海豚出現，還可以釣到大鱆魚。）

(f) 海辺では鯨が泳ぎ<u>ながら</u>、イルカの大群が現れ<u>ながら</u>、大ダコが釣れ<u>ながら</u>します。（錯誤）

「たり」和「ながら」也可以同時在一個句子裡出現。

(a) 妻が戻るまで昔のアルバムを眺め<u>たり</u>し<u>ながら</u>過ごした。

（在妻子回來之前，看著相簿等等的過日子。）

(b) 噂話に花を咲かせたりしながら三人ではしゃいだ。

（說的天花亂墜地什麼的三個人喧鬧了一陣子）

(c) 雀たちが跳だり跳ねたりしながら遊んでいます。

（麻雀們又跳又躍地在玩著）

(d) 彼は唸ったり首を振ったりしながら考えています。

（他一會兒唸唸有詞，一會兒又搖著頭地想著。）

(e) 彼はおだてたりなだめたりしながら、子供に言い聞かせた。（他一會兒又安撫，一會兒又哄什麼的讓孩子聽話。）

(f) 山で遭難した時、私は草を食べたり生水を飲んだりしながら飢えをしのいだ。（遇到山難時，我又吃草又喝生水什麼的忍受著飢餓。）

第五節　「し」和「たり」

「し」和「たり」在構文上的不同如下。

【し】　　不使句子終止而成累加式的，結果只成為複句形式而已。

【たり】　表示示例事項，前項和後項的主語必須相同。

「たり」的前項和後項的主語必須相同。所謂的例示就是舉出有關某人或某事物的例子。因此主語不能不一樣。到目前為止所述的「し」是用於敘述累加的事項，而「たり」則是表示事項的示例。因此「し」和「たり」的不同是累加與例示的不同，但這二者在現象上有時非常的相近。例如：

(a) 今日は釣りをしに行く<u>し</u>映画を見にも行く。

（今天去釣魚，也去看電影。）

(b) 今日は釣っ<u>たり</u>、映画を見に行っ<u>たり</u>する。

（今天又去釣魚，又去看電影。）

　　上述兩句在情報上完全等值。這是因　「釣りに行くこと（去釣魚的事）」「映画を見に行くこと（去看電影的事）」為與「今日」的行動有關連性。其他也有這樣子的句子。

(a) この工務店は未来型の家を建てる<u>し</u>、昔の洋風屋敷も作る。

（這家工務店蓋未來型的房子，也蓋以前的洋式宅邸。）

(b) この工務店は未来型の家を建て<u>たり</u>、昔の洋風屋敷を作つくっ<u>たり</u>する。（這家工務店蓋未來型的房子，也蓋以前的

洋式宅邸。）

(c) 土石流は牧場を埋めつくした<u>し</u>、多数の家屋を倒壊させた。（泥石流把牧場掩埋了，又毀壞了多數的房屋。）

(d) 土石流は牧場を埋めつくした<u>り</u>、多数の家屋を倒壊させたりした。（泥石流又把牧場掩埋了，又毀壞了多數的房屋。）

(e) 医師は私の脈を測った<u>し</u>瞳孔も検査した。

（醫生量了我的脈搏，也檢查了我的瞳孔。）

(f) 医師は私の脈を測った<u>り</u>瞳孔を検査したりした。

（醫生又量了我的脈搏，又檢查了我的瞳孔。）

(g) 財布を盗まれるし、自転車にぶつかる<u>し</u>、昨夜は散々だった。（錢包被偷走了，也被自行車撞了，昨晚真狼狽。）

(h) 財布を盗まれたり、自転車にぶつかっ<u>たり</u>、昨夜は散々だった。（錢包又被偷了，又被自行車撞了，昨晚真狼狽。）

　　a、b句是以這家店的業務，c、d句是以土石流的災害，e、f句是以醫生的診察，g、h句是以昨夜的受害，這些前項和後項都是有關聯性。

　　可是「たり」示例終究還是示例，示例與示例之間是看不出關聯性的。也就是即使對同一對象，因示例與其他示例是獨立的關係，前項和後項不能成為一組。即使使用了「も」也

是一樣的，脫離不了其示例的性質。另一方面「し」根據使用「も」則可以表達前項與後項的關聯性，所以前項與後項可成為一組。

(a) 痛みもなくなった<u>し</u>、熱も引いた。

　　（也不痛了，燒也退了。）

(b) 痛みもなくなった<u>たり</u>、熱も引い<u>たり</u>した。（錯誤）

(c) 借金も返済できた<u>し</u>、逃げた女房も戻って来た。

　　（負債也還了，逃了的太太也回來了。）

(d) 借金も返済でき<u>たり</u>、逃げた女房も戻って来<u>たり</u>した。

　　（錯誤）

(e) 仕事も終わった<u>し</u>、さあ帰ろう。

　　（工作也作完了，那回家吧！）

(f) 仕事も終わっ<u>たり</u>、さあ帰ろう。（錯誤）

(g) いつまで待ってバスが来ない<u>し</u>、困ったな。

　　（等了再等，巴士也不來，眞傷腦筋。）

(h) いつまで待ってバスが来なかっ<u>たり</u>、困ったな。（錯誤）

　　a句是根據敘述「痛みが無くなったこと（不痛了的事）」和「熱が引いたこと（燒退了的事）」的關聯性，來表示身體

康復的事。

　　b句因是示例，所以將「痛みが無くなったこと（不痛了的事）」和「熱が引いたこと（燒退了的事）」支離地敘述。也就是、前項和後項的連結，不易表示出身體的康復。

　　d句也一樣，敘述脫難苦之事時，詳細說明比較好，因用了示例就不易了解其關聯性。

　　e句是以「仕事が終わったこと（工作做完了的事）」為原因，下了「さあ帰ろう（那回家吧！）」的判斷。亦即有因果關係。

　　但是f句則不易看出其因果關係。h句也一樣。

　　另一方面，也有不能使用的「し」的句子。

(a) 近頃具合が悪く、毎日寝る<u>し</u>起きます。（錯誤）

(b) 近頃具合が悪く、毎日寝<u>たり</u>起き<u>たり</u>です。

　　（最近身體不適，每天睡了又起，起了又睡了。）

(c) 今朝から雨が降った<u>し</u>止んでいます。（錯誤）

(d) 今朝から雨が降っ<u>たり</u>止ん<u>だり</u>しています。

　　（從今天早上雨下了又停，停了又下。）

(e) 授業中に居眠りする<u>し</u>いけません。（錯誤）

(f) 授業中に居眠りし<u>たり</u>していけません。

　　（上課時候不可以打瞌睡的什麼的。）

(g) むやみに人の誘いに乗る<u>し</u>ない方が良いです。（錯誤）

(h) むやみに人の誘いに乗っ<u>たり</u>しない方が良いです。

　　（不要隨隨便就接受別人的邀請比較好。）

　　這些句子與前述的相反，反而是表示關聯性而錯誤。因有關聯性而不能表示出其各別的行為。因此，像a句不能表示出「寝ること（睡覺的事）」和「起きること（起來的事）」的各別行為的反復。

　　又，如c句也不能表示出「降ること（下雨的事）」「止むこと（停止的事）」的反復。

　　d、e句是「いけないこと（不可以的事）」為例子，「居眠りすること（打瞌睡的事）」的句子，所以不能使用「し」。

　　g句也同樣地因為必須要有「しない方が良いこと（不要做比較好）」的例示，所以不能用「し」。

練 習

1 コロナで物騒な世界に不安もある（　　　　）、明るい明日を期待している。

2 彼はお酒（　　　）歌（　　　）好きで、いつもお酒を飲み（　　　）歌を歌います。

3 佐々木さんはお酒（　　　）飲むし博打（　　　）やる。

4 勉強し（　　　）バイト（　　　）しています。

5 お兄さんはアメリカに留学（　　　）、妹さんは日本に留学します。

6 休み（　　　）仕事をやりなさい。

7 朝食をし（　　　）学校へ行きます。

8 専務は外出（　　　）、経理（　　　）休みです。

9 食べ（　　　）テレビを見ています。

10 食べて（　　　）テレビを見ます。

11 蔡さんは三本の文章を書き上げ（　　　）鈴木さんは本に編集した。

12 世の中は泣い（　　　）、笑っ（　　　）生きてゆく世界です。

13 このドラマはフィクション（　　　）、真実（　　　）の劇です。

14 学生のカンニングは机の上に書（　　　）、本を覗

（　　　）する様々である。

⑮ 台湾の冬は（　　　）、（　　　）している。【寒い／暖かい】

⑯ 子供は公園で走ったり登ったりし（　　　）遊んでいます。

⑰ このテレビ局は新劇を放送（　　　）、昔の劇を放送（　　　）している。

⑱ 昨日、酷い目にあった。大雨に（　　　）、自転車に（　　　）していました。【濡らす／はねられる】

⑲ いくら経っても、コロナは終息しない（　　　）、海外へ（　　　）行けない。

⑳ 人に煽てる言葉に載せ（　　　）しない方がいい。

解　答

①し　②も、も、ながら　③も、も　④ながら、も

⑤し　⑥ながら　⑦て　⑧し、も

⑨ながら　⑩から　⑪て　⑫たり、たり

⑬だったり、だったり　⑭いたり、いたり

⑮寒かったり、暖かったり　⑯ながら

⑰したり、したり　⑱濡らしたり、はねられたり

⑲し、も　⑳たり

第十一章　表示逆接的助詞

　　順接是對兩個事項在時間上繼起的認識時使用。相對的、逆接是對兩個事項在空間上對立的認時使用。例如：

(a) 彼は去った。（他離去了。）

(b) 私は残った。（我留下了。）

(c) 彼は去り、私は残った。（他離去了，我留下了。）

(d) 彼は去り、そして私は残った。（他離去了，然後我留下了。）

(e) 彼は去ったが、私は残った。（他離去了，但我留下了。）

　　把a、b句的「他離去的事」和「我留下的事」的兩個句子併為一個句子就成了c句。這是單純的並列。

　　對這兩個事項在時間上繼起的認識時，就成了d句。也就是「他離去之後，我留下了」的認識。

　　可是如果注意到「離去」「留下」的內容之對立，將它組成句子的話，就成了e句。e句的前項和後項為表示在同空間，

亦即同次元的兩個對立的事項。這就是逆接[註1]。

第一節　順接的「が」和逆接的「が」

　　「が」有順接的用法和逆接的用法，但、可否同時擁有兩個完全相反用法？那麼所謂順接和逆接又有什麼樣的關係呢？假如「が」、有順接和逆接的話，那就不得不說順接和逆接是很接近的。先此下個結論，「が」表示逆接或並列、沒有所謂的順接的「が」。

(a) 彼が字がうまいが、絵もうまい。（他的字很美，畫也很行。）
(b) 彼が字がうまいが、絵はへただ。（他的字很美、但畫很糟。）

　　一般所謂順接的「が」是a句，而b句為逆接的「が」。

　　原來a句因「字很美的事」與「畫很行的事」並非對立，所以看起來像是順接。但是這句其實是並列。因為「字很美的事」和「畫很行的事」同時在存，並沒有先後的問題。並列並非只將兩個事項排列，而是具有特殊的表現效果。例如、說完

註1　川端善明「接續和修飾」有關『連用』的序說」（國語國文二十七巷五號　一九五八年）

「字很美」，只是「字很美」而已。但是「字很美的事」與
「畫很行的事」並不止於「字很美」，而有「畫也很好」的意
思。也就是說，只是說完「字很美」的內容一項後又有「不、
不只這些」，關於其他的事又加上「畫也很行」的表現。聽者
認為只有一內容而聽完之後，又有他項。這就是a句的並列表現
效果。所以，是逆接或是並列，有時是非常微妙的。

(a) 失礼ですが、どちら様でしょうか？

　　（抱歉，請問是哪一位？）

(b) 済みませんが、薬局はどこですか？

　　（對不起，請問藥局在哪裡？）

　　這看起來像是並列，但是a句的「失礼ですが（抱歉）」是
「因詢問這件事是很失禮的事，不應該問的，但還是問了」的
逆接意思。

　　b句是「因為是非常對不起的事，雖然不應這樣，但還是問
了」之意思的逆接。再看看其他的例子吧。

(a) 大地震が来ようがこのビルは倒れない。

　　（即使大的地震來了，這大樓是不會倒的。）

(b) 誰が首相になろうが同じことさ。

（誰來當首相都是一樣的。）

(c) これは日本語テキストですが、大変使いやすいです。

（這是有名的日語教科書，非常好用。）

(d) 自由は大切だが、平等はもっと大切だ。

（自由很重要，但平等更重要。）

(e) 李さんはきれいだが、私は徐さんのほうが好きだ。

（李小姐漂亮，但我比較喜歡徐小姐。）

(f) 最近出生率が低下していますが、これは結婚しない女性が
増えているからです。（最近出生率低降，這是因爲不結婚
的女性增加了。）

(g) こちらはシャンプーですが、そちらリンスです。

（這是洗髮精，那是潤絲精。）

(h) 日本文化は昔から知られていたが、今改めて脚光を浴びよ
うになった。（日本文化從以前就爲人所知的，但現在重新
引人注目了。）

(i) 社長は出かけておりますが。（社長出去了…。）

(j) さあ、聞いていませんが。（啊，沒有聽說…。）

a句是典型的逆接所以沒有什麼問題。

一般人的常識是認為「每個人的能力有不同，有能力的人來當首相其結果當然是不一樣的」，但是b句是與一般人的常識相反的句子，所以是逆接。

c句是有名的教科書之事再加上「非常好用」的與一般常識相同之語，所以是並列。

d句則是，自由是非常重要的事這是知道的。但是，這個句子如果在此結束了的話，就會被認為自由是最重要的。說話者認為比起自由更重要的是平等，所以在「自由是重要的」之處不使句子結束，而繼續說最重要的是平等。

e句是，說話者認為李小姐漂亮的話，則話題必須向著說話者喜歡李小姐的方向進行才行，但卻與此相反地說，「喜歡徐小姐」。

f句也是「最近出生率降低」這句在此結束時，就成了「不可思議」的話題了，但不使話題結束而說到，最近的出生率降低並非不可思議的現象，而不結婚的女性增加了的必然現象。

g句是，「這是洗髮精。那個和這個很相似也許會與洗髮精弄錯，不是洗髮精而是潤絲精」的意思。

h句是「日本文化以前就為人所知，但不被重視，可是現在被重視了」的意思。

i句是秘書或接待的人對來見社長的人所說的話。這裡的

「が」應為逆接的理由是，本來是對社長所說要說的事情因社長不在，所以不能實現。但是，因為社長不在，所以秘書或是接待人聽取其事的意思。

　　j句是「那種事沒有聽說。沒聽說，所以不應該有那種事」為前題在說話者的腦中出現。但是，「現在你說了那件事，實際上也許有那回事，說不定是我聽漏了」的逆接。又，一個句子之中有時有兩個「が」的場合。

(a) 出席しようが欠席しようが君の自由だ。

　　（要出席或要缺席，是你的自由。）

(b) 雨が降ろうが嵐が吹こうが突き進む。

　　（不管是下雨或刮暴風，要頂著奮勇前進。）

(c) 結果が良かろうが悪かろうが、出場することに意義がある。（不論是結果是好是壞，出場了就有意義。）

(d) いくら殴られようが蹴られようが、あの選手はびくともしない。（再怎麼被打或是被踢，那個選手卻無動於衷。）

(e) あの社長は飾り物だ。いようがいまいが会社の運営に影響がない。（那個社長是個裝飾品，在與不在，對公司的經營沒有影響。）

前者的「が」因是很明顯地是相反的比較，所以帶有對比的樣態，而後者的「が」是由前項當然可以預想的結果，但卻敘述出相反的結果，所以是逆接。

第二節　「が」和「のに」

「が」和「のに」的不同如下：

【が】　　　常識性內容逆接
【のに】　　非常識性的逆接

所謂的常識性就是人類的思考範圍內所能夠理解的事物，非常識性則反之。而以「が」逆接的是表示一般常識之內容，以「のに」是與一般常識相反內容的逆接。例如：

(a) 仕事はきついが給料は高い。（工作很辛苦，但薪水很高。）
(b) 仕事はきついが給料は安い。（錯誤）
(c) 仕事はきついのに給料は高い。（錯誤）
(d) 仕事はきついのに給料は安い。（工作很辛苦，薪水卻很低。）

常識上，「工作很辛苦」與「薪水很高」成正比。工作辛苦的話當然薪水必須是高的。這是固定的社會常識。「が」的逆接是基於這種常識。也就是，a句是「工作很辛苦也許很累，當然薪水很高，所以雖然很辛苦，但有工作的價值」的意思。

　　因此，如b句反常識性的句子裡不能使用「が」。可是，「のに」的逆接是與常識相反的，表示不管工作多辛苦，薪水很低。因此，如d句的非一般常識性內容的句子可使用「のに」，但不能使用像c句的常識性容的句子。

(a) このカバンは古い<u>が</u>、長年愛着してきたものだ。

　　（這個皮包雖然舊了，但這是我長年愛用的東西。）

(b) このカバンは古い<u>のに</u>、長年愛着してきたものだ。（錯誤）

(c) このパソコンは性能はいい<u>が</u>買えない。

　　（這臺個人電腦性能很好，但我買不起。）

(d) このパソコンは性能はいい<u>のに</u>、買えない。（錯誤）

(e) 試験の第一段階は成功した<u>が</u>、第二段階はもっと難しくなる。（實驗的第一階段成功了，但第二階段更困難。）

(f) 試験の第一段階は成功した<u>のに</u>、第二段階はもっと難しくなる。（錯誤）

(g) このケーキは小さい<u>が</u>、食べやすい。

（這蛋糕小，但是容易吃。）

(h) このケーキ小さいのに、食べやすい。（錯誤）

(i) 彼は太っているが、背は高い。（他很胖，但是個子高。）

(j) 彼は太っているのに、背が高い。（錯誤）

　　另一方面，前項和後項成反比，「が」和「のに」均可使用。這場合「のに」不表示不滿。

(a) 兄は真面目だが、弟は不良だ。

　　（哥哥很認眞，但是弟弟品性不端。）

(b) 兄は真面目なのに、弟は不良だ。

　　（哥哥很認眞，弟弟卻品性不端。）

(c) 顔色はあまりよくないが、元気に働いている。

　　（臉色不太好，但很有精神地工作。）

(d) 顔色はあまりよくないのに、元気に働いている。

　　（臉色不太好，卻很有精神地工作。）

(e) あの夫婦はとても仲がよさそうだったが、突然離婚した。

　　（那對夫婦看起來感情很好，但是突然離婚了。）

(f) あの夫婦はとても仲がよさそうだったのに、突然離婚した。

　　（那對夫婦看起來感情很好，卻突然離婚了。）

(g) 自動車事故でみんなが重症を負ったが、彼だけは無傷だった。（在車禍中大家都負了重傷，但只有他沒有事。）

(h) 自動車事故でみんなが重症を負ったのに、彼だけは無傷だった。（在車禍中大家都負了重傷，卻只有他沒事。）

(i) 以前この山ではたくさんの山菜が採れたが、今ではほとんど採れなくなってしまった。（以前這座山可以採到很多的野菜，但現在幾乎採不到了。）

(j) 以前この山ではたくさんの山菜が採れたのに、今ではほとんど採れなくなってしまった。（以前這座山可以採到很多的野菜，現在卻幾乎採不到了。）

又，「のに」在後項不能表示意志、命令、要求和希望。

(a) 雨が降っているが出かけよう。（雖然下著雨，還是走吧。）

(b) 雨が降っているのに出かけよう。（錯誤）

(c) 眠いがも少し勉強しよう。（想睡了，但稍微再學習一下吧。）

(d) 眠いのにも少し勉強しよう。（錯誤）

(e) 一応、社内恋愛はご法度だが、やってしまえ。（大體上，公司是禁止戀愛的，但不管它了。）

(f) 一応、社内恋愛はご法度なのにやってしまえ。（錯誤）

(g) 燃料は不足している<u>が</u>、このまま突っ走れ。

　　（燃料不夠，但就這樣猛跑吧。）

(h) 燃料は不足している<u>のに</u>、このまま突っ走れ。　（錯誤）

第三節　「けれど」和「ながら」

　　「けれど」和「ながら」相似，在大部分的場合裡可以替換。「ながら」表示並列與逆接兩方面，但一般，「ながら」的前項為狀態性的事項時是逆接，動作性的事項時是同時進行。例如：接於補助動「いる」的連用形「い」或形容動詞的語幹時表示逆接。

(a) テレビを見<u>ながら</u>、ご飯を食べた。

　　（一面看電視，一面吃飯。）

(b) テレビを見ていな<u>ながら</u>、見ていないと嘘をついた。

　　（看電視了，卻謊稱沒看。）

(c) <u>上腕部に僅かながら</u>出血が認められる。

　　（手臂處雖然僅一點，但可看出是出血。）

　　a句的「ながら」是接於動詞「見る」的連用形，表示「看

電視的事」和「吃飯的事」同時進行。

　　b句的「ながら」是接於補助動詞「いる」的連用形，所以表示「テレビを見ること（看電的事）」已經完了。這個「ながら」是逆接。

　　c句也是因接於形容動詞的語幹，所以是逆接。

　　區別「ながら」和「げれど」，其大體上的基準如下：

【けれど】　　將相反的事項並列。

【ながら】　　認為前的事態為不好的事情。

　　「けれど」只是相反之事項的並列而已，與好壞之評價無關。即使是表示評價，那不是「けれど」構文的問題，而是前後配置的語句 在意思上的問題。例如：

(a) このボクサーは小柄だけれど強い。

(b) このボクサーは小柄ながら強い。

　　「體格小」「強」的評價是在語句意思的問題。「けれど」和「強いけれど小柄だ（強但體格小）」一樣哪一項為前

項都無所謂。這表示「けれど」與評價無關係。

　　可是「ながら」則是必須「體格小」為前項，不能說成「強いながら小柄だ」。這也許是在文法上「強」的形容詞不接「ながら」的接續助詞的原故。若是在文法上作易接續的安排，將其換成「強打者ながら（強打者卻）」也是不合理。雖說是不好事項的認識，這並不是前項的是不好之意的語句的意思。即是好的意思的語句，說話者將其認為是不好之意的意思。例如：

(a) 彼は金持ちであるけれど凄いドケチだ。

　　（他是有錢人，但非常吝嗇。）

(b) 彼は金持ちでありながら凄いドケチだ。

　　（他是有錢人，卻非常吝嗇。）

(c) あの先生は学識博大だけれど社会常識がまるでない。

　　（那個老師學識很豐富，但完全沒有社會常識。）

(d) あの先生は学識博大でありながら常識がまるでない。

　　（那個老師學識很豐富，卻完全沒有社會常識。）

(e) 彼女は若い身だけれど中々の物知りだ。

　　（她年紀輕輕的，但知識淵博。）

(f) 彼女は若い身でありながら中々の物知りだ。

　　（她年紀輕輕的，卻知識淵博。）

a句首先對「有錢人的事」褒獎。

　　但是b句的說話者含有「有錢人的話，在金錢方面是很充裕的，卻不像有錢人的樣子」的責難意味。

　　c句和d句是一樣的。

　　然而e句及f句的「年紀輕輕」之語是經驗少的意思，所以這句在開頭是不好的意思。「ながら」經常接「も」而成「ながらも」，在意思上稍微強調「ながら」。

(a) 不愉快に思うけれど我慢します。

　　（覺得不愉快，但我忍耐。）

(b) 不愉快に思いながらも我慢します。

　　（感覺到不愉快，然而我卻忍耐。）

(c) 短かったけれど充実した高校生活だった。

　　（雖然是短暫的，但是很充實的高中生活。）

(d) 短いながらも充実した高校生活だった。

　　（雖然是短暫的，然而卻是很充實的高中生活。）

(e) 狭いけれど楽しい我が家。

　　（雖然很小，但是快樂的我們家。）

(f) 狭いながらも楽しい我が家。

（雖然很小，然而卻是很快樂的我們家。）

(g) 私は彼女の皮肉に気付いた<u>けれど</u>気が付かない振りをした。（我察覺到他的諷刺，但是裝作不知道。）

(h) 私は彼女の皮肉に気付いていない<u>ながら</u>も気が付かない振りをした。（我察覺到他的諷刺，然而卻裝作不知道。）

(i) 川の水はまだ冷たい<u>けれど</u>春の足音が聞こえてきた。

（河裡的水還很冷，但已經聽到春天腳步聲了。）

(j) 川の水はまだ冷たい<u>ながら</u>も春の足音が聞こえてきた。

（河裡的還很冷，然而卻已經聽到春天的腳聲了。）

第四節　「ところが」和「ところで」

　　「ところが」和「ところで」是外國人最容易用錯的語句之一。那是因為兩語在外表上非常相似，和日本人獨特的微妙的表現方式有關係吧？這兩句的構造如下：

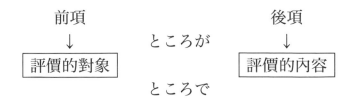

也就是前項為被評價的對象，後項其評價的內容。同樣的此二者，對前項和後項是為其評價的構造。「ところが」和「どころで」的不同是，這個評價的方式不同。有如何的不同，將其明列於後。

【ところが】　→　後項為偶然發生的結果

　　　　　　　　　　　　　　→　　後項為タ形

【ところで】　→　後項與前項的預測、期待是相反的結果

　　　　　　　　　　　　　　→　　後項是スル形

「ところが」因為是偶然發的結果，有好的結果也有壞的結果。

「ところで」壞的結果較多，但是只是與預想的相反而已，不一定是不好的結果。又「ところが」因為表示實際上已實行之事項，所以後項為タ形。

「ところで」實際上並未實行，只不過是在腦中預想之結果的事項，所以後項是スル形。例如：

(a) 新事業を始めたところが、案外うまくいった。

（開始了新事業，意想不到居然做得不錯。）

(b) 新事業を始めた<u>ところで</u>、案外うまくいった。（錯誤）

(c) この家は頑丈だから、どんな超大型台風が来た<u>ところが</u>大丈夫だよ。（錯誤）

(d) この家は頑丈だから、どんな超大型台風が来た<u>ところで</u>大丈夫だよ。（這個房子很堅固，即使是再大的超強級颱風，也沒關係。）

(e) 彼を騙そうとした<u>ところが</u>、逆に彼に騙された。

（想騙他，居然反而被他騙了。）

(f) 彼を騙そうとした<u>ところで</u>、逆に彼に騙されるだけだよ。

（即使你騙他，你反而只會受他的騙的。）

　　先從a句和b句檢討。前項「開始了新事業」和後項「意想不到居然做得不錯」是偶然的關係。a句前項是對「開始新事業」的評價對象，在後項下了「意想不到做得好」的評價。

　　b句因「ところで」是表示與預想的想相反的事項，所以後項必須表示失敗的事項。因此b句是錯誤的。

　　關於c句、d句對於「颱風來的事」，「沒關係」的評價是逆接關係。一般，超級颱風來了的話，房屋會受到損傷，但因與其預想相反地說「沒關係」，所以後項是表示好的評價，不是順接。這不是說實際上超級颱風的來臨與否，而是在說觀念

之領域的事。因此c句是錯誤的。

　　e句、f句是「騙他的事」和「相反地被他騙的事」為逆接關係。e句是實際上騙他的事，但f句是即使騙他的意思。這是己經實行完了的事與觀念領域的不同，因此兩者均為正確。

(a) 秋刀魚の肝を食べてみた<u>ところが</u>、とても苦かった。

　　（吃了秋刀魚的肝，居然非常苦。）

(b) 秋刀魚の肝を食べてみた<u>ところで</u>、とても苦かった。

　　（錯誤）

(c) 埋蔵金を発掘しようとした<u>ところが</u>、本当に見つかった。

　　（想挖掘埋藏金，居然眞的發現了。）

(d) 埋蔵金を発掘しようとした<u>ところで</u>、本当に見つかった。

　　（錯誤）

(e) 埋蔵金を発掘しようとした<u>ところが</u>、本当に見つかるわけがない。（即使要挖掘埋藏金，不會眞的發現的。）

(f) 彼に会社を任せた<u>ところが</u>、たちまち倒産させてしまった。（把公司委託了他，居然馬上破產了。）

(g) 彼に会社を任せた<u>ところで</u>、たちまち倒産させてしまった。（錯誤）

(h) 久しぶりに恩師のお宅を訪ねた<u>ところが</u>、あいにく留守だ

った。（隔了好久去恩師的府上拜訪，居然不巧他不在家。）

(i) 久しぶりに恩師のお宅を訪ねたところで、あいにく留守だった。（錯誤）

(j) ゴールを狙ってボールを蹴ったところが、観客席に飛び込んでしまった。（瞄準球門一踢，居然飛到觀眾席了。）

(k) ゴールを狙ってボールを蹴ったところで、観客席に飛び込んでしまった。（錯誤）

　　以上的例句因為是敘述實際上實行的結果，所以不能使用「ところで」，但是這些如並非實際上實行的事，而是說到觀念領域，就不能用「ところが」。

(a) 彼はどんなに練習したところが、上達そうにない。（錯誤）

(b) 彼はどんなに練習したところで、上達そうにない。

　　（即使他怎麼練習，也不會進步的。）

(c) いくら釈明してみたところが、分かってもらえそうにない。

　　（錯誤）

(d) いくら釈明してみたところで、分かってもらえそうにない。

　　（看樣子即使怎麼試著解釋也不會理解。）

(e) 呼んでみたところが、誰もいないよ。（錯誤）

(f) 呼んでみた<u>ところで</u>、誰もいないよ。

　　（即使叫了，誰都不在的。）

(g) 口先でいくら偉そうなことを行った<u>ところが</u>、悪いことばかりやっていたら、誰も信用しない。（錯誤）

(h) 口先でいくら偉そうなことを行った<u>ところで</u>、悪いことばかりやっていたら、誰も信用しない。（即使嘴上說得再怎麼了不起，光是做壞事的話誰也不會相信的。）

(i) 英語を読めた<u>ところが</u>、話せるとは限らない。（錯誤）

(j) 英語を読めた<u>ところで</u>、話せるとは限らない。

　　（即使看懂英文，不一定會說。）

　　又「ところで」的後項有時為夕形，但這是「ところ」和「で」非一體化的場合。「正好是那時」的意思。例：

(a) 寝ようと思った<u>ところで</u>、彼から電話が掛かってき来た。

　　（正想睡的時候，他來了電話。）

(b) 計画が暗礁に乗り上げた<u>ところで</u>、一旦凍結せようという意見が出た。（計劃觸礁時，有人提出了姑且凍結一下的意見。）

(c) ゴールに入ろうとした<u>ところで</u>、転んでしまった。

（正要到達終點的時候跌倒了）

(d) 途中までやった<u>ところで</u>、挫折してしまった。

（正好做到中途的時候，遭受挫折了。）

(e) 出かけようした<u>ところで</u>、雨が降りだした。

（正好要出門的時候，下起雨來了。）

第五節　「ても」和「のに」

　　「ても」和「のに」都是表示逆接，「ても」用於假定條件，而「のに」用於確定條件。這些從意思上來分別的話，就如下所示。

【ても】　　表示無益處之類的逆接

【のに】　　表示非常識性內容的逆接

　　因為「のに」表示非常識性的內容，所以後項為對其表示不平及不滿事項。「ても」相當於中文的「即使」，所以前項為表示無益等事項，也就是說

(a) 殺され<u>ても</u>契約を取って来ます。

（即使被殺我也要取得契約。）

(b) 殺さる<u>のに</u>契約を取って来ます。（錯誤）

　　　前項的「被殺」是表示對後項的「取契約來」來說，無任何障礙之事項。除此之外、

(a) そんなものを見<u>ても</u>、つまらないだけだよ。

　　（即使看了那種東西，也只覺得沒趣而已。）

(b) そんなものを見た<u>のに</u>、つまらないだけだよ。（錯誤）

(c) いくら頼ま<u>れても</u>、できないことはできない。

　　（即使你再怎麼地懇求，不能就是不能）

(d) いくら頼まれた<u>のに</u>、できないことはできない。（錯誤）

(e) 彼女はどんな困難に遭っ<u>ても</u>、挫けない人だ。

　　（她是再怎麼碰到困難，也不氣餒的人。）

(f) 彼女はどんな困難に遭った<u>のに</u>、挫けない人だ。（錯誤）

(g) 嘘をついてこの場を誤魔化し<u>ても</u>、後で酷い目に会うよ。

　　（即在此用謊言來掩飾，以後總會遭到不好的局面的。）

(h) 嘘をついてこの場を誤魔化し<u>のに</u>、後で酷い目に会うよ。

　　（錯誤）

(i) あいつの馬鹿は死ん<u>でも</u>、直らない。

（那傢伙笨得死了也好不了）

(j) あいつの馬鹿は死んだ<u>のに</u>、直らない。（錯誤）

(k) 腐っ<u>ても</u>鯛。（即使腐臭了，總還是鯛魚。）

(l) 腐っ<u>のに</u>鯛。（錯誤）

　　a句是「看了那種東西」總歸是浪費時間的意思。

　　c句是表示「拼命地懇求的事」不能變更說話者的行動。

　　e句是「遇到困難事項」也不會對當事者的心志有任何的影響。

　　g句是那樣地以謊言來逃避，只會遭來身敗名裂的意思。

　　i句以「死的事」表示那傢伙的笨的程度是好不了的句子。

　　k句的腐臭的事不使鯛魚的價值下降，也就是說即使腐臭了，它還是高級魚的意思。

　　像以上這些意思都不能使用「のに」。

　　另一方面也有不能使用「ても」的場合。

(a) 彼は苦労して大学に入っ<u>ても</u>、入学した途端、少しも勉強しなくなった。（錯誤）

(b) 彼は苦労して大学に入った<u>のに</u>、入学した途端、少しも勉

きょう
強しなくなった。（他很辛苦地考入大學，一進入大學，卻一點都不用功。）

(c) せつかくお土産を持ってきても、誰も喜んでくれなかった。（錯誤）

(d) せつかくお土産を持ってきたのに、誰も喜んでくれなかった。（特地帶來了土產，卻沒有一個人高興。）

(e) あれほど禁酒を誓っても、彼はまた飲み始めた。（錯誤）

(f) あれほど禁酒を誓ったのに、彼はまた飲み始めた。

（那樣地發誓要戒酒，他卻又喝了起來。）

(g) さっきまでここにいても、気が付いたらいなくなっていた。（錯誤）

(h) さっきまでここにいたのに、気が付いたらいなくなっていた。（剛剛還在這兒的，等我發覺時，卻已經不在了。）

(i) あの会社は契約を結んでも、すぐに破った。（錯誤）

(j) あの会社は契約を結んだのに、すぐに破った。

（那家公司才締結了契約，卻又馬上毀約了。）

這些句子不能使用「ても」，是因為確定條件句的緣故。確定條件是敘述已經發生的事項。因「ても」為假定條件，所以不能表示已發生的事項。

但是如下的場合「ても」和「のに」均能使用。

(a) ご馳走を作っても、お腹が痛いので、食べられません。

（即使做了好吃的菜，因肚子痛也不能吃。）

(b) ご馳走を作ったのに、お腹が痛いので、食べられません。

（做好了好吃的菜，卻因肚子痛不能吃。）

(c) 彼は就職しても、まだ学生気分が抜けていない。

（他即使就了業，也還是脫不了學生氣息。）

(d) 彼は就職したのに、まだ学生気分が抜けていない。

（他就了業，卻還脫不了學生氣息。）

(e) 春になっても、まだ寒い。（即使到了春天，也還很冷。）

(f) 春になったのに、まだ寒い。（春天到了，卻還很冷。）

(g) 迎えが来ていても、彼は帰ろうとしなかった。

（即使來接他了，他也不回去。）

(h) 迎えが来ているのに、彼は帰ろうとしなかった。

（來接他了，他卻不回去。）

(i) 悪いことをしても、平気な奴がいる。

（居然有即使作了壞事，也不心虧的傢伙。）

(j) 悪いことをしたのに、平気な奴がいる。

（居然有做了壞事，卻不心虧的傢伙。）

在以上這些例句中，有些意思稍微不同。

a句的「ても」表示假定條件，所以實際上並沒做好吃的菜。即使做了好吃的菜，今天也不能吃，所以不用做了的意思。

b句的「のに」是確定的條件，實際上好吃的菜已經做好了，很遺憾地不能吃的意思 。

c句和d句的「のに」有稍強的責難意味，但大體上可以說是相同的。

e句是表示「春天已經來到」，而f句敘述「月曆上應已漸漸到了春天了」，但是否真是春天卻不明顯。

g句、h句也與c句、d句相同，常常會話裡大致完全相同。

i句是「こういう奴もこの世にいるのか（世上居然有這種傢伙啊！）」表示驚愕的感覺。

j句表示「何とひどい奴がいるものだ（竟然有這樣差勁的傢伙）」的責難。

練　習

① もし、もし、王です（　　　　）、佐藤先生はいらっしゃいますか。

② 上着は素敵です（　　　　）、スカートはちょっとね。

③ 部長はでております（　　　　）、課長はおります。

④ 津波が押し寄せよう（　　　　）この大きい客船は転覆しない。

⑤ メロディーは聞き心地がいいです（　　　　）、歌詞はどうでもない。

⑥ 家の近くに市民大学がある（　　　　）、わざわざ遠いところの市民大学に申し込んだのはなぜか。

⑦ 両親は教授（　　　　）、息子さんは不良だ。

⑧ お母さんは名教授（　　　　）、娘さんは遊び好きだ。

⑨ 目覚まし時計が鳴った（　　　　）、もう少し寝よう。

⑩ 台風が来ている（　　　　）、彼は出かけた。

⑪ うちの猫一日中ずっとニャーニャーしている。先程、餌をやった（　　　　）、また鳴いている。

⑫ 彼の汚職の証拠を探ろうとした（　　　　）、本当に山ほどあった。

⑬ 文章がいくら読めた（　　　　）、弁才があるとは限らな

い。

⑭ ご飯を食べようとした（　　　）電話が鳴った。

⑮ いくら泣い（　　　）元に戻れないよ。

⑯ 彼は誓った（　　　）、また奥さんを殴った。

⑰ 気温の高い惑星（　　　）、サソリが発見された。

⑱ 三日間一睡もしない（　　　）、論文を書いていて、死んでも博士号を取りたい。

⑲ ここまで勉強した（　　　）、書いた論文を先生に認めてくれない。

⑳ 約束した場所で三十分も待っていた（　　　）、彼女は来る気配もない。

第十二章　表示原因・理由的助詞

第一節　「で」和「から」

「で」除了表示原因・理由以外，還表示道具・手段或方法。因這些很容易混淆，所以先說明其相異之處。其實這些並非完全不同，而是連續的事物。外國人經常問「電車で」的「電車」是道具還是手段，但是道具是以手來使用的，所以「電車」不為道具。

「で」可以接物與事兩方面，接物的場合，其物可以用手使用的則為道具，如果不能則為手段。

接事的場合如果為有意圖的事則為手段・方法，非意圖的話則為原因・理由，以圖示表之，如下：

	可以用手使用	不能用手使用
接物的場合	道具	手段．方法

	有意圖之事	非意圖之事
接事的場合	手段・方法	原因・理由

(a) 彼は金槌で花瓶を粉々にした。（他用鐵槌把花瓶打得粉碎。）

　　→　道具

(b) 彼女は金魚を網ですくった。（她用網子撈金魚了。）

　　→　道具

(c) 病気で学校を休みました。（因生病沒到學校上課。）

　　→　原因・理由

(d) 病気で学校を休もう。（？）

　　→　手段・方法

(e) 交通事故で会社を欠勤しました。（因車禍，沒有到公司上班。）

　　→　原因・理由

(f) 交通事故で会社を欠勤します。（以車禍為由不到公司上班。）

　　→　手段・方法

(g) 車でドライブに行った。（開車去兜風了。）

　　→　手段・方法

(h) 車でドライブに行こう。（開車去兜風吧。）

　　→　手段・方法

　　a句、b句的「鐵槌」「網」是道具。

　　c句以下請注意述語的部分。c句的「休みました（休息←沒有到學校上課）」只是敘述過去的事實，而不表示說話者的

意志。這是原因・理由的「で」。

　　一方面，d句的「休もう（休息吧）」是接表示動詞「休む（休息）」的意志助動詞「う」而成的。這述語很明顯地表示意志，所以是手段・方法的「で」。這以日語來說多少是不自然的表現，但因其是以「生病」為手段・方法不去上學，所以只能認為是「裝病」。

　　如果不是裝病，而是真的「生病」為原因・理由的話，要表示意志的「不去學校」，必須以下列句子表示。

(a) 病気だから学校を休もう。（因爲生病，所以才不去學校。）
(b) 病気なので、学校を休もう。（因爲生病，所以不去學校。）

【で】　　　表示突發的而且是直接的原因・理由
【から】　　① 表示行爲的動機・判斷之根據
　　　　　　② 表示事態的間接原因[註1]

　　「事態的間接原因」，表示先發生小事，然後發展成為大

註1　「から」的意思分成兩種的是根據上　林洋二「条件表現各論ナラ／ノデ」（「日本語學」一九九四年八月號　明治書院）。但是，上林氏把「から」的意思分爲「因果關係」和「含意關係」。

的結果。

(a) 風<ruby>で<rt>と</rt></ruby>戸が<ruby>開<rt>あ</rt></ruby>いた。（因刮風而門開了。）

(b) 風から戸が開いた。（錯誤）

(c) <ruby>我<rt>わ</rt></ruby>が<ruby>社<rt>しゃ</rt></ruby>は<ruby>好景気<rt>こうけいき</rt></ruby>でボーナスが<ruby>上<rt>あ</rt></ruby>がった。

　　（我們公司因景氣好而年終獎金提高了。）

(d) 我が社は好景気からボーナスが上がった。（錯誤）

(e) <ruby>雨<rt>あめ</rt></ruby>で<ruby>田畑<rt>たばた</rt></ruby>が<ruby>潤<rt>うるお</rt></ruby>った。（因下雨而田地濕潤了。）

(f) 雨から田畑が潤った。（錯誤）

(g) <ruby>彼<rt>かれ</rt></ruby>は<ruby>職務怠慢<rt>しょくむたいまん</rt></ruby>でクビになった。

　　（他因怠忽職守而被革職了。）

(h) 彼は職務怠慢からクビになった。（錯誤）

(i) <ruby>私<rt>わたし</rt></ruby>は<ruby>駐車違反<rt>ちゅうしゃいはん</rt></ruby>で<ruby>罰金<rt>ばっきん</rt></ruby>を<ruby>取<rt>と</rt></ruby>られた。

　　（我因違法停車而被罰款了。）

(j) 私は駐車違反から罰金を取られた。（錯誤）

　　A句「刮風」和「門開了」是直接的連結，所以使用「で」。
B句「景氣好」和「獎金提高了」也是直接連結，這種直接連結
不能使用「から」。

　　可是以下的句子：

(a) 風邪で肺炎を併発した。（錯誤）

(b) 風邪から肺炎を併発した。（因爲感冒併發了肺炎了。）

(c) 私はちょっとした思い付きで大発明をした。（錯誤）

(d) 私はちょっとした思い付きから大発明をした。

　　（我因爲偶然的靈感而有了大發明了。）

(e) 彼は小さなヒントで大きな答えを得ることが出来る。

　　（錯誤）

(f) 彼は小さなヒントから大きな答えを得ることが出来る。

　　（他因一點啓發而得到了大的答案了。）

(g) あいつの口振りで嘘をついていると分かった。（錯誤）

(h) あいつの口振りから嘘をついていると分かった。

　　（由那傢伙的口吻知道是在說謊。）

　　a句的「感冒」和「併發了」不是直接的連結。因為感冒的小病不一定馬上變成肺炎的重病。於此因為是有發展性的，所以使用「から」。

　　c句、d句也是被認為「一般啓發」與「大發明的事」之間的發展性。

　　g句、h句的「那傢伙的口吻」是表示說話者判斷「說謊」

的根據。

(a) 風邪<ruby>風<rt>かぜ</rt></ruby>で寝込んだ。（因爲感冒臥床不起。）

(a) 風邪で寝込んだ。（因爲感冒臥床不起。）

(b) 風邪から寝込んだ。（錯誤）

(c) 競馬で大儲けをした。（因賽馬賺了大錢）

(d) 競馬から大儲けをした。（錯誤）

(e) 台風で送電がストップした。（因颱風停電了。）

(f) 台風から送電がストップすとっぷした。（錯誤）

(g) 洪水で家が流された。（因洪水房子被沖走了。）

(h) 洪水から家が流された。（錯誤）

第二節　「ので」和「から」

　　「ので」與前項說明的非常相近，此語的構造是「で」前項接了準助詞「の」。「ので」和「で」在意思上幾乎沒有不同，其區別也極爲簡單，所以沒有另闢一項說明的的必要。因此只作如下的敘述。

【で】　　　　接於名詞

【ので】　　　接於用言

(a) 雨<ruby>雨<rt>あめ</rt></ruby>で外出<ruby>外出<rt>がいしゅつ</rt></ruby>できない。（因下雨不能外出。）

(b) 雨<ruby>雨<rt>あめ</rt></ruby>が降<ruby>降<rt>ふ</rt></ruby>っている<u>ので</u>外出<ruby>外出<rt>がいしゅつ</rt></ruby>できない。（因下在下雨不能外出。）

　　上面例句，在資訊上所述的完全相同。

　　那麼，上述「ので」和「で」幾乎完全相同，「ので」和「から」的不同與「で」和「から」的不同，　幾乎是一樣的。這樣的話，可以說沒有理由特地闢一項來作解說，但複句有複句的趣旨，因此特地在此說明。

【ので】　　表示突發的且是直接的的原因・理由。

【から】　　① 表示行爲的動機・判斷之根據。

　　　　　　② 表示事態的間接原因。

　　再稍加說明，因「ので」有表示自然的現象・社會現象・生理現象的傾向，「から」是後項有表示意志・推量等的傾向。

(a) 地図<ruby>地図<rt>ちず</rt></ruby>を落<ruby>落<rt>お</rt></ruby>とした<u>ので</u>、道<ruby>道<rt>みち</rt></ruby>に迷<ruby>迷<rt>まよ</rt></ruby>ってしまいました。

　　（因爲地圖掉了，所以迷路了。）

(b) 地図<ruby>地図<rt>ちず</rt></ruby>を落<ruby>落<rt>お</rt></ruby>とした<u>から</u>、道<ruby>道<rt>みち</rt></ruby>に迷<ruby>迷<rt>まよ</rt></ruby>ってしまいました。（？）

(c) うっかりしていた<u>ので</u>、名前_{なまえ}を書_かき漏_もらしてしまいました。

（因一時疏忽，漏寫了名字了。）

(d) うっかりしていた<u>から</u>、名前_{なまえ}を書_かき漏_もらしてしまいました。
（？）

(e) 津波_{つなみ}が発生_{はっせい}した<u>ので</u>、海_{うみ}は大荒_{おおあ}れています。

（因為發生了海嘯，海上起了狂風暴浪。）

(f) 津波_{つなみ}が発生_{はっせい}した<u>から</u>、海_{うみ}は大荒_{おおあ}れています。（？）

(g) 左記_{さき}の住所_{じゅうしょ}に転居_{てんきょ}と致_{いた}しました<u>ので</u>、ご通知_{つうち}申_{もう}し上_あげます。（因遷往下列地址，特此通知。）

(h) 左記_{さき}の住所_{じゅうしょ}に転居_{てんきょ}と致_{いた}しました<u>から</u>、ご通知_{つうち}申_{もう}し上_あげます。（？）

(i) 私一人_{わたしひとり}しかいない<u>ので</u>、お出迎_{でむか}えには行_いけません。

（因為只有我一個在，所以不能出去迎接。）

(j) 私一人_{わたしひとり}しかいない<u>から</u>、お出迎_{でむか}えには行_いけません。（？）

　　例如，a句‧b句的「地圖掉了」是迷路直接的原因‧理由，不是行為的動機或判斷的根據。以下的例句也是一樣。這些例句都是前項為後項的原因，不是說話者的判斷，所以不易使用「から」。

　　但如下例句：

(a) こんな物要らないので返します。（？）

(b) こんな物要らないから返します。（這種東西不要了還你。）

(c) 危ないのでここにいなさい。（？）

(d) 危ないからここにいなさい。（危險所以待在這兒吧。）

(e) 先生が論文を褒めたので、私は喜んだのです。（？）

(f) 先生が論文を褒めたから、私は喜んだのです。

　　（因爲老師褒獎了論文，所以我很高興。）

(g) あいつのことなので、どうせまた道草でも食っているのだ
　　ろう。（？）

(h) あいつのことだから、どうせまた道草でも食っているのだ
　　ろう。（是那傢伙的事，反正又在路上閒逛了。）

(i) せっかく横浜まで来たので、山下公園を見に行きましょう。
　　（？）

(j) せっかく横浜まで来たのだから、山下公園を見に行きまし
　　ょう。

　　（既然到橫濱來了，去山下公園看看吧。）

　　上述這些例句表示行爲的動機或判斷的根據。

　　b句的「這種東西」或者d句的「危險」等很明顯地是說話

者判斷的根據。像這樣的句子使用「から」。雖然本項如此地說明「から」和「ので」，但在日常會話裡混用的情形很多，日語學習在會話上使哪一種也都不會有大的錯誤和招致誤解。

第三節　「で」和「に」

「で」和「に」為表示原因・理由的場合，「で」可使用於自動詞也可使用於他動詞，而「に」只限使用於自動詞。在本項只說明述語動詞為自動詞的場合。有只能使用「で」的自動詞，　也有只能使用「に」的自動詞，在此舉「で」和「に」均可使用自動詞作說明。

「で」和「に」的不同如下：

【で】　表示突發的而且是直接的原因・理由
【に】　表示長期性的蓄積的原因・理由

(a) 彼は病<u>で</u>倒れた。（他因病而倒下了。）
(b) 彼は病<u>に</u>倒れた。（他因病而死了。）

這兩句的都是表示原因・理由，但意思不同。a句是表示

「一時的生病而臥床的事事」。

　　而b句則有「長期地與病魔奮鬥的結果死亡」的意思。b句的「倒了」是「死了」的意思。

(a) 仕事<u>で</u>疲れた。（因工作而累了。）
(b) 仕事<u>に</u>疲れた。（因工作而疲勞了。）

　　a句也是表示一時的原因，b句表示長期蓄積的疲勞。

(a) 仕事<u>で</u>疲れて自殺した。（錯誤）
(b) 仕事<u>に</u>疲れて自殺した。（因工作積勞而自殺了。）

　　a句的錯誤是，一時性勞累為原因而自殺是很奇怪的。

(a) 借金<u>で</u>苦しむ。（因欠債而苦惱。）
(b) 借金<u>に</u>苦しむ。（因負債而苦惱。）

　　這個句子，也是「で」表示一時的原因‧理由，「に」表示長期蓄積的原因‧理由。因此，a句為「現在欠債」的意思，b句為「長期負債」的意思。

又，表示災害的原因‧理由的場合使用「で」。

(a) 落雷<ruby>らくらい</ruby>で停電<ruby>ていでん</ruby>した。（因雷擊而停電了。）

(b) ストで混雑<ruby>こんざつ</ruby>した。（因罷工而混亂。）

(c) 火事<ruby>かじ</ruby>で家<ruby>いえ</ruby>が焼<ruby>や</ruby>けた。（因火災房子被燒了。）

(d) 土砂崩<ruby>どしゃくず</ruby>れで電車<ruby>でんしゃ</ruby>が一時<ruby>いちじ</ruby>ストップした。

　　（因塌方電車一時停了。）

(e) 玉突<ruby>たまつ</ruby>き事故<ruby>じこ</ruby>で三十台<ruby>さんじゅうだい</ruby>の自動車<ruby>じどうしゃ</ruby>が衝突<ruby>しょうとつ</ruby>した。

　　（因為連環車禍，三十輛汽車相撞了。）

(f) 落盤<ruby>らくばん</ruby>でトンネルが埋<ruby>う</ruby>まってしまった。

　　（因為塌方隧道被埋了。）

(g) 海難事故<ruby>かいなんじこ</ruby>で千人<ruby>せんにん</ruby>の命<ruby>いのち</ruby>が失<ruby>うしな</ruby>われた。

　　（因航海事故，一千人喪生了。）

　　以上這些句子都不能以「に」代替「で」。

　　但是前述所舉之規則有例外。「下雨」時「で」和「に」均可使用。

(a) 雨<ruby>あめ</ruby>で濡<ruby>ぬ</ruby>れた。（因下雨而濕了。）

(b) 雨^{あめ}に濡^ぬれた。（因下雨而濕了。）

　　a句和b句不同的是，b句是比較自然的日語，使用a句也不算錯的。

　　但是下面的句子：

(a) 雨^{あめ}でコートが濡^ぬれた。（因下雨外套濕了。）
(b) 雨^{あめ}にコートが濡^ぬれた。（錯誤）

　　如上面句子。其後不是單詞，而是接句子時，就不易使用「に」。

第四節　「て」和「ので」

　　「て」是用言和用言的連結，可以表示多種意思。可是在表示原因・理由的場合，「ので」比較可以自由地使用，相對的「て」就有相當的限制。依據其後所接的表現形式，「て」和「ので」必須區別使用。表示原因・理由的場合，「て」和「ので」有如下的不同。

【て】　　　表示原因・理由的「て」，其後之句子不能表示

　　　　　　「意志・命令・依頼・勧誘・許可・禁止」等

【ので】　　後面大部分的表現形式都可用

(a) 荷物が重たくて持ってください。（錯誤）

(b) 荷物が重たいので持ってください。

　　（因行李太重了，請幫我提吧。）

(c) 彼が怒って謝りましよう。（錯誤）

(d) 彼が怒ったので謝りましよう。（他生氣了，所以道歉吧。）

　　　上面的句子是「荷物が重たくて私一人では持てない。だから手伝ってください。（行李太重了，我一個人提不動，所以請你幫忙我吧。）」的意思。「手伝ってください（請你幫忙我吧）」是因為在這之前有「荷物が重たくて（行李太重了）」的原因。「行李太重了」和「請你幫忙吧」很明顯地有因果關係。「て」之後不能表示「手伝ってください（請你幫忙我吧）」的依賴表現，所以a句是錯誤的。c句同樣是錯的。

(a) 事務所に行って書類を持って来てください。

　　（請到事務所去把文件拿來。）

(b) ここに名前を書いて、提出してください。

　　（請在這兒寫上姓名再提交。）

(c) 仕事先が遠くて大変だろう。

　　（工作地點很遠，非常辛苦吧！）

(d) 仕事先が遠いので大変だろう。

　　（因工作地點很遠，所以非常辛苦吧！）

　　a句、b句在「て」之後有「ください（請）」的依賴表現，但並不是表示原因・理由，只不過是表示「て」之前文與後文的時間的順序，所以「て」與依賴表現可能同時存在。

　　c句與d句表示原因・理由，可使用「て」。那是因為其後有「大変だろう（非常辛苦吧）」的推量表現。

練　習

① 風邪（　　　　）学校を休んだ。

② 株（　　　　）大儲けした。

③ さよならホームラン（　　　　）勝利した。

④ 足の怪我（　　　　）大失敗に陥りこんだ。

⑤ 一点の差（　　　　）日本語能力試験一級が不合格となった。

⑥ 今日は責任者がいない（　　　　）また明日来て下さい。

⑦ あの人はコロナ（　　　　）斃れた。

⑧ 疲労死とは仕事中休みもしない（　　　　）死ぬことです。

⑨ 持ちましょうか、重い（　　　　）。

⑩ 冷たい空気が入り込んだ（　　　　）寒いです。

⑪ 寒い（　　　　）窓を閉めて下さい。

⑫ 雪崩（　　　　）三十人も生き埋めになった。

⑬ この優等生は勉強（　　　　）疲れて自殺した。

⑭ 長く酒溺れ（　　　　）アルコール中毒になった。

⑮ せっかく仙台に来た（　　　　）、青葉城を観光に行きましょう。

⑯ 上記の発表時間を決めた（　　　　）、お知らせ致します。

⑰ 試験中うっかりした（　　　　）、問題を見漏らした。

⑱ 前の車両がブレーキが利かない原因（　　　）、玉突になってしまった。

⑲ コロナ（　　　）重病になってしまった。

⑳ 女の子（　　　）、きちんと座らないと不良だと思われるよ。

解　答

① で	② で	③ で	④ から
⑤ で	⑥ から	⑦ に	⑧ で
⑨ ので	⑩ から	⑪ から	⑫ で
⑬ に	⑭ に	⑮ から	⑯ ので
⑰ から	⑱ で	⑲ から	⑳ なので

第十三章 表示假定條件的助詞

第一節 「たら」和「なら」

「たら」和「なら」的區別由接續的方面來看很簡單的，有如下的公式：

【たら】　　接於連用形
【なら】　　接於連體形・體言・準體助詞「の」

關於區別的問題這說明十分足夠的，其次說明用法的不同。

【たら】　　如果前項實際發生的話、的意思。但是發生的時點在後項表示。
【なら】　　如果有那樣的事的話、的意思。觀念的領域。

「たら」表示事項實際發生，可是在前項的階段尚未決定其於何時發生。事項既已發生了，亦或於將來發生，並未定。

若已發生的話為完了（＝確定），若將來的話為未了（＝假定）。而於後項表示發生的時點。也就是說，後項為夕形的話為確定，マス形・スル形的話則為假定。

(a) お風呂に入ったら、さっぱりするよ。

　　（洗澡的話，會清爽的喲。）　　　　　　　　　　＝假定

(b) お風呂に入ったら、さっぱりした。

　　（洗澡了，清爽多了。）　　　　　　　　　　　　＝確定

(c) 夜になったら、冷えますよ。

　　（到了夜裡的話，會冷喲。）　　　　　　　　　　＝假定

(d) 夜になったら、冷えてきた。

　　（到了夜裡，就冷起來了。）　　　　　　　　　　＝確定

(e) お酒を飲んだら車を運転してはいけません。

　　（喝了酒的話，不可以開車。）　　　　　　　　　＝假定

(f) お酒をのんだら眠くなった。

　　（喝了酒，就想睡了。）　　　　　　　　　　　　＝確定

(g) 勝手にピアノを弾いたら叱らるよ。

　　（任意地彈鋼琴，會挨罵的喲。）　　　　　　　　＝假定

(h) 勝手にピアノを弾いたら叱られた。

　　（任意地彈鋼琴，挨罵了。）　　　　　　　　　　＝確定

（i）着替えたらすぐに行きます。

（換了衣服，馬上就去）　　　　　　　　　　＝假定

（j）着替えたら随分印象が変わった。

（換了衣服，印象就不一樣了。）　　　　　　＝確定

　　上面的任何一句都是，後項為スル形為假定，タ形則為確定。

　　又，只有「たら」可知前項為假定的情形。

（a）今すぐ夏休みになったらとても嬉しい。

（現在馬上是暑假的話，多好。）

（b）このまま時間が止まってくれたら最高だ。

（就這樣時間停止的話最好了。）

（c）夏に雪が降ったら、みんなびっくりする。

（夏天下雪的話，大家一定會吃驚的。）

（d）この石ころがダイヤに変わったら、僕は大金持ちになれる

　　のに。（這個石子變成鑽石的話，那我就成了大富翁了。）

（e）あの時彼がいてくれたら、助かったのに。

（那時他在的話，我就得救了。）

（f）タイムマシーンが作れたら、いつでも好きな時代に行ける。

（時間機械做成的話，隨時可以去喜歡的時代。）

(g) 僕が鳥だった<u>ら</u>、君のところに飛んで行く。

　　（我是鳥的話，就飛到你那兒去。）

(h) 人間が五百歳まで生きられた<u>ら</u>、どんなに知恵が身に付くか分からない。

　　（人類可以活到五百歲的話，不知道將會獲得多少智慧。）

(i) 伊達政宗がもう二十年早く生まれていた<u>ら</u>、日本の歴史は変わっていたはずだ。

　　（伊達政宗早出生二十年的話，日本歷史應該會改變的。）

(j) 彼女が男だった<u>ら</u>、立派な国王になっていただろう。

　　（她是男的話，會成為出色的國王吧！）

　　這些所謂「反實假想」。這樣的事項是不可能的，所以只要看到前項就知道是假定的。

　　「たら」表示現實事項的發生。而「なら」不表示發生，終究是止於觀念領域。亦即，問題並非在實際上其事態的發生與否，而是在話題上，或是在道理上等等。

　　例如：

(a) 東京に行っ<u>たら</u>、ついでにこれを持って行ってください。

（錯誤）

(b) 東京に行くなら、ついでにこれを持って行ってください。

（去東京的話，請順便把這個帶去。）

(c) 大物を釣り上げたら、この釣り竿がよい。（錯誤）

(d) 大物を釣り上あげるなら、この釣り竿がよい。

（要釣起大魚的話，這支釣竿比較好。）

(e) 証拠を見みせろと言いったら、今いますぐ見みせてやる。

（錯誤）

(f) 証拠を見せろと言うなら、今すぐ見せてやる。

（說要看証據的話，現在馬上就讓你看）

(g) 怪我が早く直ったら、医者に行きます。（錯誤）

(h) 怪我が早く直るなら、医者に行きます。

（受的傷要早點好的話，去看醫生）

(i) しばらく台北に滞在したら、故宮博物館を見学するとよい
です。（錯誤）

(j) しばらく台北に滞在するなら、故宮博物館を見学するとよ
いです。（暫時在臺北停留的話，最好去故宮博物院參觀。）

　　這些例句的前項，其問題並非在實際地實行與否，而是敘述
假定有那樣的事項。因此，並不知道「去東京的事項」「釣起大

魚的事項」等是否真的實行。而是假使有那樣的事的話之意。

　　又，有很多人指摘「なら」的前項為後發生，而後項為先發生。

　　例如下列的句子：

(a) アメリカに行く（の）なら、英語を勉強するだろう。

　　（要去美國的話，學習英語吧）

(b) アメリカに行った（の）なら、英語を勉強するだろう。

　　（去了美國的話，會學習英語吧。）

(c) アメリカに行く（の）なら、英語を勉強しただろう。

　　（要去美國的話，學了英語了吧。）

(d) アメリカに行ったなら、英語を勉強しただろう。

　　（去了美國的話，學習了英語了吧。）註1

　　a句・c句的「學習英語的事項」在先。這裡，a句和c句的被認為「後面事項先發生」。但是畢竟，「なら」並非敘述事情的發生，所以所謂事項的發生順序是有疑問的。因「なら」

註1　這些例句是引自鈴木義和氏的「ナラ条件文的意味」（「日本語の条件表現」益岡隆志編　黑潮出版　一九九三年）。鈴木氏的論文的主旨不是「ナラ条件文」的事項發生順序，而是在別處。

為觀念領域，所以並非將事項的發生順序以線條式的敘述，而是敘述判斷的發生順序。也就是說，a句和c句都是「如有去美國這件事的話」為前題，在這個前題下，敘述「學習英語吧」或是「學了英語了吧」，此觀點來看的話「なら」也必須是前項為先了。又，也有「たら」和「なら」均可使用的場合。

(a) そんな屁理屈が通用したら、世の中めちゃくちゃだ。

（那樣的歪理都可通的話，世上會亂七八糟的。）

(b) そんな屁理屈が通用するなら、世の中めちゃくちゃだ。

（那樣的歪理都可通的話，世上會亂七八糟的。）

(c) 私が間違っていたら、謝ります。

（我錯了的話，向你道歉。）

(d) 私が間違っているなら、謝ります。

（是我錯了的話，向你道歉。）

(e) 貰えたら貰います。（給了我的話，我就要。）

(f) 貰えるなら貰います。（給我的話，我就要。）

(g) これが欲しかったら上げますよ。

（想要這個的話，給你吧！）

(h) これが欲しいなら上げますよ。

（想要這個的話，給你吧！）

(i) 引っ越しを<u>したら</u>お金がかかります。

　（搬了家的話，要花錢的。）

(j) 引っ越しをする<u>なら</u>お金がかかります。

　（搬家的話，要花錢的。）

　　這些內容是實際上發生的事項，或只是在談話上的事項都可以。例如，a句和b句的「もし実際にそんな屁理屈が通用してしまったら（如果實際上那樣的歪理通用了的話）」和「もし仮にそんな屁理屈が通用するという話なら（如果那樣的歪理通用的話）」在資訊上是等價的。其下的例句也一樣的道理。

第二節　「たら」和「と」

　　假定條件句的前項與後項的因果關係，有一般的與個別的。一般的是，前項的發生是必然的（必然性）或習慣的（習慣性）產生後項的因果關係。這種因果關係的發生與人的意志無關。個別的是，在當場成立，或者當場發生的事項偶而引起的（偶然性）因果關係。這有因人的意志而發生的，與無意志的發生。由此觀點來看，表示假定條件的「たら」和「と」可有如下的區別。

【たら】　　　主要的是個別的因果關係（前後文較無關聯性）

　　　　　　　後項爲有意志與無意志的均可

【と】　　　　主要的是一般的的因果關係（時間性常緊迫）

　　　　　　　後項多爲無意志

　　「たら」主要的表示個別的因果關係，有在某一時點的「發生」的意思。「と」則表示一般的因果關係是發生時點不明的事項。因不知道什麼時候發生的。亦即，相反的說，什麼時候都可能發生，所以 表示一般性的關係。

(a) この犬は餌を与えたら、いつも喜んで尻尾を振った。

　　（錯誤）

(b) この犬は餌を与えると、いつも喜んで尻尾を振った。

　　（這條狗一給他吃東西吃，總是高興地搖尾巴。）

(c) この商品を買ったら、もれなく景品が貰えます。（？）

(d) この商品を買うと、もれなく景品が貰えます。

　　（買這個商品的話，統統都可以得到贈品。）

(e) 目をつぶったら、昔のことが脳裏に浮かんで来る。（錯誤）

(f) 目をつぶると、昔のことが脳裏に浮かんで来る。

（眼睛一閉，以前的事就浮到腦海來。）

(g) 夜が明け<u>たら</u>、通りに人影が目立ち始めた。（？）

(h) 夜が明ける<u>と</u>、通りに人影が目立ち始めた。

（天一亮，大街上的人影就開始明顯起來了。）

(i) 私は歯を磨い<u>たら</u>、歯茎から血が出ます。（錯誤）

(j) 私は歯を磨が<u>く</u>と、歯茎からが血が出ます。

（我一刷牙，就從牙齦流出血來。）

　　上面的例句，使用「たら」就不對。這是因為句子的內容並非敘述個別的或一次性的事項，而是必然性的或是習慣性的發生事項。

　　相反地，敘述個別的或一次性的事項，就不能使用「と」。

(a) 食事が終わっ<u>たら</u>勉強しよう。（吃完飯學習吧！）

(b) 食事が終わる<u>と</u>勉強しよう。（錯誤）

(c) 湖が見え<u>たら</u>私の別荘はすぐそこです。

（看到了湖的話，我的別墅就在那兒。）

(d) 湖が見える<u>と</u>私の別荘はすぐそこです。（錯誤）

(e) 年を取っ<u>たら</u>体が弱くなった。（上了年紀，身體就弱了。）

(f) 年を取る<u>と</u>体が弱くなった。（錯誤）

(g) 梅が咲い<u>たら</u>次は桜だ。（梅花開過後，其次是櫻花了。）

(h) 梅が咲く<u>と</u>次は桜だ。（錯誤）

(i) 電話がなっ<u>たら</u>早く出てください。

　　（電話響了的話，請早點出來接。）

(j) 電話がなる<u>と</u>早く出てください。（錯誤）

　　　也有「たら」和「と」均可使用的場合。

(a) 家に帰っ<u>たら</u>先ず風呂に入ります。

　　（回家了的話，先洗澡。）

(b) 家に帰る<u>と</u>先ず風呂に入ります。（一回到家就先洗澡。）

(c) この望遠鏡を覗い<u>たら</u>、火星がはっきり見えます。

　　（用這個望遠鏡看的話，火星可看得很清楚。）

(d) この望遠鏡を覗く<u>と</u>、火星がはっきり見えます。

　　（用這個望遠鏡一看，火星就看得很清楚。）

(e) そんな大声で怒鳴っ<u>たら</u>、血圧が上がりますよ。

　　（那樣大聲怒罵的話，血壓就會上昇的喲。）

(f) そんな大声で怒鳴る<u>と</u>、血圧が上がりますよ。

　　（那樣大聲怒罵，血壓就會上昇的喲。）

(g) 十メートル以内に近づい<u>たら</u>、ベルが鳴る仕組みです。

（接近十公尺以內的話，鈴聲會響的結構。）

(h) 十メートル以內に近づくと、ベルが鳴る仕組みです。

（接近十公尺以內，鈴聲就會響的結構。）

(i) 詳しく調査したら、彼の話は全部デタラメだった。

（詳細調查了，原來他的話都是胡說。）

(j) 詳しく調査すると、彼の話は全部デタラメだった。

（一詳細調查，原來他的話全都是胡說。）

(k) やってみたら、意外とうまくいった。

（做做看，想不到居然成功了。）

(l) やってみると、意外とうまくいった。

（一做做看，意想不到居然就成功了。）

b句是表示每天習慣性的行為。

a句有看起來只是表示當時的意志的場合，和敘述每天的習慣性行為的場合。

c句、還是只限於敘述當場的情況。

d句不如說是望遠鏡的性能，也就是有可以清楚地看到火星這樣好的望遠鏡的意思。但這c、d兩句都是「請用這個望遠鏡看看，可以清楚地看到火星喲」的意思，文意是相同的。

f句是那樣大聲地怒罵的話，一般血壓是會上昇的，表示一

般性的句子。從其發出此言的情況來看，可視為與e句大體上是同文意的。

　　g句的前項是「もし誰が十メートル以内に近づいたとしたら（如果有誰接近十公尺以内的話）」的意思，h句的前項是「どんな人が十メートル以内近づいても（什麼人接近十公尺以内也是）」的意思。嚴格地說，文意有少許不同，但由說話情況來看，大致上文意相同。

　　i句j句k句與l句也一樣。

第三節　「たら」和「ば」

　　「たら」和「ば」是表現於假定條件、確定條件、一般條件三者均可，幾乎可說是同類，勉強地說則有如下的不同。

【たら】　　　主要的是個別性連結，但有時也表示必然性的連結。

【ば】　　　　表示必然性的連結[註2]

　　「ば」被認為本來與「は」相同。在體言或體言相當句接

註2　松下大三郎「標準日本口語法」（中文館　一九三〇年）

「は」，在用言的假定形接「ば」。假定形在古語被稱為已然形，因其表示言語並不在此結束，有後繼之事項[註3]，所以是表示必然性的結果。前項和後項的連結是必然性的事項。

(a) 生まれ変われた<u>ら</u>、今度は男がいい。

　　（重新投胎的話，下次當男的比較好。）

(b) 生まれ変われ<u>れば</u>、今度は男がいい。（錯誤）

(c) 疲れた<u>ら</u>少し休んでもいいです。

　　（累了的話，可以稍微休息一下。）

(d) 疲れ<u>れば</u>少し休んでもいいです。（錯誤）

(e) 途中まで行った<u>ら</u>雨が降り出した。

　　（到了途中，就下起雨來了。）

(f) 途中まで行け<u>ば</u>雨が降り出した。（錯誤）

(g) あんな奴に負けた<u>ら</u>死んでやる。

　　（敗給那傢伙的話，我寧可死。）

(h) あんな奴に負け<u>れば</u>死んでやる。（錯誤）

(i) 靴を脱いだ<u>ら</u>靴下が破けていた。

　　（鞋子一脫，原來襪子破了。）

(j) 靴を脱げ<u>ば</u>靴下が破けていた。（錯誤）

註3　川端善明「活用的研究II」（大修館書店　一九七九年）

上面的例句都是前項與後項為個別的連結關係，所以不能使用「ば」。但是慣用句或本來沒有必然性的連結，有時會因說話者的意識而有連結的情形。

(a) 犬も歩いたら棒に当たる。（錯誤）

(b) 犬も歩けば棒に当たる。

　　（出外的話有時會碰到意想不到的事。）

(c) 努力したらするほど偉くなれる。（錯誤）

(d) 努力すればするほど偉くなれる。

　　（越努力的話地位就越高。）

(e) お前が約束を守らなかったら、俺も約束を守らない。

　　（錯誤）

(f) お前が約束を守らなければ、俺も約束を守らない。

　　（你不守約的話，我也不守約了。）

(g) 仕事はきちんとやらないかったら。（錯誤）

(h) 仕事はきちんとやらなければ。

　　（不好好地工作的話不行。）

(i) 真っ先駆けて突っ込んだら、何と脆いぞ敵の陣。（錯誤）

(j) 真っ先駆けて突っ込めば、何と脆いぞ敵の陣。（打先鋒一

衝入，原來是個一個脆弱的敵陣。^{註4}）

　　a句至d的例句是慣用句。

　　a、b句本來「狗走路的事項」和「狗碰到棍棒的事項」沒有任何的必然性的，但因說話者的意識而使兩者連結，就好像是敘說必然性的事情一樣。

　　c、d句也是一樣「たら」如第一節曾敘述過的，實際上前項所發生的事為前提，但e句這句的意思並不在「實際上守約與否」的問題，因僅在「不守約」的條件之下所說的，所以不自然。

　　g句以文脈來看，這後面必有必然性的「いけない」「ならない」「だめだ」的意思的詞才行。「可是在此「たら」因表示偶然的連結，所以是錯誤的。

　　i句和j句的「打先鋒衝入的事項」與「敵陣的脆弱的事項」並無必然性的連結，然而根據將其作必然性連結的敘說，可表示經常勇敢地打先鋒突擊敵陣的必然性表現。

　　在日常會話裡，可使用「たら」而不能使用「ば」的場合很多，相反的，可使用「ば」而不能使用「たら」的場合較合較少。因此，要使用「たら」或「ば」是而感到猶豫時，使用

註4　i句和j句，引自於「愛馬進軍歌」

「たら」時可說是錯誤的情形較少。

　其次說明「たら」和「ば」均可用的情形。

(a) 入口が分からなかったら、警備員に聞いてください。

　（不知道入口的話，請問警衛。）

(b) 入口が分からなければ、警備員に聞いてください。

　（不知道入口的話，請問警衛。）

(c) そんなに簡単にできたら、誰も苦労しない。

　（如果是那麼容易做的話，那誰也不辛苦了。）

(d) そんなに簡単にできれば、誰も苦労しない。

　（如果是那麼容易做的話，那誰也不辛苦了。）

(e) 悪いことをしたら、捕まりますよ。

　（做了壞事的話，會被捕的。）

(f) 悪いことをすれば、捕まりますよ。

　（做了壞事的話，會被捕的。）

(g) 予想が外れたら、大損するぞ。

　（預測落空的話會大虧本啊！）

(h) 予想が外れば、大損するぞ。

　（預測落空的話會大虧本啊！）

(i) ちゃんと鍵を掛けておかなかったら、泥棒に入られるよ。

（不好好地先上鎖的話，會遭小偷的喲！）

(j) ちゃんと鍵を掛けておかなけれ<u>ば</u>、泥棒に入られるよ。

（不好好地先上鎖的話，會遭小偷的喲！）

練　習

① 彼はお酒を飲む（　　　　　）笑います。

② お酒をたくさん飲ん（　　　　　）、アル中になってしまいますよ。

③ これを飲ん（　　　　　）、二日酔いは治ります。

④ 日本に行く（　　　　　）、日本語を勉強しなさい。

⑤ ちょっと勉強し（　　　　　）、いい点数がもらえるはずです。

⑥ きちんと日本語を勉強する（　　　　　）、日本へ行った方がいいです。

⑦ その本が欲しい（　　　　　）買えば。

⑧ その街角を右に曲がっ（　　　　　）、すぐ私の会社が見える。

⑨ 猫に餌をやらない（　　　　　）、ずっと鳴いている。

⑩ 食事が終わっ（　　　　　）、皆で皿洗いをしましょう。

⑪ 猫を飼う（　　　　　）ペルシャ猫の方がいいです。

⑫ 彼女は浴衣に着替え（　　　　　）、まるで日本人のようだ。

⑬ コロナが終息し（　　　　　）、日本に旅行に行きます。

⑭ 訳を（　　　　　）、なぜこのことをやったかが分かった。
【聞く】

⑮　日本の友人に贈る（　　　　）、このお土産がいいでしょう。

⑯　そんな世渡りがしやすい（　　　　）、世の中に苦労なことはないだろう。

⑰　宜し（　　　　）、ついでにお願いします。

⑱　スーパーへ（　　　　）、ついでに野菜を買って来て下さい。【行く】

⑲　お母さんの誕生日に（　　　　）、皆でパーティーをやりましょうね。【なる】

⑳　春に（　　　　）桜が咲いた。【なる】

解　答

① と	② だら	③ だら	④ なら
⑤ たら	⑥ なら	⑦ なら	⑧ たら
⑨ と	⑩ たら	⑪ なら	⑫ たら
⑬ たら	⑭ 聞けば／聞いたら		⑮ なら
⑯ なら	⑰ かったら／ければ		⑱ 行ったら
⑲ なったら	⑳ なったら		

第十四章　表示被動・使役的助詞

第一節　被動句的「から」、「に」和「によって」

日本語的被動句的基本形式如下。

① Aは　　　　〜（さ）れる

② AはBに　　〜（さ）れる

③ AはBに…を 〜（さ）れる

①和②是直接被動「被動」，③是間接被動「所有者的被動、被害的被動」

(a) 私は奪われました。（我被搶了。）

(b) 私は彼に奪われました。（我被他搶了。）

(c) 私は彼に現金を奪われました。（我被他搶走現款了。）

上面的例句全都敘述「我」被搶奪的事項的句子。

a句只是敘述我被搶的事。

而b句為敘述搶者。

c句更而明示被搶之物。搶者為「他」，被搶者為「我」。

但請仔細考慮。「被他」的「他」為動作主，所以應為主語，主語則必須用「は」或「が」等表示之。而在此用「に」來表示。一方面，動作對象的「我」用「は」來表示。主語與對象語對調，這是被動句的特色。

被動的動作主以「に」「から」「によって」來表示。這有如下的不同。

【に】	表示直接動作主，接於個體
【から】	表示動作發生方面，接於個體・組織
【によって】	表示業績・事件的主角

「によって」是表示顯赫的業績或引人注目的事件發生的主角。有接於個體的場合，也有接於組織的場合。

(a) 熊本市迷惑条例によって、彼は書類送検された。

（根據熊本防擾條例，他被函送法辦了。）

(b) 辛亥革命は孫文によって成し遂げられた。

（辛亥革命因孫文而成功了。）

(c) 法隆寺は聖徳太子<u>によって</u>、建立された。

（法隆寺是因聖德太子而被建設的。）

(d) この無公害エンジンはA重工の技術陣<u>によって</u>開発された。（這無公害的引擎是由A重工技術團隊開發的。）

(e) 象形文字の読み方は、一人の若き天才<u>によって</u>、解明された。（象形文的讀法，被一個年輕的天才解讀了。）

(f) 新都市計画<u>によって</u>、首都が移転された。

（由於新都市計劃，首都被遷移了。）

(g) 日本語文法の道は山田孝雄博士<u>によって</u>切り開かれた。

（日語的文法之路被山田孝雄博土開闢出來了。）

(h) 新しい貯水計画<u>によって</u>白帝城はダムの底に沈んだ。

（因新的貯水計劃白帝城沈入水庫底了。）

(i) 我が社の土台は先々代の経営者<u>によって</u>、確立された。

（我們公司的基礎由上上代的經營者確立了。）

以上這些句子都只能用「によって」^{註1}

「に」表是直接「動作主」，而「から」則表示動作「發

註1　據尾上圭介氏說，「によって」是江戶時代末期以後所作的，本來日
語裡沒有這種表達方式。

生方」。所謂動作「發生方」是指在某一領域動作的發生，某動作移動到說話者的領域或主語、主題的領域。也就是，對從某領域過來動作之認識。這種表現方法，讓人產生動作的給予者和接受者多少有點距離的印象。例如：

(a) 彼に殴られた。（被他打了。）
(b) 彼から殴られた。（被他給打了。）

　　與a句相較之之下，b句的「他」由說話者的心理上來看屬於較遠的存在，同時被打的事項在時間上來說也比a句有較晚的語感。像這樣，「から」在心裡上、時間上多少有點距離。
　　「に」和「から」之區別，根據行為的給予者與接受者之身份的上下關係和受害與否，有以下的傾的向。

		被害性	
		有	無
給予者和	上	から、（に）	から、（に）
接受者	同	（から）、に	から、（に）
的上下關係	下	に	から、（に）

　　給予者與接受者之上下關係是，給予者（＝對象）在接受

者（＝主語）之上存在的話「上」，同程度的話「同」，下的話則記為「下」。有括弧的「（に）」和「（から）」是有使用情形，但較少的意思。身份為上與為下的場合相似，這些是因為「から」表示由某領域移動到他領域之語。所謂領域，這場合是立場的問題。也就是，是表示從較高的立場到較低的立場的授與，用「から」比較適合。

(a) 係長が長官に小言を言われた。（股長被長官申斥了。）

(b) 係長が長官から小言を言われた。（股長被長官申斥了。）

(c) 役員に問責された。（被幹部責問了。）

(d) 役員から問責された。（被幹部責問了。）

(e) 社長に褒められた。（被社長誇獎了。）

(f) 社長から褒められた。（被社長誇獎了。）

(g) 彼は恩師に叱咤激励された。（他被恩師申斥了。）

(h) 彼は恩師から叱咤激励された。（他被恩師申斥了。）

　　這些是給予者在上的立場的場合，從a至d是受害的句子，從e至h是無受害的句子。也可用「に」，但使用「から」由較高的立場向較低立場的授與的事項是比較自然的表達方式。

(a) 彼のお兄さんは警察に表彰された。（？）

(b) 彼のお兄さんは警察から表彰された。

　　（他哥哥被警察表揚了。）

(c) 彼のお兄さんは警察に逮捕された。（他哥哥被警察逮捕了。）

(d) 彼のお兄さんは警察から逮捕された。（錯誤）

　　　表揚並非為難，所以a句、b句不是為難的被動。不是不能使用「に」，但「警察」為組織名，所以用「から」比較自然。

　　　b句的「警察から」自然，但d句的「警察から」則為錯誤的句子。這是因為b句的「警察」是警察組織的意思，相對的，d句的「警察」是警員的意思。

(a) 妹が車に轢かれた。（妹妹被車輾了。）

(b) 妹が車から轢かれた。（錯誤）

(c) 雨に降られた。（被雨淋了。）

(d) 雨から降られた。（錯誤）

(e) 彼女は悪い男に弄ばれた。（她被壞男人玩弄了）

(f) 彼女は悪い男から弄ばれた。（？）

(g) 師匠に破門された。（被逐出師門了。）

(h) 師匠から破門された。（被逐出師門了。）

a句、b句的「車」很明顯地是個體所以不用「から」。一方面「雨」為個體。如為個體的話則是「雨點」，但「雨」非組織，可說是一種集合體。

　　e句、f句上下關係同等，因屬於被害的場合，所以使用「に」較自然。

　　g句、h句的給予者在上，因此，一般使用「から」。

　　又，日語的被動表現多表示被害，所謂的「為難被動」，可是在日會話裡也有很多不表示為難的，例如：

(a) 謎(なぞ)が解明(かいめい)された。（謎題被解開了。）

(b) 古代文字(こだいもじ)が解読(かいどく)された。（古代的文字被解讀了。）

(c) この寺(てら)は彼(かれ)の先祖(せんぞ)によって、建立(こんりゅう)された。

　　（這個寺院由他的祖先建立的。）

(d) 新(あたら)しいシステムが開発(かいはつ)された。（新系統被開發了。）

(e) 圧迫(あっぱく)から解放(かいほう)された。（從壓迫中解放了。）

(f) 社長(しゃちょう)から褒(ほ)められた。（被社長褒獎了。）

(g) 消防署(しょうぼうしょ)から表彰(ひょうしょう)された。（被消防署表揚了。）

(h) 諸葛孔明(しょかつこうめい)は三顧(さんこ)の礼(れい)をもって迎(むか)えられた。

　　（諸葛孔明以三顧之禮被迎請了。）

(i) <ruby>友達<rt>ともだち</rt></ruby>に<ruby>元気<rt>げんき</rt></ruby>づけられた。（被朋友鼓勵了。）

(j) <ruby>先輩<rt>せんぱい</rt></ruby>に<ruby>励<rt>はげ</rt></ruby>まされた。（受前輩鼓勵了。）

(k) <ruby>厳格<rt>げんかく</rt></ruby>な<ruby>家庭<rt>かてい</rt></ruby>で<ruby>育<rt>そだ</rt></ruby>てられた。（在嚴格的家庭中長大的。）

(l) <ruby>日本代表<rt>にほんだいひょう</rt></ruby>に<ruby>選<rt>えら</rt></ruby>ばれた。（被選爲日本的代表了。）

(m) <ruby>首相<rt>しゅしょう</rt></ruby>に<ruby>指名<rt>しめい</rt></ruby>された。（被指定爲首相。）

(n) <ruby>宣誓書<rt>せんせいしょ</rt></ruby>が<ruby>読<rt>よ</rt></ruby>み<ruby>上<rt>あ</rt></ruby>げられた。（宣誓書被宣讀了。）

　　這些都不表示為難。稍加用心的話我們可以發現更多這類的句子。

第二節　使役句「に」和「を」

表示使役的句型如下。

① AはBを〜（さ）せる

② AはBに〜（さ）せる

③ AはBに〜を…（さ）せる

④ AはBを〜「し」…（さ）せる

　　重要的是①的「Bを」與②的「Bに」。對於此問題，在第二章說明過。

【に】　稍近於依賴

【を】　表示強制・命令

　　在此，作更詳細的說明。

　　「に」和「を」除了上述的意思之外　，有時也為了避免助詞的重複。在文法書中也有如下的敘述，原句的動詞為意志動詞的話「を」和「に」都可使用，如為無意志動詞的話只能用「を」。但這情形只在無其他助詞時可行。例如：

(a) 私に部屋に入らせた。（錯誤）

　　⇒　私は部屋に入った。

(b) 私を準備運動をさせた。（錯誤）

　　⇒　私は準備運動をした。

(c) 彼を服を着せる。（錯誤）

　　⇒　彼は服を着る。

(d) 彼女に網走に転勤させる。（錯誤）

　　⇒　彼女は網走に転勤する。

(e) 彼女を自分で好きな道を選ばせた。（錯誤）

　　⇒　彼女は自分で好きな道を選んだ。

（f）彼<ruby>を<rt>かれ</rt></ruby>この<ruby>子<rt>こ</rt></ruby>を<ruby>監禁<rt>かんきん</rt></ruby>させる。（錯誤）

　　⇒　彼<ruby><rt>かれ</rt></ruby>はこの<ruby>子<rt>こ</rt></ruby>を<ruby>監禁<rt>かんきん</rt></ruby>する。

（g）<ruby>娘<rt>むすめ</rt></ruby>に<ruby>自転車<rt>じてんしゃ</rt></ruby>に<ruby>乗<rt>の</rt></ruby>せた。（錯誤）

　　⇒　<ruby>娘<rt>むすめ</rt></ruby>は<ruby>自転車<rt>じてんしゃ</rt></ruby>に<ruby>乗<rt>の</rt></ruby>った。

　　上面例句雖都是意志動詞的句子，但用使役句則全都錯誤。

這些例句一見可知，哪一句都重複同樣的助詞。

　　「に」與「を」交換才行。

（a）<ruby>私<rt>わたし</rt></ruby>を<ruby>部屋<rt>へや</rt></ruby>に<ruby>入<rt>はい</rt></ruby>らせた。（讓我進房子裡了。）

（b）<ruby>私<rt>わたし</rt></ruby>に<ruby>準備運動<rt>じゅんびうんどう</rt></ruby>をさせた。（讓我做準備運動了。）

（c）<ruby>彼<rt>かれ</rt></ruby>に<ruby>服<rt>ふく</rt></ruby>を<ruby>着<rt>き</rt></ruby>せる。（讓他穿衣服。）

（d）<ruby>彼女<rt>かのじょ</rt></ruby>を<ruby>網走<rt>あばしり</rt></ruby>に<ruby>転勤<rt>てんきん</rt></ruby>させる。（讓她調職到網走。）

（e）<ruby>彼女<rt>かのじょ</rt></ruby>に<ruby>自分<rt>じぶん</rt></ruby>で<ruby>好<rt>す</rt></ruby>きな<ruby>道<rt>みち</rt></ruby>を<ruby>選<rt>えら</rt></ruby>ばせた。

　　（讓她選擇自己喜歡之路。）

（f）<ruby>彼<rt>かれ</rt></ruby>にこの<ruby>子<rt>こ</rt></ruby>を<ruby>監禁<rt>かんきん</rt></ruby>させる。（讓他監禁這個孩子。）

（g）<ruby>娘<rt>むすめ</rt></ruby>を<ruby>自転車<rt>じてんしゃ</rt></ruby>に<ruby>乗<rt>の</rt></ruby>せた。（讓女兒騎自行車。）

　　如此於使役句裡「に」和「を」的區別使用，可說是依後面的助詞來決定也不為過。這如下表所示。

後面有「に」的時候	を
後面有「を」的時候	に
後面沒有助詞的時候	に、を
後面有表示場所之助詞的時候	を

　　與後面的助詞之性質似乎無關。只是為了避免在一個句子之中同樣的助詞的重複，不論是表示對象的助詞或表示場所的助詞，後面有「に」的話，使役句不能使用「に」，後面有「を」的話，使役句 不能使用「を」。

　　但是後面的助詞為表目的「動詞＋に」的場合使役句「に」和「を」均可使用。

(a) 彼女に社長の忘れ物を取りに行かせます。

　　（我讓她去取社長忘記的東西。）

(b) 彼女を社長の忘れ物を取りに行かせます。

　　（我叫她去取社長忘記的東西。）

(c) 彼に買いに行かせます。（讓他去買。）

(d) 彼を買いに行かせます。（叫他去買。）

　　後面無助詞時：

　　　　意志動詞　　　「に」「を」都可能使用

　　　　無意志動詞　　　只能用「を」

(a) 彼女に変装させた。（讓她喬裝。）

(b) 彼女を変装させた。（叫她喬裝。）

(c) 犬に飛びかからせた。（讓狗跳了過去。）

(d) 犬を飛びかからせた。（叫狗跳了過去。）

(e) 二人に競争させた。（讓他們兩個人競爭了。）

(f) 二人を競争させた。（叫他們兩個人競爭了。）

(g) 彼に働かせる。（讓他工作。）

(h) 彼を働かせる。（叫他工作。）

(i) 部下に徹夜させる。（讓部下熬夜工作。）

(j) 部下を徹夜させる。（叫部下熬夜工作。）

　　　以上句子，意志動詞的場合「に」和「を」都可使用，但

無意志動詞不能使用「に」

(a) 豚に太らせた。（錯誤）

(b) 豚を太らせた。（使豬長肥了。）

(c) 白血球に増加させた。（錯誤）

(d) 白血球を増加させた。（使白血球增加了。）

(e) 部下の成功は彼に喜ばせた。（錯誤）

(f) 部下の成功は彼を喜ばせた。（部下的成功使他高興了。）

(g) 経済に回復させた。（錯誤）

(h) 経済を回復させた。（使經濟恢復了。）

(i) その話は私に驚かされた。（錯誤）

(j) その話は私を驚かされた。（那樣的話使我吃驚了。）

　　　後面有表示場所的助詞時，通常使用「を」。但，必須避免同樣助詞的重複。

(a) 彼に公園で散歩させる。（錯誤）

(b) 彼を公園で散歩させる。（叫他在公園散步。）

(c) 彼に公園で犬を散歩させる。（讓他在公園帶狗散步。）

(d) 彼を公園で犬を散歩させる。（錯誤）

(e) 彼女にアフリカに赴任させました。（錯誤）

(f) 彼女をアフリカに赴任させました。

　　　（叫她到非洲去上任了。）

(g) 担当者に現地まで行かせます。（錯誤）

(h) 担当者を現地まで行かせます。（叫負責人到現場去。）

(i) あいつ<u>に</u>会社から追放させる。（錯誤）

(j) あいつ<u>を</u>会社から追放させる。（使那傢伙被公司趕出去。）

(k) 会計<u>に</u>一からやり直させる。（錯誤）

(l) 会計<u>を</u>一からやり直させる。（叫會計重新從一開始做起。）

　　d句使用「を」，但後面有「犬を」所以是錯誤的句子。

參考文獻

森田良行「基礎日本語辞典」（角川書店　一九八九年）

練　習

① 田中さんは鈴木さん（　　　　）顔（　　　　）殴られた。

② この町は市長（　　　　）発展されて来ました。

③ 論文の完成は指導教授（　　　　）喜ばせた。

④ 誘拐された子供（　　　　）彼（　　　　）監禁させた。

⑤ 園児を一人で幼稚園（　　　　）行かせたとは危ないです
　　よ。

⑥ 先生の忘れ物（　　　　）学生（　　　　）取りに行かせた。

⑦ トラ猫（　　　　）太らせた。

⑧ 漢王朝は劉邦（　　　　）建立された。

⑨ この戦争が終わってから社会秩序（　　　　）回復させる。

⑩ その悪ニュースは、全クラス（　　　　）びっくりさせた。

⑪ オリンピックで日本チームの優勝は全国民（　　　　）喜ば
　　せた。

⑫ 終戦後は日本の経済（　　　　）回復させた。

⑬ ワクチンが出てからコロナ（　　　　）終息する望みが出て
　　きた。

⑭ 田中さん（　　　　）台湾（　　　　）転勤させた。

⑮ 不良生（　　　　）学校から退学させた。

⑯ 動物園の飼育員（　　　　）トラ（　　　　）餌（　　　　）や

らせた。

⑰ お父さんは子供（　　　）好きな道（　　　）選ばせた。

⑱ 治療された獅子（　　　）野生（　　　）もどさせた。

⑲ 健康のために年寄のおばあさん（　　　）近所で散歩させた。

⑳ 歌の練習で、下手な彼女（　　　）何度も歌わせた。

解　答

① に、を　　② によって　③ を　　　④ を、に

⑤ に　　　⑥ を、に　　⑦ を　　　⑧ によって

⑨ を　　　⑩ を　　　　⑪ を　　　⑫ を

⑬ を　　　⑭ を、に　　⑮ を　　　⑯ に、に、を

⑰ に、を　⑱ を、に　　⑲ を　　　⑳ を

第十五章　終助詞

第一節　「か」和「の」

在日語的日常會話裡，有很多場合在句子的最後使用間投助詞或終助詞。又，這些都有各種各樣的意思。在本項，選擇當中特別容易混淆之語，並說明其相異之處。

「か」和「の」都表示疑問・提問。現在將其意思詳細列舉就如下。

【か】　　　疑問・提問、叮嚀、反問的強調、勸誘、責難、選擇、詠嘆、依賴

【の】　　　疑問・提問、叮嚀、強調

「か」有較多的意思，但在此只說明其中的有關疑問，提問的「か」和「の」。

眾所周知的，日語裡有男性用語和女性用語的分別，另外還有中性用語。這些在日語會話上，如果使用錯誤，有時會鬧

笑話，所以必須要好好地牢記。疑問・提問的「か」和「の」依其所接的語句 ，有如下的不同。

	丁寧語 （です、ます）	丁寧語以外	か	の
か	女性語	男性語	×	男性語
の	中性語	中性語	老男性語 （稀有）	×

所謂中性用語是，男性和女性都能使用之語。又，疑問、提問的「か」也有如下的特徵：

「か」有表示勸誘性疑問的情形。

首先說明接於「です」和「ます」的場合。

(a) あなたはどこの国の人ですか？（你是哪國人？）　中性語

(b) あなたはどこの国の人ですの？（你是哪國人？）　女性語

(c) 彼は日系ブラジル人ですか？

（他是日裔巴西人嗎？）　中性語

(d) 彼は日系ブラジル人ですの？

（他是日裔巴西人嗎？）　女性語

(e) 誰かそんなことを指示しました<u>か</u>？

（是誰指示做了那樣的事呢？）　　中性語

(f) 誰かそんなことを指示しました<u>の</u>？

（是誰指示做了那樣的事呢？）　　女性語

(g) どんな証明書が必要です<u>か</u>？

（需要什麼樣的證明書呢？）　　中性語

(h) どんな証明書が必要です<u>の</u>？

（需要什麼樣的證明書呢？）　　女性語

(i) 歯茎が痛みます<u>か</u>？　　　　（牙齦疼嗎？）　　中性語

(j) 歯茎が痛みます<u>の</u>？　　　　（牙齦疼嗎？）　　女性語

(k) あなたは本当に論文を書く気があります<u>か</u>？

（你眞的有心要寫論文嗎？）　　中性語

(l) あなたは本当に論文を書く気があります<u>の</u>？

（你眞的有心要寫論文嗎？）　　女性語

(m) 今すぐ戻らなければなりません<u>か</u>？

（現在不馬上回來不行嗎？）　　中性語

(n) 今すぐ戻らなければなりません<u>の</u>？

（現在不馬上回來不行嗎？）　　女性語

(o) 次のオリンピック開催地はもう決まりました<u>か</u>？

（下次奧林匹克舉行的地點已經決定了嗎？）　　中性語

(p) 次のオリンピック開催地はもう決まりました<u>の</u>？

　　（下次奧林匹克舉行的地點已經決定了嗎？）　　女性語

　　以上「か」為中性用語，「の」為女性用語。男性如使用女性用語會令人作嘔，所以極須注意。

　　但是「です」如接「の」而成「のです」的場合，其後不能接「の」。

(a) 何をこそこそやっているのです<u>か</u>？

　　（你偷偷摸摸地，在做什麼！）

(b) 何をこそこそやっているのです<u>の</u>？（錯誤）

(c) 寝坊でもしたのです<u>か</u>？（睡過頭了嗎？）

(d) 寝坊でもしたのです<u>の</u>？（錯誤）

(e) こんな夜遅くまでまだ勉強しているのです<u>か</u>？

　　（都這麼晚了還在學習呀？）

(f) こんな夜遅くまでまだ勉強しているのです<u>の</u>？（錯誤）

(g) あなたは進学したいのです<u>か</u>？（你想升學，是嗎？）

(h) あたたは進学したいのです<u>の</u>？（錯誤）

(i) パソコンの電源を切る時、いきなり切っていけないのです<u>か</u>？（關電腦電源時，是不可以突然關掉的嗎？）

(j) パソコンの電源を切る時、いきなり切っていけないのです
　　の？（錯誤）

　　接於丁寧語以外（具體地說是用言或名詞）的場合，在此必須注意一下。那是因為對長輩不能使用。又，動詞直接接「か」多少讓你感到粗魯，這主要的是對屬下、晚輩時使用的。

　　在日常會話裡，對同等地位的人，使用「かい」（「普通形（A／N）＋かい）的場合也很多。

(a) 君は毎日お風呂に入っているかい？（你每天洗澡嗎？）
(b) 最近天気が暖かくなってきたから、花見に行くかい？

　　（最天氣暖和了，去賞花好嗎？）
(c) 彼は僕の言うことを聞くと思うかい？

　　（你認為他會聽我的嗎？）
(d) 彼にチームを統率することができるかい？

　　（他能統率隊伍嗎？）
(e) おにぎりを落としたくらいで、そんなに悲しいの？

　　（只是飯糰掉了，怎麼那麼傷心呢？）
(f) 彼は無罪を主張したの？（他堅持自己是無罪的嗎？）
(g) アメリカでは言いたいことは遠慮なく言った方がいいの？

（在美國想說什麼不客氣話，說出來比較好嗎？）

(h) ローンは全部返済したんじゃなかったの？
　　　　　　ぜんぶへんさい

（分期付款不是全部還清了嗎？）

(i) それは本当かい？（那是眞的嗎？）
　　　　ほんとう

(j) それは本当なの？（那是眞的，是嗎？）
　　　　ほんとう

(k) 明日は晴れるのか？（明天會天晴嗎？）
　あした　は

(l) 明日は晴れるのかのう？（明天會是晴天嗎？）
　あした　は

　　a句、c句「かい」換成「の」亦可。

　　但是b句表示勸誘，這裡的「かい」如改為「の」的話就無勸誘的意思。

　　又，i句為男性用語，女性使用了的話則會被認為粗野。對方如為同等地位的人，使用j句較較好。

　　k句、l句是「か」與「の」連結的的句子。兩者均男性用語，但是「かのう」為老年人的用語，現在只有方言或是古裝戲裡才使用。

　　又「かい」在疑問詞的句子裡，有時不易使用。

(a) 誰が新しい大使に任命されたかい？（錯誤）
　だれ　あたら　　　たいし　にんめい

(b) 誰が新しい大使に任命されたの？（誰被任命爲新的大使？）
　だれ　あたら　　　たいし　にんめい

(c) いつ床屋にいく<u>かい</u>？（？）

(d) いつ床屋にいく<u>の</u>？（什麼時候去理髮？）

(e) どこに飛行機が不時着した<u>かい</u>？（錯誤）

(f) どこに飛行機が不時着した<u>の</u>？（飛機在哪兒迫降的？）

(g) 赤ペンで何を修正すればいい<u>のかい</u>？（？）

(h) 赤ペンで何を修正すればいい<u>の</u>？（用紅筆修正哪兒好呢？）

(i) あの商品を買うにはどうやって申し込む<u>のかい</u>？（？）

(j) あの商品を買うにはどうやって申し込む<u>の</u>？

　　（要買那件商品時，怎麼申請呢？）

第二節　「さ」「ね」「よ」

　　在日常會話裡，日本人在談話中經常加入「さ」「よ」「ね」。例如：

○ あの<u>さ</u>、この前<u>さ</u>、家の近くに<u>ね</u>、変な人が来て<u>ね</u>、色んな物を盗んでいった<u>よ</u>。（那個啊，在這之前呀，我家附近呀，來了個奇怪的人呀，偷走了各種各樣東西嘍！）

　　等這樣說的情形也不算稀奇。也有如「さあ」「ねえ」一

樣地接長音。上面例句 的「さ」「ね」「よ」也可以各各地置換，意思上並無大差異。那是因為，調整語調，為了吸引對方的注意這些並無嚴密的區別，大致上如下的傾向。

【さ】　　　輕微的主張

【ね】　　　同意、依賴、婉轉

【よ】　　　強烈的主張、同意、依賴

　　有關「よ」在往昔「～だよ」是男性用語，女性無此種說法，但現在這樣地說的女性增加了。

(a) そうさ。（是啊。）

(b) そうね。（是呀！）

(c) そうよ。（是嘛！）

(d) そうだよ。（是嘛。）

　　a句是對自己的意見有輕微主張時使用，但屬於男性用語，女性不要使用為好。若使用了的話就會被認為「三八（不正經）」。

　　b句是對對方的意思表示同意。

　　c句也屬主張或同意，比a句的說法更為強烈。但其屬女性

用語，男性用語則須如d句。

(a) つまり、こう言うことなの<u>さ</u>。（也就是，這樣的事啊！）

(b) 君は何も知らないの<u>さ</u>。（你什麼也不知道啊！）

(c) それでいいの<u>さ</u>。（那樣就可以的啦！）

(d) 自分一人で出来るんだ<u>ね</u>？（你自己一個人能做的吧！）

(e) 綺麗な月だ<u>ね</u>。（很美的月亮吧！）

(f) 嫌だ<u>ね</u>。（覺得很討厭！）

(g) 何をするの<u>よ</u>！（你做什麼呀！）

(h) いいんだ<u>よ</u>。（好啦！）（別說了）

(i) それは私の新聞だ<u>よ</u>。（那是我的報紙呢！）

(j) こういう風にすればいいんだ<u>よ</u>。（這樣做的話就可以啦！）

(k) 助けて<u>よ</u>。（幫幫我吧！）

(l) やってくれ<u>よ</u>。（幫我做吧！）

(m) 買って<u>よ</u>。（買給我吧！）

　　a句、b句、c句是輕微地主張自己的意見之句。

　　d句是婉轉地確認之表現。

　　e句是自己感到月亮很美，而跟對方確認的句子。

　　f句是將「討厭」的事婉轉地敘述。

　　g句是被施以無禮之事，非常生氣的女性用語。在會話上，也有「何すんのよ！（做什麼呀！）」。

　　h句在「そのことを話してはいけない（那件事不可以說）」的意思的時候，使用得較多。

　　i句是別人弄錯了把自己的報紙取走時所說的話。

　　j句是對做了好幾次也不會的人，不耐煩時所說的話。

　　k句〜m句為「依賴」。

　　「〜だね」之語依說法的不同，有同意或只是在考慮中所說的話。

(a) そうだね。（是啊！）　　　→　同意

(a) そうだねえ。（是嘛。）　　→　考慮中

　　a句是表示同意

　　但b句因為只是在考慮之中從嘴裡發出之語，所以不是向對方表示同意。是「思考中」的意思。

第三節　有關「な」

與「さ」「ね」「よ」同樣的「な」也是會話中經常出現

之終助詞。有時也拉長而成「なあ」。

○ あのな、この間な、俺な、公園に行ってな、一人でな、
　一杯な、やったわけ。（那個啊，在這之前呀，我啊，到公
　園呀，一個人呀，喝了酒了啊。）

　　可是這是非常不雅的語言，品行不端或是近於此類人物所
使用之語，外國人最好不要使用，應小心有這種語調的人物。
　　「な」的意思　有下列四種：

　　命令　　　接續於動詞的連用形
　　禁止　　　接續於動詞的終止形
　　確認　　　根據文脈
　　詠嘆　　　使用「だなあ」之形

a.　君一人でやりな。（你一個人做吧！）　　→　命令
b.　君一人でやるな。（你一個人別做呀！）　　→　禁止

　　「命令」和「禁止」一看之下像是相反的事項。將其同樣
地以「な」來表示也許會覺得很奇怪。命令是「必須有」的意

思，禁止是「不可以有」的意思。說得更深一點，命令是「要
求存在的」，禁止是「要求非存在的」。以「要求」的表達方
式來說，「命令」和「禁止」有表裡一體的關係。

(a) 人の話を聞きな。（要聽別人話呀！）　　→　命令

(b) 人の話を聞くな。（不要聽別人的話呀）　　→　禁止

(c) そんなことは彼にやらせな。（那樣的事讓他做吧。）

　　　　　　　　　　　　　　　　　　　　→　命令

(d) そんなことは彼にやらせるな。（那樣的事別讓他做呀！）

　　　　　　　　　　　　　　　　　　　　→　禁止

(e) ワインを抜きな。（打開葡萄酒吧！）　　→　命令

(f) ワインを抜くな。（別打開葡萄酒啊！）　　→　禁止

(g) ここでは帽子を脱ぎな。（在這兒把帽子脫了吧！）

　　　　　　　　　　　　　　　　　　　　→　命令

(h) ここでは帽子を脱ぐな。（在這兒別脫帽子）

　　　　　　　　　　　　　　　　　　　　→　禁止

(i) 本当のことを言いな。（你說實情吧！）　　→　命令

(j) 本当のことを言うな。（別說實情啊）　　→　禁止

　　當然在文意上也有無禁止之意的場合。

(a) もっとしっかりしな。（再堅強點啊！） → 命令

(b) もっとしっかりするな。（錯誤）

(c) 授業に出ている以上、きちんと授業を受けな。

　　（既然上了課，就得好好地聽課呀！） → 命令

(d) 授業に出ている以上、きちんと授業を受けるな。（錯誤）

(e) 原因が分かったら、早く対策を考えな。

　　（既知道了原因，就要早點想出對策呀！） → 命令

(f) 原因が分かったら、早く対策を考えるな。（錯誤）

(g) 食事がすんだら、食器は片付けな。

　　（吃完了飯，就要把碗盤清洗整理好呀！） → 命令

(h) 食事がすんだら、食器は片付けるな。（錯誤）

(i) 勉強している時はテレビを消しな。

　　（學習的時候，把電視關掉呀！） → 命令

(j) 勉強している時はテレビを消すな。（錯誤）

　　　又，在文意上也有無命令之意的場合

(a) 心配しな。（錯誤）

(b) 心配するな。（不要擔心哪！） → 禁止

352

(c) あまり見栄を張り<u>な</u>。（錯誤）

(d) あまり見栄を張る<u>な</u>。（不要太虛榮呀！）　→　禁止

(e) 人の物に勝手に手を触れ<u>な</u>。（錯誤）

(f) 人の物に勝手に手を触れる<u>な</u>。

　　（不要任意觸摸人家的東西呀！）　　　　　→　禁止

(g) 人の書いたものを盗作し<u>な</u>。

　　（剽竊人家寫的東西吧！）　　　　　　　→　命令

(h) 人の書いたものを盗作する<u>な</u>。

　　（不要剽竊人家寫的東西呀！）　　　　　→　禁止

(i) 何も知らないくせに、余計なことはし<u>な</u>。（錯誤）

(j) 何も知らないくせに、余計なことはする<u>な</u>。

　　（既然不知道不，就別多事啊！）　　　　→　禁止

(k) 気安く人の名前を呼ぶ<u>な</u>。

　　（不要不客氣地直呼人家的名字。）　　　→　禁止

(l) 気安く人の名前を呼び<u>な</u>。（錯誤）

　　g句並非是錯誤，只是勸人剽竊，這種事不太好。

(a) 君の言っていることは本当だ<u>な</u>。（你說的事是眞的吧？）

(b) 一週間以内に商品が届くのだ<u>な</u>。

353

（一星期以內商品可送到，是吧？）

(c) 彼_{かれ}にきちんと謝_{あやま}ったんだろうな。

（你好好地向他道歉了，是吧？）

(d) 約束_{やくそく}の期日_{きじつ}に手形_{てがた}が落_おとせるんだな。

（在約定的日期票據可以兌現，是吧？）

(e) いい小春日和_{こはるびより}だな。（好一個小陽春哪。）

(f) この書物_{しょもつ}からは学_{まな}ぶことが多_{おお}いな。

（從這本書可學到很多的東西呢！）

(g) 随分太_{ずいぶんふと}ったな。（你胖多了呀！）

(h) ずっと、このままこうやっていたいな。

（我想一直就這樣地做下去呢！）

(i) 君_{きみ}、そんなことをされては困_{こま}るな。

（你那樣做我很為難的呀！）

(j) この家_{いえ}も古_{ふる}くなったな。（這個房子也很舊了呀！）

a句到d句是確認的例句，「な」的確認比「ね」的確認要強烈，所以聽起來像是質問的語氣。

參考文獻

森田良行 「基礎日本語辭典」 （角川書店 一九八九年）

練　習

次の文に下記の終助詞を選んで入れて下さい。（か／の／かい／さ／よ／ね／な／ですか）

① 田中さんは日本人です（　　　　）。

② 彼は中国人です（　　　　）、日本人です（　　　　）。

③ 誰がこのケーキを食べた（　　　　）。

〔請用か以外的終助詞。〕

④ 誰がこのことをやったの（　　　　）。

⑤ 携帯を充電しながら、電話を掛けては行けないの

（　　　　）。

⑥ おじいちゃんは不良の孫にこう言った。

「おい、お前がこのことをやったの（　　　　）。」

〔請用か以外的終助詞。〕

⑦ 次の会話の終助詞を選んで入れて下さい。

社長が怒鳴っている。

「お前達は無断欠勤したの（　　　　）。明日来なくで

いいの（　　　　）。」

⑧ あの（　　　　）、自由は大事だよね、だってさ、俺の自

由を侵してはいけないの（　　　　）。

⑨ あ、雨が降って来た（　　　　）、差し傘を忘れないで

（　　　　）。

⑩ 宇宙というもの（　　　　）、計り知れないの（　　　　）。

⑪ 台風の発生は前もって分かるけど、地震の発生はまだ分からないの（　　　　）。

⑫ 少子化のため、学校の経営は大変なの（　　　　）、最近は博士さえ仕事が見付からないの（　　　　）。

⑬ 二億年前に大西洋はまだないそうだ（　　　　）。

⑭ 知ってる（　　　　）？

〔請用か以外的終助詞。〕

地球上はまだ生態が分からないところがたくさんあるの（　　　　）。

⑮ 「先に謝った方がいい（　　　　）。」

「嫌だ（　　　　）。」

⑯ 「彼は東大に受かったそうだ。」

「それはそう（　　　　）、勉強家だもの（　　　　）。」

⑰ あの人の言ってることを信じる（　　　　）。嘘ばかりなの（　　　　）。

⑱ 行き（　　　　）、そこにはいいものがあるの（　　　　）、いまはチャンスなの（　　　　）。

⑲ テレビを見る（　　　　）、明日は試験だろう、勉強し

（　　　　）。

20 そんな体格で、宇宙人になりたいって、夢を見る

（　　　　）。

解　答

1 か	2 か、か	3 の
4 ですか	5 ですか	6 かい
7 かい、さ	8 さ、よ	9 よ、ね
10 さ、よ	11 よ	12 さ、よ
13 よ	14 の、よ	15 さ、よ
16 さ、ね	17 な、よ	18 な、さ、よ
19 な、な	20 な	

著者介紹

檜山千秋

　　東京出生（1956年～2017）、日本語教育學碩士。早稻田大學第一文學部畢業後，曾在台灣教學日語。回國後在東京語言研究所繼續深造。對日語助詞有深入的研究。

經歷

　　　開南大學應用日語學系專任講師

　　　中國文化大學推廣教育部兼任講師

　　　銘傳大學應用日語學系兼任講師

　　　中華大學外國語文學系日語組兼任講師

　　　新楊平社區大學日語講師

　　　東京語文學院日本語中心講師

主要著作

　　　日語助詞區別使用法（鴻儒堂出版社）

　　　認識日本（鴻儒堂出版社）

　　　文の構造と時制（鴻儒堂出版社）

　　　認識中國

　　　易しい日語文法ⅠⅡ

　　　易しい日語作文

　　　日本語文法

王迪

1949年台北生。御茶水女子大學大學院博士課程人間文化研究科、專攻比較文化學。人文科學博士。長久旅居日本，日語造詣深厚。對比較語言、比較文化有深入的研究。

經歷

　　開南大學應用日語學系專任副教授

　　開南大學應用日語學系專任助理教授

　　中華大學外國語文學系日語組專任助理教授

　　世新大學日本語文學系兼任副教授

　　新楊平社區大學日語講師

現任

　　開南大學應用日語學系兼任副教授

　　開南大學應用華語學系兼任副教授

　　桃園社區大學日語講師

　　蘆山園社區大學日語講師

主要著作

　　日語助詞區別使用法（鴻儒堂出版社）

　　認識日本（鴻儒堂出版社）

　　日本における老莊思想の受容

　　認識中國

　　易しい日語文法ⅠⅡ、易しい日語作文

　　初級中級中國語會話　加油！加油！

國家圖書館出版品預行編目資料

新編日語助詞區別使用法/檜山千秋著；王廸譯
. -- 初版. -- 臺北市：鴻儒堂出版社, 民112.10
面； 公分

ISBN 978-986-6230-73-8(平裝)

1.CST: 日語 2.CST: 助詞 3.CST: 語法
803.167　　　　　　　　　2012962

新編　日語助詞區別使用法

定　　價：350元

2023年（民112）10月初版一刷

著　　　者：檜　山　千　秋

譯　　　者：王　　　　廸

發　行　所：鴻　儒　堂　出　版　社

發　行　人：黃　　成　　業

地　　　址：台北市博愛路九號五樓之一

電　　　話：02-2311-3823

傳　　　真：02-2361-2334

郵 政 劃 撥：01553001

E - m a i l：hjt903@ms25.hinet.net

鴻儒堂出版社設有網頁，歡迎多加利用
網址：https://www.hjtbook.com.tw